U0023532

一生，一島，一愛人

「我就是那個因情愛而痛苦的人。」

——惠特曼〈亞當的孩子們〉

這本書的書稿，我讀了三次，這是一本悲傷而優美的書。在《倫．不倫，愛之外的其他》書中，角色們有著生存與情感的掙扎。他們因著不同階級、性別、產業、年齡、性格，陷入各自的困境與抉擇，身為讀者的你我也眼睜睜看著裡面受苦與堅持的人，付出了什麼樣的代價，關於愛情、關於為人處事，關於其所欲求與捍衛的。

閱讀蔡孟利教授新作，一度讓我想起了日本作家白石一文，我所指涉的並非白石一文之風格與題材，而是白石一文作品背後的象徵意義，以及所代表的文學系譜。台灣當代藝術創作與敘事，匱缺了作者所欲呈現的心靈風景、殘山剩水，我們的文學市場與巨塔一直缺乏著社會性與藝術兼具的江河與奇卉花朵，那文學板塊是近乎乾涸而可歎的。

台灣同日本一樣，也經歷著信仰、希望與愛的失落年代。失落信仰、失落希望、失落道德、失落了愛。我在王禎和、黃春明與黃凡的作品裡面見過這種批判精神，我也曾在履彊及侯文詠的小說中見過這種形式與企圖。在追求經濟、民主的社會發展進程中，現代「人」這個字，是不同角色衝突的總和，也是各種文明及其不滿的靈魂的修羅場。一方面，人要在階層制度中存活，也需要不同形式的愛，澆灌靈魂的田，既要在社會實踐中尋找定位與認同，其次，更需要在肉體與精神層面追索渴求著愛與被愛。

穿透小說家的心靈，撥開迷霧。

我們可以看見這本著作的三大特質。第一是騎士精神，第二是對於制度的道德批判，第三乃回歸人性。

在對位法之後，又加了一點像是土耳其進行曲的味道，男主角阿靖是浪漫的，比郭靖多了點浪漫，但是內在的人格與正義感相近，他也是受困於各種現實的，在我們讀著阿靖的心內聲音以及不同對象、場域的對白時，除了高潮與反高潮，暴力、性愛，交融對長輩的敬重，與學長武雄、總編輯阿力的義氣及男性情誼，對妹丫兒子的視如己出，對承諾的堅貞，對精神之愛的惶惑，或偶爾對自我那些微小的質疑。

這是一本反抗與憤怒之書，這也是一本追尋與叛逃之書，仔細聆聽它的弦外之音，說不定你也會聯想到音樂家馬勒……

在文本中，男主角有幾段「異性緣」。三位主要女性角色分別代表欲望的主體，對阿毓的孺慕及渴望，但阿毓在社經地位及行事的幹練，卻又處處略勝自己，性別的權力關係流動與阿毓身為謬思女神的象徵相當明顯；其次，阿靖對妹丫的憐愛疼惜，那染受了責任感病毒的自我（ego），那妹妹般存在的英雄情結之糾葛讓他情緒震盪，心有罣礙；與阿靖有真實肉慾的肉體關係，便是涓美，這裡的阿靖又彷彿弘兼憲史作品中的島耕作，差異只在於角色身處的產業別之不同。我們還可以看見若隱若現的湉文，她像是阿靖的初戀或柏拉圖之愛的精神象徵，也是阿靖告別青春，迎向學術巨塔之路的回望眼眸。

我們在文本中看見一位男性在面對情感、職場、學術巨塔的糾纏與抵抗。他在其中付出情感的貨幣，在情愛經濟學中，一方面支付抽象的情感貨幣，另一方面則回收不足以平衡損益表的籌碼。愛情的模樣千變萬化，它的臉孔是一張又一張的面具，但這個男主角夾在學術倫理、人際情感的結構之間，無法自拔，這有意無意影射了社會人的困境，椅子就擺在那裡，都會菁英們的焦慮與知識份子的內心承受著不同層次的考驗。

我們都親身經歷過學術、職場、家庭與愛情的暴力衝突和傷害；我們也都渴望更高的貢獻，期待著下一代別掉落麥田的懸崖，我們期待自己火化後燒出舍利，我們也不想在體制與自由的光明與黑暗中變成受詛咒的鹽柱。

作者以作品帶領讀者歷經追尋的敘事，蔡孟利攤開了一幅時代的精神捲軸，奔波跋涉，為了愛與自由。在最後關頭，在那位敬愛的黃伯伯葬禮前後，半眶眼淚，就像一杯催人清醒的新酒，生生死死，人一生無非求一個明白，一個虔誠寫就的「愛」。

偶開天眼覷紅塵，可憐身是眼中人，精彩與否？端看個人的性格與所採取的行動。我們都想善待自己心中尚未崩壞的部分，都想灌溉別人的荒地，我們都是小說，都是敗筆，可能戰鬥過，可能勝過，傷過，敗過。即使我們都是悲喜劇一場，或者你就是其中的某一個角色，我們都還想坦然地給愛神一個輕輕的笑容，哪怕祂在拿下面具後是死神。

一個人是一座島，一座島也有它的一生。在不同的倫常，我們走過不同的地獄，在不同的天堂笑過，愛過，哭過。

洪春峰　寫於香港 觀塘
二〇一八．十一．二十五

如果可以有如果，遺憾不再是遺憾

拜讀完此書，心中覺得無限感慨，書中僅以一詞貫串，道出多少不論是剛過青春期的二、三十歲青年，抑或是剛步入四、五十歲，可稱為「第二青春期」的人們，在人生旅途中也許因為不夠成熟，也許天時地利人不合，而失去的錯過的人事物——「遺憾」。

身為一個純血統理工科出身的工程師，對於那些暗無天日關在一個小地方，專心做學問的日子相當有感，我們的社會從小就教育我們成為運轉整個大機械的其中一個小小齒輪，卻沒有教會我們如何找到那個衛星般陪伴著自己日夜運轉的另一顆齒輪，在壓抑的社會氛圍中，好像好多事情就像畢業證書一樣，離開學校就會自動拿到了，或到了一個時間就會圓滿了，但這個世界通常不這麼運作。

也因為這樣，這些遺憾卻也成就了我們往後的人生，就像小時候爸媽禁止我們做什麼事，長大後對那件事就會愈沒節制，也許是移情作用，人總會把以往留下來的遺憾發洩在之後遇到的事物上，感情上尤其有感，相見恨晚一詞大家已不陌生，並不是鼓勵畸戀，而是恰巧印證了所謂世上沒有最壞的人，但卻有最壞的情況。

故事男主或許會受到許多抨擊，但人生常常比戲劇更像戲劇，或許是將年輕時壓抑的愛傾瀉而出，又或許是日久生情，也或許是期待久未重燃的死灰能重新發出火光，周旋在幾個女人之間無法自拔，實際上這種狀況也許就發生在許多我們看不到的世界角落，尤其是年輕時不得志，中年後事業有成的男人女人身上。

故事中細膩描寫了男主隨著時間的心境轉變，第一人稱的視角使得讀者更有代入感，女人們的形象也在細緻的刻畫下更加楚楚動人，鏡頭的切換明快卻不顯突兀，帶給讀者非常舒服的觀看體驗，帶著讀者細細品味小城中的理工宅如何出了實驗室後在幾個女人們之間浮浮沉沉。

感謝斑馬線文庫給我這個機會試讀這本即將出版的小說，我也只是一個初出社會的平凡上班族，很慶幸我和男主不一樣，在如此年輕的時候就有機會將心力全心奉獻給所愛的人和工作，我感嘆社會無形的壓抑的同時也慶幸自己的故事能以另一種方式繼續寫下去。

Eric Yu　於台北

二〇一八・十一・二十五

在小說裡遇見鄭愁予

暑假期間，接到水木書苑蘇老闆的電話，推薦了蔡孟利教授的小說給我們。斑馬線文庫成立至今近三年時間，出版了幾十本詩集，也嘗試過幾種類型的小說，曾經想過，詩在小說裡面，會怎麼被提及？沒想到在蔡孟利教授理科男天賦點到滿的小說裡面，會遇上鄭愁予老師的詩。

蔡孟利教授的小說，以這幾年屢見於平面媒體的「論文造假事件」為背景，道盡學術圈各種資源競爭與潛規則，我自己曾經在中研院、資策會等研究機構擔任助理十五年，對於小說中各種學術圈的近距離描述，都有切身經驗，只是這些研究助理們的日常，如今被寫成了小說，讀來卻意外讓人心驚。也許離開了原本的脈絡與習以為常，幾年之後用平常人的目光來看，意外發現了其中的扭曲與壓抑，原來，我也曾經長達十五年覺得那樣的學術生活很平常啊。

二〇一八年九月底，我在台北詩歌節晚會主持過程中，提到了在古典時代，古典詩與當時的戲曲、小說等各種文體的緊密關係，然而這些關係在當代卻很少看到。所以在蔡孟利老師的理科男實驗室小說中，遇到了前輩詩人鄭愁予老師的詩，一首詩，正恰好說明了那種無法形容，不能用言語表達的情境。這種不可言說的言說，正是詩的功用。很開心有蔡孟利教授的小說可以具現這樣的想像。這本小說使用的語言很日常，很容易閱讀，像是聽到隔壁實驗室的各種八卦，在一種竊竊私語的情境下，知道了某個教授的生活佚事。

許赫　寫於斑馬線文庫
二〇一八・十・二

第一章

下午美魔女阿毓忽然翩然降臨這個小城。說是美魔女，實在是因為已經四十六歲這把年紀了，還可以辣成這個樣子；說是二十六歲的青春正盛，大概也沒人有足夠的法眼鑑別得出來。雖然學期末兵荒馬亂的，但這等大美女老同學特地順路而來，還是得摒退左右雜務，專心的跟美女聊天。

阿毓是在美國待了快二十年的神經藥理學專家，難得來一趟，我順便把學生那篇正準備修訂後再投稿出去的文章拿給她看，聽聽她的評論意見。我對這篇論文的修訂實在是沒什麼把握，心裡一直七上八下的。阿毓拿起稿件看了第一頁，臉色就沉了下來，很嚴肅的問我說：「這個共同通訊作者，是誰？」

「就二十多年前妳知道的那位。」

阿毓幾乎是用瞪的看著我：「你在想什麼？」

「沒有很複雜，論文的話，就工作歸工作。」

阿毓換了個比較平緩但仍然很嚴肅的表情，說：「最好是！阿靖，我跟你說，不要以為這樣能夠換得什麼。妹丫跟我說了你藉著計畫和論文跟她有聯繫，她很擔心你。我跟你說，看到你對她這麼好，我很生氣，如果 Joe 像你這樣，我會把他喀嚓，不管兩個人之間現在有沒有怎麼樣。」

「又不是八點檔，想那麼多，論文的事，就工作歸工作，我有我的分寸。妳這麼兇，Joe 很可憐喔！」

阿毓的眼神溫柔了些，「欸，不要扯我們家 Joe。阿靖，我跟你說，我當你是自己家的兄弟，你可不要繼續像二十多年前那麼傻啊！浪費時間、青春、感情！女生不會因為苦力而感動的，不要忘記你已經四十六歲了，啊，知道嗎，感情氾濫的魚魚座！」

我換了個昏倒的表情說：「吼，拜託，妳在演 CSI 喔，要不要叫雄仔從調查局調一批幹員來監視我？他最近升官了，妳知道嗎？」

「啊妳是來度假的，還是妹丫派妳來說教的？」停了不到兩秒，我繼續說。

在阿毓開口準備反擊之前，學生來敲門，她只好先瞪了我一眼，用眼神說：「先給你點面子，等等你就知道。」

是的，她的眼神會說話，我就是聽得出來。

學生進來提醒我晚上要宴請最近參與各式比賽的同學們吃飯，開了十桌，通知我要記得時間。我差點忘了這件事，還好阿毓今天晚上住她姨媽家，還會在這裡待上一天等老公跟小孩過來，之後全家再一起去環島。既然明天還有時間見面聊天，就決定先載美魔女回到她姨媽家之後我再前往餐廳。

一路上，美魔女仍然耳提面命地碎碎唸。我不知道是她的直覺還是妹丫跟她說了什麼東西南北，總之，我覺得，雖然美魔女外表二十六，但碎碎唸的表現的確是四十六。不過我是聽得有些心虛就是了。

晚上吃飯，被學生拱上台唱了首歌。本來想唱貼近年輕人一些的，但餐廳的歌本太舊了，只能唱「愛你一萬年」。

【知道了斬釘截鐵，沒有曖昧模糊想像的結果，也許我可以慢慢來拆解妳在我心中所建立的那些複雜感受了。或許，有一天，我會回到那天之前的心情，雖然我已經是妳不願意再面對的一個人了。儘管我的情緒粗魯無禮，但這些情緒並非「無理」，我在層層語言與相處的障礙中，丟掉了一位原本該被收藏好在心中的摯愛，很痛，幾近不欲生。】

在開車送阿毓回到她姨媽家的途中，我唯一認真問了她的問題是：「信不信我跟她只是朋友？」

阿毓很得意的笑了：「好啊，你終於承認了……我不信。」

「我承認什麼？」我心裡稍微緊張了一下，不自覺的轉過頭看了她。還好現在仍然是紅燈的停車狀態，不用注意前方。

「你就是一直在期待什麼，是吧？『朋友』，這個代名詞對男女之間的關係描述也未免太廉價了！」阿毓瞪了我一眼，不過美女瞪人的樣子還是很優雅的。

「我們不就是朋友嗎？還老朋友哩！」我淡淡的回應說。

「那不一樣，我們這算……如果從大一算起，算起來應該要說是青梅竹馬！但是我們之間從來沒有過愛情的糾葛，所以精準一點的來說，我們是兄弟姐妹型的青梅竹馬，『朋友』這個詞對我們而言，只是比較方便使用的代名詞而已。如果你乖一點，可以叫我姊姊，啊，不，要叫妹妹才行。」阿毓也淡定的回答。

綠燈亮了，等車子駛過了路口，阿毓又繼續說：「你對她從小就動情了，依我對你的了解，你怎麼可能回得了單單純純的普通朋友的那種狀態？就用很簡單的邏輯來思考好了，你們快二十年沒有實際工作及生活上的交集、沒有新的相處元素以及利益關係的考量，根本已經是路人甲路人乙了！結果你還是那麼的幫忙她，寫計畫、寫論文，如果不是你心裡有鬼、有那麼一點點想要再怎麼樣的話，哪會有這麼不計較的『普通朋友』？」

阿毓把「普通朋友」特地放慢的拖長尾音說出來。

「我還是有用到她計畫的錢啊，所以論文掛上她的名字我覺得很合理啊。我跟阿義、大彬他們也都是這樣做的，小姐，不要太自以為是，好不好！」我反駁的說。

「最好是喔！你這個……我也不要用見色忘友這樣來形容你，你自己想想比例原則，捫心自問一下再來說！要不要我叫阿義、大彬他們來吐嘈你？」

阿毓語氣越來越正經八百的繼續說：「你知道我以前的男朋友，就是那個，哎，你知道的。後來我們也是有再遇到過，我也曾經試圖說，就朋友而已，但是，你知道嗎？那是回不去的！」

阿毓調整了一下坐姿，稍微偏側著頭看著我，我趁著看右後視鏡的時候，跟她的眼光稍微的正對了一下。發現她的眼神有著幽遠的感傷，像是二十歲的女生在悼念著剛剛枯萎的二十朵玫瑰花那樣；嘴巴則是繼續碎碎地唸著：

「像我跟你從來沒有過感情的問題，所以現在就能夠自自然然沒有顧忌的聊天；但跟他，怎麼樣心裡都會有個很難說出口的不安期待，總想著，接下來呢？後來，我覺得不能夠這樣自欺欺人，他痛苦我也痛苦，我更不想影響到 Joe。所以就毅然決然的切掉所有聯絡的管道與見面的可能，乾乾淨淨的，不給自己任何期待的出口，也不給他任何機會。」

阿毓忽然大動作的將坐姿擺正，略微昂揚了聲音，很嚴肅的說：「女生無情起來，是很狠的。阿靖，我不希望你遇到，你這個爛魚魚會撐不住的！」

停頓了一下，她忽然又轉換了個驕縱的語調說：「啊！我警告你喔，不要讓 Joe 知道，不然我喀嚓了你！」

我又趁著看右後視鏡的瞬間，發現雖然眼神很兇狠的樣子，但美魔女說起話來的姿容依然優雅。

「妳怎麼知道我以前沒有喜歡過妳，啊現在沒有在暗戀妳？」我依然很淡定的問。

「最好是喔！來追啊，我等著！」阿毓也回到淡定的語氣。

「好，明天就約妳，請妳吃飯……把 Joe 和兩個小朋友都帶來。」我更淡定了。

> 【關於這篇 paper 我沒有立場幫妳完成，算食言了，很抱歉。歸還整篇的數據。附檔為畫好的圖和作好的表格，費了時間及精神做的，我學妹也幫忙很多，她並

且寫了一些方法和結果的補充文字。所以如果將來這篇論文發表時的圖表及分析是以附檔的那些內容為主，就麻煩將她列為第二作者，那會是她應該要有的位置。】

在阿毓啟程繼續環島之前，我與她的家人們吃了頓飯。本來是我要在餐廳請客的，結果變成我到她姨媽家裡當客人。沒辦法，老人家很堅持，讓我第一次覺得在小城有個「教授」的頭銜是這麼的尊榮。

席間阿毓又把我拉去一旁再嘀咕了一頓。內容大要是：「不管你跟那位現在是不是只有工作上的接觸，也不管你是不是還把心思放在她身上，阿靖，我跟你說，你一定要記得，除非女生已經決定要放棄她現在這個家庭、放棄她現在身邊的男人，不然的話，她一定會放棄你。你這個爛魚魚，一定要搞清楚這一點，沒有人像你這個爛魚魚這麼的死心眼。過去看你演的那齣上山下海的連續劇就已經夠累的了，妹丫跟我說，真想甩你兩個耳光。今天我給你點面子，就先不執行家法。」

看來，她真的不是順路來這個小城。

其實，如果認真問起來，我有沒有喜歡過阿毓，答案應該是有吧。我只記得不到五個人的生日，她是其中之一。二十多年來，每年我都會在她生日的那一天及時送上些什麼。阿毓習慣了，這兩年還會事先預訂她想要的禮物。大學時，如果不是因為那個女孩早一步出現，或許我會和阿毓發展出像是男女朋友的關係吧？又或許，要不是後來她去國多年，我的人生應該也會和現在完全不同吧？

所謂緣分，所謂有緣無分，大概就是這樣子吧！

阿毓提到的那位男朋友與她之間是段轟轟烈烈的歷史。我們家阿毓算是系出名門，家世顯赫；家族裡不是醫生就是律師，而且都還是規模很大、職位很高的那種。她又是家中唯一的女生，不只三千寵愛集於一身，簡直到了可以呼風喚雨的程度了。不過阿毓倒是平民化的可以，有貴氣而無驕氣，人緣超好，在學校算是那種沒有敵人、人人都喜歡她的超親民公主。

然後接下來就是很八點檔的劇情了，活生生的在我們身邊上演。與當時的阿毓搭檔演出的男主角是個在私立學校唸設計的尋常人家，也說不上帥，就普普通通的一個人。普通到如果演偶像劇，開始的劇情衝突點雖然俱足了，但男主角就會是收視上的敗筆。不過接下來的劇情發展還是很符合大家的期待：當然就是外表柔順但內心倔強的女主角不顧家裡反對，硬是要跟男主角在一起，還一度下通牒式的搬離開家抗議；而男主角一心力求表現，想要獲得女方家長的青睞卻始終達不了標。接著，女主角畢業後開始工作、男主角也自己成立了工作室，本來看起來好像可以私奔了，結果兩人反而越行越遠。

當時的小道消息很多，或說是男主角劈腿，或說是阿毓不想再跟父母對抗了。不過我從來不跟阿毓求證，我只是一貫注意的配合著她，讓她見到我的時候就能夠放鬆地出現笑容。後來，阿毓出國唸書，我差點也跟著出國去了。本來學校都申請好了在同一所，只是突然因為家裡的變故而作罷，就這樣，我一直留在台灣待著。

其實，那個時候還是有機會一起出國的，阿毓當時表示她願意先借給我她的私房錢讓我安頓家裡。她怕直接借錢給我，會讓我有受到屈辱的感覺，因此還細心的拐了七八個彎，賦予了那筆錢一個可以讓我合理接受的理由。但最後我還是拒絕了，那時候的我在她面前，還是想保留一些自尊。

半年後，阿毓在美國遇上她的Joe，交往一年就結婚了。Joe年長我們一些，在台灣唸完醫學系之後就到美國發展，雖然不從醫了，但事業做的很成功。這幾年他們也回來台灣開了分公司。阿毓說她今年初已經辭掉在美國藥廠的工作，準備回來看顧台灣的生意。其實她的這趟回台，就是先來打點一些回國定居的瑣事，也就是說，我們又將在同一塊土地上生活了。

現在仔細回想起來，我跟阿毓在若有似無之間錯過了兩三個「應該能夠在一起」的時間點；但也因為這樣的錯過，我們才能夠維持住現在這種「當你是我家兄弟」的關係。某種程度說來，也算是種福氣吧。

吃完飯，看著阿毓一家人開車離去，忽然的就想起她所說的「青梅竹馬」四個字，二十多年的禮物算是沒有白送，換了她專程來這一趟小城。

【我想，很難有人有辦法總是維持著獨腳戲的熱情，去面對一再無可無不可的，冷淡。雖然，妳可能認為妳對我已經比任何非家人的人付出多很多了。不過妳給我的文字，總是有著看似包容的拒絕，我總是感覺到被反潑一身冷掉的熱情。其

實，我要的也不是非得洋溢濃郁的回應，我只是期待一種細水長流的平穩。水不用很大，但總要看得到流動。】

而這天阿毓要我在T大開研討會的會場等她，她要過來找我。我想，她應該還是很不放心我吧！以阿毓的冰雪聰明，在上週一定察覺出了什麼。

但，會是什麼呢？因為我自己真的不認為有什麼。

在我演講快結束之前，就看到阿毓從離講台較遠的後門走了進來，坐在教室最後一排的位置，用一種遠遠欣賞著藝術品的神情，若有所思的看著我。當我演講完畢時，她並沒有馬上起身過來找我，而是等到我都收拾完畢、主動走到她旁邊了，大小姐才優雅地起身。

或許是會場有太多學生，阿毓拉著我到校園內走走。一開始是兩個人並著肩沒說什麼的走，各自左看右看的，好像都在搜尋著某種遺忘在這裡的東西似的。直到兩個人的眼光擺盪到忽然相遇的對看時，我才發現距離上次和她這樣走著已經二十年過去了。

雖然瞬間相視而笑，但是阿毓笑得有點尷尬，欲言又止的不知道要怎麼開口。

「什麼事？」我先開口問了。昨天電話中，阿毓的語氣有點沉悶，應該是要跟我說些什麼嚴肅的事情吧。

「妹丫昨天中午跟我吃飯，她說她很擔心她老公。她想說你和阿力學長夠熟，能不能請你跟學長講一下，其實那些造假論文的事情，幾位醫師們也都算是受害者，不是真的蓄意要去造假獲利的。」

在阿毓準備接著講下去之際，我抓住她的手臂將她往我身邊急拉了過來，因為一部腳踏車在越過緩速坡的時候忽然搖晃的擺向她身邊，差點就要撞上她了。等到滿臉通紅的小女生再把腳踏車騎走之後，我要阿毓往路邊靠一點，比較安全。

阿毓以撥撥頭髮的動作，很自然的讓我鬆開了手。兩個人恢復了正常間距後，我說：

「這一波我沒看到她老公在列啊！」

「妹ㄚ說，醫院裡有人在傳了，說這一波所揭發的造假瘡疤是內賊勾結外人的派系鬥爭。被鬥的那一方就放話，既然大家要把內鬥搞到外部化，那就來個同歸於盡，不要說你們都清白無瑕。」

「所以，她老公是另外那一派的人囉？」

「應該是吧。妹ㄚ說，她知道你在幫阿力學長整理這些造假案的資料供他寫評論，應該是可以跟學長說得上話、提出建議的人。但她說上次聽你在講這件案子的時候講得咬牙切齒，因此她就不敢自己跟你提。」

「所以妹ㄚ請妳幫忙，要妳跟我說一下？」

「不是，是我自己說我來試試。我看她擔心的都要哭了。」

「她那個老公……唉，妹ㄚ應該沒有跟妳說吧。如果那傢伙有份，我還想趁此機會好好教訓他。」

「她老公是怎樣了？妹ㄚ沒有跟我說。」

「去年，他把妹ㄚ打了一頓，幹，要不是隔天剛好武雄學長忌日，妹ㄚ得跟我一起去她老哥那邊上香，被我看見她手上全是傷，我還不知道那傢伙居然敢打我們家妹ㄚ，還拿香菸頭燙。幹！以前不知道打過幾次了，妹ㄚ都沒講。」

「怎麼會這樣！她老公不是看起來很斯文嗎？」

「說到這個我就一肚子火大！我當下就在武雄學長的骨灰罈前跟他說，學長，我一定會幫妹ㄚ討回公道。然後拉著妹ㄚ要去驗傷，我當場還打了電話給我一位當檢察官的學長，要他幫忙。」

阿毓停了下來，眼睛睜大大的看著我說：「妹ㄚ一定不肯。」

「是啊，她就跪在他哥哥骨灰罈前一直哭一直哭，要我不要管她，她自己的事情她自己會解決。」

我長嘆了一口氣，繼續說：「我能怎麼辦？我只好把她扶起來，答應她說這一次我先放過那個男的。但是我跟妹ㄚ講，如果他再打妳，妳不要再忍了，馬上就辦離婚。」

【傍晚進到辦公室，看了妳的信。我看著，就像是妳在說著我對妳所做的一切對妳來說已經是可有可無的過客，妳只是看著那些文字在妳身邊流過，妳感受到了，但那無涉妳的生命情境。都只是我自己想做的，不是妳要求的，妳無須一一的應對，也沒有能力，沒有義務再關切到我。我感受到了，妳淡然中的冷漠。在傍晚離開辦公室前寫了封回信，用詞已是極度斟酌，那是我能夠掩蓋失望情緒的最大極限了。但我需要這樣一再的壓抑去配合妳嗎？既然可預見的是煙消雲散的

空白，那就省去掙扎的過程吧！文字，真是個失敗的工具。】

阿毓長嘆了一口氣，說：「我看她應該有無法離婚的理由吧！不然不會對這種事情隱忍這麼久，還想要幫他躲過造假的問題。」

「為了小孩！妳知道她小孩有過動症的問題，妹丫自己是這方面的專科醫師，花了很大的心力，照顧的很好。那天祭拜完武雄學長後，我順便載她去接小孩，途中她就跟我說，如果離婚，她老公也是醫師、又有目前都還健康的父母親可以幫他帶小孩，比起她孤伶伶的一個人，如果打起離婚官司的話，她一定拿不到監護權。」

我又緩步的往前走著，阿毓也踱步跟上。

「妹丫說，她那個老公絕對不會有耐心、也不會花時間照顧好小孩的。她沒有辦法就這樣丟下小孩子不管，那會毀了小孩子的一生。」

阿毓又再長嘆了一口氣，沒說什麼。

我們就這樣無聲的並肩走了一陣子。我聞著不時從她身上飄過來的淡香，看著她隨著步行節奏盪漾的髮絲，就想起阿毓年輕的時候有著比現在更長的頭髮，順肩流下的烏亮，彈柔的款款動人。有時候剛好兩個人在系圖的閱覽室裡面獨處時，我會站在她身後，把手伸進去那濃密的髮叢中再慢慢的順滑而下，讓頭髮一根根的在我的指間流洩，撥散出完全是青春氣息的髮香瀰漫周身。有時，我就把手掌停留在髮叢裡面，貼觸著她的脊背，讓她溫暖的體熱輻射到依偎在她身上的我的手。

現在回想起來，這樣的行為應該是構成性騷擾的要件了吧！但彼時她那樣默許著我的胡鬧，或許已經明白的傳達了某些感情的訊息，只是我年輕時的心思沒有擱在她身上，於是就這麼的忽略了。

認真說起來，阿毓在我的成長過程中並不是影響我很多的人。沒影響很多是因為我跟她兩個人的生活環境在當時是兩個世界。她家就在台北，住在家裡，放學後就回家，不像我們一群被放生出來住宿舍的小孩，下課後才是生活的開始。她家境富裕，喜歡音樂與美術，看著她，也像是在欣賞一件藝術品，會覺得說，這麼個完美的作品，實在不會是我靠近得了的境界。雖然阿毓一直是個親切沒有架子的人、很健談也很誠懇，但我還是理所當然的這樣想著：就站在她旁邊遠遠的保護著、看著她就好了。

大三的時候，有一次忘了是什麼原因，阿毓邀請我們班上幾位同學去到她家，那時候我才知道，原來有錢人的家裡就是這個樣子啊！喝著她父親招待我們喝的現在才知道是很高檔的紅酒，坐在爽到都不想移動身軀的沙發上，很自然的，會有種替阿毓由衷高興起來的感動；覺得像她這麼美麗善良親切動人的公主，就是應該配上這樣的環境。

對當時的我來說，球、家教、實驗以及與宿舍兄弟們吃宵夜跟作那些諾貝爾獎的白日夢才是生活的主軸。阿毓對我而言，是個很夢幻的印象，我不會把她和我兩個人思考在一起；某種程度說來，對當年那個住在宿舍中有著草莽氣息的我，即便自視甚高，卻是真切的覺得自己配不上她。

就像是愛因斯坦說的吧，「是理論決定我們能夠觀察到的東西」；因為我對她沒有「阿毓可能會愛上我」的理論，所以看不到她與我在各種細微的互動中，想傳達給我的那些關於感情的訊息。

我們兩個人一直無聲地走到了文學院的紅樓前，阿毓稍微拉拉我的手，往門口台階瞟了一下眼神，我們就走了過去一起坐在台階上。這一坐，時光便重回了二十歲的場景。

【其實，我一直疑惑的是，妳不只一次說「妳接受我對妳的感情」，但就這樣？接受了，然後呢？總感覺這是句沒説完的句子，我等下文等很久了，等到很累，然後真想全部推倒不要再盼望接下來妳會說什麼。「你有更重要的事情要做」，是嗎？妳能告訴我是哪些事嗎？我自己都不清楚。因為我自己也不清楚，所以這句話看起來就像是個友善的拒人於千里之外。】

彼時的那一天由於我們這組的另一個組員請假沒來上課，所以實驗做的比較久，出了實驗大樓的時候都已經是晚上六點了。在尚未全黑的昏暗天色中還是看得出快要下雨，因此阿毓要我騎腳踏車載她到大門口附近的書店，這樣即便下雨了，她也可以打個公共電話請她爸爸來接她，等待轎車到來的時間，還可以悠哉的在那邊看看書。

結果我們才騎到文學院門口，雨就嘩啦啦的倒下來。我雖然當機立斷的騎進文學院的簷廊躲雨，不過雨勢實在又大又突然，兩個人還是被淋濕的有些狼狽；而且因為風向的關係，變成阿毓幫我擋了些雨，她的背後因此全濕了。

由於夏天她穿的比較輕便單薄，淋濕之後變成略為透明的衣著就顯得有些尷尬。想說我自己有穿著背心內衣，脫下襯衫也還不至於被當成是暴露狂，於是我就把襯衫脫下來外罩到她背上，然後兩個人坐在文學院門口的台階上等待雨停。

在腳踏車衝進去簷廊到兩人坐下來的整個過程中，所有動作——包括我看到她濕衣的窘況後脫下襯衫，接著順手將衣服繞過她身後、她也略為側身的配合讓我把衣服幫她罩上，之後又在沒有說話的默契下幾乎同一時間的背退兩步往台階並肩坐下——一切都流暢的好像不需要任何考慮的自然該得如此。

那天，在外頭的驟雨中，我們坐得很近、聊了很多。但說了什麼我倒是都忘了，只記得，好像不管我說什麼，她都會很真心地笑出來。「真的覺得很好笑」跟「禮貌性的覺得很好笑」對於講笑話的人來說，那是很容易感受分辨出來的，而阿毓的笑，確實是很真心的覺得很好笑。

我也忘了最後是怎麼結束的，只記得直到雨停了，我們還是繼續坐在那邊一直聊下去，聊到我身上所有鏤空的地方都受到蚊子的攻擊而受不了才停止。接下來的畫面是，我穿著背心，騎腳踏車載著一個披著男生襯衫的女生回到她家——因為她說不想穿著男生襯衫坐公車或是計程車。

二十六年後，阿靖和阿毓坐在同樣的地方。只是不知道我現在想到的，是不是阿毓現在也正想著？當年我在自以為是下所得出的「阿毓對大家都非常親切不做作，所以這也沒什麼」的結論，是不是讓現在的阿靖和阿毓心中，都泛起那麼一點點同樣的遺憾？

「我要怎麼跟妹ㄚ說呢？你到底是會幫他還是會修理他？」

「看情況吧！等事情真的爆出來了，我再看輕重的程度跟阿力學長商量。妹ㄚ那邊，就我自己跟她說好了。我本來今天也打算去看看她的。」

阿毓側偏著頭望著我。雖然點點頭，臉上還是寫滿了凝重。

「自從那次我看到妹ㄚ被打後，我現在幾乎一兩個星期就會特地去看她一次，確認她的狀況。武雄學長去世前要我幫他看著妹ㄚ，結果我居然讓妹ㄚ受委屈這麼久，我真的是太大意了！」

「唉，妹ㄚ有自己的家庭，之前你如果沒什麼事的常常去看她，對她也不好，反而會引起誤會。你那時稍微疏遠一下也是對的啊，不用太自責了。」

阿毓正講著的時候，一對年輕的情侶剛好騎車雙載經過，阿毓邊講邊隨著他們的經過轉頭，目送的眼神中，像是望著自己已逝的年少。

我跟著她一起望去，假裝沒有想起任何人的二十歲地繼續說著：「我想武雄學長在去世之前應該已經看出了什麼。妳知道嗎，學長在去世之前給了我一張壽險保單，我是受益人，五百萬。學長說，兄弟，這筆錢不要讓妹ㄚ跟她老公知道。如果未來你有急用就不用客氣，但如果你的狀況 OK，就請幫我替妹ㄚ守著，等她有需要的時候再視情況給她。我走了，這世界上就只剩下你可以罩著她了，拜託你了。」

「真的？」阿毓忽然也回到現實驚訝的問。

「我還真領到那五百萬。後來我就到台灣銀行開了個定存的戶頭，整筆錢存進去。然後預寫了一張遺囑說錢是妹丫的，放在我們那個當律師的學妹那邊。以免將來哪一天我忽然掛了，這筆錢被我家的人領走。」

【我回想整個過程，我想，雖然我經歷過了，但如果再重來一次，我還是會重蹈覆轍。都是困獸之鬥：鬥不過無法真實相處的現實，鬥不過各自心中無形的道德之尺，鬥不過時間和空間的阻隔，更鬥不過各自蠢動的忌妒與不甘。我等了，一直想等到個可能，卻仍是重演著困獸之鬥。】

「的確是你的責任，武雄學長這算是託孤了。」

說完，阿毓站起來略微前進了一小步，像是在確認著什麼的往右前方望去。隨著她眼光定住的地方，我看到了剛剛那對騎車經過的情侶在前方路口停了下來，男生雙腳著地以撐坐姿定住腳踏車，扭著頭俯看後座的女生；女生則是低著頭像是在包包裡面找東西，兩個人不時還有些問答的交談著。

我也站起身來，往右側調整了一下站姿，讓自己順勢在阿毓的右後方站著，跟著她一起看著那對年輕人。差不多一分鐘之後，小女生像是發現了什麼，高興的朝男生的腰際拍了一掌，男生鬆了口氣的將頭轉回，起腳滑車，緩慢的再繼續載著女生前行。

阿毓嘴角似笑非笑地輕抿了一下，往右後稍微偏轉了幾度，眼神有點悠悠的望著我，沒說什麼的注視了幾秒鐘。在我想開口說些話來化解那麼一點點不自然的時候，阿毓倒是先開了口：「我後天回美國，不過，兩個月後就會回來定居了。」

說完，阿毓稍微睜大了眼睛更精準地看著我的雙眼，嘴唇微揚成一個極細的上弦月，那是個等待「你要說對話喔」的面容。

「所以真的就妳一個人回來？Joe 跟小孩留美國？」

阿毓苦笑了一下，顯然有點失望的說：「是啊，我一個人。兩個不大不小的男生都唸高中了，叛逆又獨立，才不想媽媽在身邊管著他們；Joe 得看美國總公司那邊改組的如何才會做最後決定。不過基本上，還是會以回來做考量。但是即便他回來，也會是來來去去的，反正對他來說已經沒什麼國界的概念了，說回來，只是讓他爸媽心理上感覺好一點而已。」

阿毓緩踱了幾步走出簷廊，看著兩旁一地的欖仁葉繼續說著：「我也是為了我爸媽，他們年紀都大了，我已經二十年沒在他們身邊了。這兩年我爸在醫院進進出出的，狀況很不好，我如果再不回來陪著，以後就沒機會了吧！」

話一說完，阿毓忽然急停住，讓緊跟在她後方的我來不及煞步的輕撞上去，瞬間半埋在她烏絲叢中的唇顎，像極了在深吻她的秀髮。但阿毓顯然毫無在意我的貼身動作，只是稍微低頭看著地上說：「抱歉，我只是不想踩到這片完整的葉子。這種葉子破碎的聲音太決絕淒厲了。」

我沒說話，只簡單「喔」了一聲。

又過了快三十秒，阿毓再度站直身來，轉過頭，冷不防的冒出了個問句：「你愛她嗎？」

「我愛她嗎？」我一下子意會不過來，只好將她的問句覆頌一遍。

「你愛我嗎？」她又睜大了眼睛精準地看著我的雙眼，嘴唇微揚成一個極細的上弦月。

「啊？」

「我知道你愛我，因為我知道如果我真的要求你幫我做什麼，你都會義無反顧的承擔下來……說，對不對！」阿毓又更瞪大了些眼睛逼近我，我雖然一下子反應不太過來，但還是記得稍微後退一小步，避免碰到美魔女軀體最美的曲線部分。

「但是，阿靖，我跟你說，我不愛你，我不會為你義無反顧的做任何事情……好啦好啦，不要用那麼悲情的眼神看著我，我會盡可能幫你很多忙啦，只是不會像你對我那麼好的對你。」

阿毓頓了一下，看著我那配合演出的悲情眼神後繼續說：「不過你要繼續這樣對我，不許偷懶。」

「妳這麼有自信，不會覺得太自戀了？」一下子，我還真搞不清楚阿毓說這話的用意。

「你愛她嗎？」阿毓沒回答我，但又重複了一次問句。

我沉默了一陣子，想不出有什麼幽默的話語可以化解我的完全沒進入狀況。

「阿靖，你不要裝，你知道我在說誰。我跟你說，你愛她，你至少像愛我一樣的愛她。但她不愛你，她不會為你義無反顧的做任何事情，頂多就像我這樣，盡可能幫你很多忙，但不會像你對她那麼好的對你……不過，她也一定不會像我對你這麼好的對你。」阿毓的語氣變得很溫柔，款款的說。

「但她應該跟我想享受的一樣，喜歡有個打從心底那麼愛我的人，又可以沒什麼負擔的享受著。」阿毓忽然有點促狹的笑了一下，繼續說：「這就是女人，我是個貪心的女人。」她用下結論的語氣說著：「我不認識你的那位女生，但我還真想認識她。但阿靖，相信我，你遇到的人就是這個想法。」

才一說完，阿毓換了個憂悶的神情。

【就這樣，等到這一天的某個時刻，我決定在生命中要失去某個人。雖說「失去」並不精確，因為我知道我真心的對待了心中的這個人，但卻不知道是不是真心對待了真實的這個人。我想，自始至終我都不是妳的朋友，這個身份對我來說太廉價，即便用上「好朋友」也是個廉價的詞，以相對於我所存之心的角度來看的話。】

她回過頭，對我想說什麼卻又說不出來似的苦笑了一下。

接著阿毓將雙手交握背後，又開始低頭俯視著地上的欖仁葉，然後在葉子與葉子的縫隙中找尋落腳的地方前進。隔著點距離看，那樣子移動的婀娜身軀，像是踩著優雅舞步的翩翩。

午後三點，原本積在天空像是要下起雨來的雲朵又漸漸散開。不過還好仍有幾片擋住了陽光，而且在樹叢下，熱度又多擋去了一些。我沒有跟著走過去，就站在微風涼爽的吹拂中，欣賞著一個不愛我的人，在樹梢葉隙間所透下的燦爛裡獨舞著青梅竹馬。

我望著眼前不時被洩下的細微光柱照閃出光芒的阿毓，想著，遠遠看著是對的，共舞就破壞了畫面。就像是阿毓對於「我愛她嗎？」這個問句中的「愛」的定義那樣：只能被動的等候召喚。

主動就不美了。

一個沒有結婚的中年男人要如何看待身邊那些他在意但卻都已經嫁人的女生呢？「我知道你愛我，因為我知道如果我真的要求你幫我做什麼，你都會義無反顧的承擔下來」，沒有比阿毓這種被動式的說法更適切的了。

阿毓幾度回頭，見我都沒有跟上的意思，於是就旋了個圈，漾著像是看到二十歲在招手的微笑，依著落葉鋪陳的伸展台朝著我走來。

「你什麼時候要去找妹ㄚ？」阿毓邊走邊問著。

「我還沒跟她約，她今天上午的診，通常會看到下午兩點，之後再去病房巡一巡，大概快四點才會有空。我都是人到了醫院才臨時電話找她的，不要讓她有時間掩飾。」

我看了看手機上顯示的時間，說：「差不多了，現在該出發了，她今天應該會早一點去接小孩。」

「我跟你去吧。妹ㄚ昨天跟我說，在教學醫院壓力好大，收入雖然還可以，但其他雜事實在太多了，沒辦法更仔細的看顧小孩；研究與發表又逼得很緊，大家掛名來掛名去的，她也很怕哪天有一篇她沒有仔細看過的論文被揪出來有問題。她說，很想換一家不是教學醫院的地方工作。」

阿毓到了我面前，比平常更近一些的距離站定著跟我說：「所以啊，我昨天晚上想了想，就直接打電話給我堂哥，問看看他醫院裡面有沒有需要。我堂哥聽完妹丫的學經歷和專長科別，就跟我說，他可以用妹丫現在薪水的兩倍挖角她過來，而且不用兼行政職，也不用作研究，專心看病人就好了。」

「這麼好？」

「當然囉，我親自打電話推薦的耶！我那時還跟我堂哥說，才兩倍喔？結果他說，第一年先兩倍，之後再看狀況機動調升。」阿毓又更靠近了我說話，我都可以感覺到她呼吸時的氣流。

我輕笑了兩聲然後連說了幾句「感恩、感恩」，就邁開步伐，快速地旁閃過她然後往前跳去，學著阿毓不踩葉片的方式蹦跳著離開落葉區。阿毓看著我忽然的童心，笑喊了聲「慢點啦」，然後也跟著跳了起來。

【不是只有妳被生活堅熬著，辛苦工作的人睡眠時間都很少，煩人的事情都很多；不是因為妳覺得妳被煎熬著，別人就理所當然的應該等候配合；不是別人都反覆無常，變調的軌跡常是被妳的陰晴不定導引的；不要以為妳寫了兩三行字，別人就能揣測出妳心中的千言萬語；也不是只有男生自私只顧自己的感受，女生的自以為是覺得別人都對不起她更可怕。如果妳預設對感情的基調是這麼淡的

話，那可以預見，我們之間的相處盡頭就在那個煙消雲散的地方。】

妹ㄚ在當下的這個世上，我想目前應該不只我一個會罩她而已，至少還多了一個阿毓姊姊。

妹ㄚ是武雄學長唯一的親妹妹，與我跟阿毓本來都非親非故的。我跟阿毓大一入學時被分配在同學長姊的家族，而武雄學長是我們這族的大學長，我大一時他已經大五了。生科系基本上只需要唸四年，他說他是故意延畢的。

我還記得第一次系家族聚會時，武雄學長就問我們三個小大一的誰想當家教？學生是國三女生，也就是他的妹妹。他本來最屬意阿毓，不過阿毓只想參加美術社、舞蹈社與合唱團，根本抽不出時間、也不想抽時間當家教；剩下兩個男生雖然都有意願，但因為當時阿旭留了一頭及肩的長髮，武雄學長後來想了想，就挑了剪了平頭的我。

我就這樣開始當起妹ㄚ的家教老師。學長給了我比一般行情價多兩成的時薪，算是非常的照顧我。後來漸漸熟了，我才知道學長兄妹的辛苦。學長是嘉義人，小學時父親就走了，在他唸大二的時候母親也因病去世。那時候妹ㄚ小學剛畢業才準備要升國中而已，武雄學長別無選擇，只好牙一咬，將嘉義鄉下值不了多少錢的房子賣掉，處理完母親的喪事與家中的一些負債後，帶著剩下不到幾萬塊的現金，在永和租了個小公寓，將妹妹帶來台北唸國中，從此兩人相依為命。

接下來武雄學長的生活重心就是賺錢與照顧妹妹。除了讓父母再活過來他給不起以外，武雄學長讓妹ㄚ過著與其他同儕完全沒有差別的生活。不只讓妹ㄚ正常的上、下學，他也讓妹ㄚ學鋼琴；國三考前衝刺時，還幫她請了我這個家教。雖然賺錢與照顧妹妹兩頭燒很忙碌，但學長其實也把學校的功課顧的還可以，延畢都只是為了妹ㄚ。學長說，他大妹ㄚ八歲，所以他得撐到大八等到妹ㄚ唸大一能自立了才行。因為生科系不能唸到大八，所以他打算延畢到大六，然後再考個研究所多撐兩年。

妹ㄚ不是不知道她哥哥的辛苦，基本上，她是超齡的早熟。當年在家教的時候，她不只一次哭著跟我說，她實在很心疼她哥哥這樣沒日沒夜的為了她而工作與奔波，但是她知道她不能跟她哥哥說不要，這樣她哥哥會更難過。所以她唯一能做的，就是更努力的用功把成績唸到最好、更努力的練習把鋼琴彈到最好。

這是兩個為了對方都把自己逼到精神與體能極限的兄妹，因此我那時的家教工作，常常教書變成其次，主要是當他們兄妹倆的傾訴對象：上課時聽妹妹的，下課時聽哥哥的。也因為如此，從妹ㄚ國三教到她高三，四年下來，我變成像是他們自己的親人一般。

阿毓是後來被我拉進來的。妹ㄚ高一時，就跟我表明她想唸醫學系。她希望推甄時就可以考上，所以想要有些科展或是實驗室經歷來加分。那時阿毓在中研院一個頗有名氣的實驗室做專題；為什麼阿毓不是在學校內而是跑到中研院做專題呢？那是因為那個實驗室的老闆就是她表哥。所以我就拜託阿毓幫忙讓妹ㄚ能到她們實驗室裡面去當個小跟班的，順便看看能不能完成個科展什麼的。因為是直屬學長的妹妹，又是我的家教學生，所以阿毓就很幫忙的把妹ㄚ帶進實驗室，還很幫忙的命令她表哥要給妹ㄚ一個科展的題目。

妹丫很懂事、很積極也很認真，做事情又負責，所以阿毓非常的喜歡她。後來有一天阿毓跟我吃飯的時候，從我這邊知道了武雄學長和妹丫他們兄妹倆的故事後，不只當場掉了一整碗的眼淚，從此以後對妹丫更是疼愛有加，常常找各種理由送東西給妹丫。從內衣到大衣，妹丫有一整櫥都是阿毓「穿不下」、「買錯尺寸」、「不適合」而轉送給她的高檔衣服。

【所以，如果妳和一位男人有著比普通朋友多一點的互相關懷，溝通交流，那妳就要承擔落入那個男人認為的「狹隘」愛情的可能，他會對妳有著不止心靈的愛情，還有肉體的慾望。我們之間有著空間的隔離，有著時間的不能配合，有著我對肉慾的克制，即便這樣我都很難昇華了，更何況那些會在妳身邊出現的、容易見到的、在工作與生活接觸的到的男人。】

「武雄學長去世已經四年了吧？」在醫院後面的斜坡上找到了個停車位時，阿毓忽然地問說。

「是啊，四年了。」

「我記得是癌症，是嗎？」

「表面上如此，實際上，我覺得用自殺來形容比較恰當。」

「為什麼？」阿毓驚訝地提高了聲音問著，同時轉頭看著正在拉手煞車的我。

「學長他其實在過世前的半年左右就發現自己有癌症，但那時已經有轉移了。他找了三家醫院做了檢查，醫師的結論都差不多，都說即便手術加化療，效果可能都有限。雖然醫師全都要他馬上住院治療，不過他決定什麼治療都不做、什麼藥都不吃，就是硬撐著，不讓任何人看出來。」

我極力克制住自己的情緒繼續說：「他還是每天照常的幫妹ㄚ接送小孩，每天照常的進公司工作，妳實在很難想像這個人的意志力到底有多堅強。一直到他身形開始看得出消瘦，大家要他去看醫生的時候，學長跟我們說他看了，是家族性糖尿病的問題，他有開始服藥了。然後又跟我們說他要到中國出差一段時間，回來後會再去詳細的檢查。我跟妹ㄚ一開始以為如果是家族性的糖尿病問題，應該還好控制。結果過了一個月他自己打點一切住進了安寧病房之後，才通知我去病房看他；先跟我交代完後事，才讓我去告訴妹ㄚ。」

「學長他……怎麼會這樣呢？」阿毓的聲音開始有些顫抖。

「都是為了妹ㄚ。學長先把我叫去，跟我說，他爸去世前拉著他的手，要他照顧好妹ㄚ；他媽媽去世前也拉著他的手，也要他照顧好妹ㄚ。他說，他終於做到了他爸媽交代給他的事情了！他顧著這個妹妹讓她平安的長大、受到很好的教育，也當了醫生，有份很好的工作，將來不愁吃穿；他也顧著這個妹妹，顧到了她很順利的結婚生子了。他說，他已經可以很放心的去見他父母了，所以現在的生與死對他來說，已經是無所謂的事情。」

我深呼吸了一下，暫時止住了要掉下來的眼淚，但止不住哽咽的聲音說：「學長說，他現在最擔心在意的，就是不能增加妹ㄚ的負擔！他說，他自己做醫療耗材的生意，這麼多年來在醫院進進出出的，看多了，非常了解自己患的是什麼樣磨人的病。他認為如果他自己要死不活的多拖了一年兩年，那就等於要耗掉妹ㄚ一年兩年內所有的體力與心力，這樣一來，一定會毀掉她現在好不容易才上軌道的生活，也就等於毀掉了自己二十五年來的努力，也會讓他無法跟死去的父母交代。」

「所以學長就拖著不治療，要讓自己走的乾脆些，不要拖累妹ㄚ？」阿毓邊啜泣邊接著問。

「就是這樣，沒錯。那天，學長撐著跟我說了很多話。他說他很慶幸當年能到台北唸書，讓他能夠擺脫在家鄉於貧窮中掙扎的生活。他很努力的在台北建立全新的人生，他不想被別人輕視，也不想別人被輕視。他覺得這些年他做的還不錯，沒有對不起朋友，也對父母親有了交代。作為父母的長子與妹ㄚ的哥哥，他覺得在安寧病房的那個當下，反而是他四十多年來最輕鬆的時刻，不用再擔心虧欠誰了。他覺得，老天爺對他算不錯了，還給了他最後這段時光做自己。」

阿毓已經開始放聲的哭了起來，我的眼淚也一滴一滴地沾溼衣領。

「這是學長單獨跟我說的，而且要我絕對不能跟妹ㄚ講，所以妳也要幫我保密喔。」

阿毓本來想開口說話，但止不著哭泣，只能點點頭。

在我抽了幾張面紙要給阿毓擦眼淚的時候，我想起了妹ㄚ出嫁的那天，新娘子跪哭在他哥哥懷裡的時候，那感覺根本不是學長在嫁妹妹，而是在嫁女兒。不過作為他多年的異姓兄弟，那是我第一次感覺到他真的有著舒坦的輕鬆，儘管之前一個月他才被朋友倒了五百多萬，差點連喜宴都辦不出來。

我記得他在婚宴結束後微醺的狀態下跟我說的一些話。他說，這麼多年來，他已經習慣錢在他手邊來來去去，當他需要的時候，總有賺錢的機會，當他用不著那麼多的時候，錢總會有名目溜走。他說，你看，剩下來的錢剛好夠付這場喜酒，不是很妙嗎！我只要找十個朋友請我吃十天飯，下個月的貨款就進帳了；錢，不過是回到了原點。

我在想，豁達的人生，不過是這樣而已。不過，這豁達的背後，也太多辛酸了吧！

【在電影「見龍卸甲」中的最後，趙子龍退守鳳鳴山，在山寺中他對義兄說了段話，問說，當年他們初從軍時就是從鳳鳴山出發，征戰了幾十年，天下繞了一圈之後，又回到鳳鳴山。但戰亂依舊，人民依然流離，那這幾十年來究竟是為了什麼？如果再從原點出發，會更知道該走的方向、該做的事情嗎？電影中的趙子龍沒能有機會再來一次，因為接下來他就要戰死在鳳鳴山。我們沒遇到那麼絕決的環境，能再從原點出發，而且不要像過客般的不相聞問嗎？】

第二章

一早起來上了線，就看到阿力學長寫給計畫團隊成員的信：

「Dear All，剛剛接到承辦人員的通知，我們的計畫沒有通過。非常抱歉，我沒能將大家的努力更完美呈現出，以至於失去這次機會。很感謝大家近一年來的支持與參與，也對耽誤大家的計畫再度致歉。

以下敘述的事情雖然未必與我們的計畫審查結果有關，但我想還是應該要跟各位報告。接下來會有一長段時間我不方便與各位公開一起合作研究，以免因為我而連累大家。

上個月初有人在論文討論平台 PubPeer 質疑T大許多高階人員歷年來所發表的論文涉及嚴重的造假問題，包含對實驗資料切割圖像、剪貼翻轉、數據張冠李戴等等。事件發生後，一個多月來持續擴大，迄今已爆發成全台灣有多個學術及研究機構，超過六十餘篇論文在 PubPeer 上受到質疑，其中更包含有院士級大老的著作。

基於敝刊創刊時的公義初衷，我在總編輯的位置上無法對此事視而不見，特別是T大從一開始就以各種託辭想掩蓋此事。所以從事件一開始，我陸續在媒體上代表敝刊發表評論追蹤此事，期間官方找過我去參加他們的特別委員會，但我以民間監督的立場婉拒加入；T大高層也透過關係施壓要我熄火，但我也拒絕而持續發聲。因為此事對台灣學術界的傷害實在太大了，敝刊須要持續盯住此事。

我無法證實我持續報導與評論此事是否影響了我們的計畫申請，但從這段期間我收到各式各樣硬的、軟的警告或央求，我想，或多或少都會有些影響吧。是以之後我會避免跟各位在計畫上有所牽連，以免影響大家。但有任何私底下我可以幫上忙的地方，仍請大家儘管吩咐！

我重新看了三個月前的構想書通過名單，在競爭的各案中，我確信我們是與徵求主題最有關與最完整的計畫；不論是研究主題的設定、研究內容的涵蓋層面，以及參與人員的陣容，我從不懷疑我們是真正能夠做好事情的團隊。因此如果有夥伴們願意再以這個計畫的內容挑戰一次，我很樂意私下幫大家服務。只不過需要其他夥伴來擔任總計畫主持人與子計畫共同主持人，我不方便再以任何方式列名其上，以免再度拖累大家。畢竟，接下來，我還是會繼續針對論文造假事件，為文批評各個官方單位。

研究是件有趣又有意義的事情，我仍然是以這樣的心情看待與大家的合作。非常謝謝大家，過去一年多以來與大家的討論，是我成長最快的時光！」

這是個令人沮喪的消息。一直到阿力學長這封信發出的前一週，我在與他討論完妹丫老公被爆料造假該如何處理之後，學長還順便提到了有位國外的院士級人物對我們這次所寫的計畫內容深表讚許，也提供了不少很有價值的建議。那時，他雖然有些擔憂處理此次造假案可能會對計畫申請有所影響，但那時候他的評估是頂多金額被砍掉一些，了不起折半，但應該不至於到了被完全幹掉的程度。

顯然，他對「學閥」的能耐還是太低估了。

不過計畫能不能通過，完全是審查委員的自由心證，沒什麼真正的客觀標準，因此很難說被幹掉是因為得罪學閥的關係。反正官方總是給得出一個把你說得一無是處的冠冕堂皇之審查意見書，特別是這個專案徵求的處理程序與一般專題計畫的作業不太一樣，主導的幾位大老擁有更多的權力，因此要協議出一分他們內部都無異議的審查意見更容易。

所以這件事情如果公開上了檯面，一個不小心，很容易就會被扭曲成你是一個沒有本事的學術無賴，只會藉著無中生有的控訴來形塑被打壓的假象，藉此博取同情與獲得資源。不僅會讓這批人順利地將鐵證如山的學術造假轉移成為大眾習慣的政治鬥爭，對阿力學長個人的清譽來說也有傷害，因為這會被當成炒作天下烏鴉一般黑的泥巴戰材料。

我趕緊打了電話給阿力學長，告訴他我的擔心，請他在這個階段先不要談論任何個人研究計畫的事情。

「你不是第一個，昨天夜裡我的信一發出，有兩位前輩就馬上回信要我先沉住氣，不要將事情公開，理由跟你一樣。哈，我比較好奇的是，為什麼大家半夜快三點了，都還坐在電腦前面收發信件？」

「哇靠，那我半夜一點睡就太丟臉也太偷懶了！」

「普通偷懶啦，反正大家都是學術界的血汗勞工。回到正題，你放心，我了解你擔心的那些曲曲折折。那封信我只是發給團隊內部的成員而已，畢竟大家這麼的幫忙，計畫沒了我實在很過意不去，也覺得要告訴大家可能的潛在原因而已。」

「學長，辛苦了。你那邊如果經費上有什麼問題就不要客氣，提出來，大家湊一湊總是有辦法渡渡小月的。」

「謝謝，你不說，我也不會客氣的，畢竟總得讓學生有錢做實驗好畢業。啊，順便說一下，我這週將武雄學長妹夫的東西仔細看了，他的主論文問題不大，主要都是那些掛三掛四的出問題，我會有我處理的分寸，你叫妹丫不用太焦慮。倒是那傢伙家暴的問題，我有位專打民刑事的律師朋友，可以安排他跟妹丫談談平常要注意哪些有利於她爭取監護權的蒐證。這你再問問妹丫需不需要，我希望能幫得上忙。」

掛上電話後，我重重嘆了一口氣，沒想到一天的開始，心情就如此沉重。不過我得趕快收拾好怨念，重新配備一副愉悅的心情才行。因為今天是美魔女生日，得依每年的慣例送禮物給阿毓大小姐。今年她回到國內了，送禮就比較容易解決，因為她指定了要趁熱快遞我們這邊的肉捲過去給她吃。

從我的住處到賣肉捲的店要十五分鐘，預留三十分鐘排隊等炸肉捲的時間，然後經過十分鐘的市區道路後，從外環道切出再轉到交流道上高速公路，需要五十分鐘才能到達台北的建國交流道入口，之後得再多花十五分鐘才能趕到那棟在台北繁忙市區內的大樓。

總共一百二十分鐘，也就是說，我必須要在上午十點之前開車出門，才有可能在中午準十二點到達目的地。剛好上午是八點到十點的課，只要下課不被學生纏住問東問西的，時間上應該還來得及。不過我得要記得將昨天剛買的保溫盒一起帶出門才行，不然七十五分鐘後若肉捲涼了，那就前功盡棄了。

今天學生很體諒的一下課就全作鳥獸散，不過排隊等肉捲的人比我預期的多，時間被壓縮了五分鐘，以至於在開車的路途中，我得將路段切成幾個進度的檢核點，不斷的在腦中計算著時速與距離的關係，一直在挑戰著即將超速的那條界線。

那是因為我希望能夠早個一兩分鐘到達那棟大樓旁的停車格，在開始撥手機請即將接受肉捲的人下來之前，可以有些緩衝的時間，讓自己因為過度專注趕路而顯得嚴肅銳利的眼神柔軟下來。

本來只想東西拿給她之後就走，因為下午已經跟學生約了要教他們怎麼使用新到的機器。結果阿毓一下來就快速的把車門打開坐上車，命令我隨便繞繞，讓她直接在車上把肉捲吃完，說是在辦公室吃這麼香的東西對同事實在是太殘忍了。

還好我習慣留有四十分鐘到一個小時的緩衝時間，繞個半小時讓她慢慢吃完，應該還是來得及趕回去。所以我就很聽話的開始在這棟大樓附近的大街小巷裡繞著。

阿毓一邊打開保溫盒的蓋子，一邊嘀咕說：「啊，忘了叫你幫我準備一雙筷子，响，阿醬料要怎麼加呢，我要怎麼吃呢？」

在我還沒有來得及想出方法回話之前，她已經拿起醬料包很熟練地打開後均勻的淋在肉捲上，然後直接用手拿了一塊送入口中，再抽了兩張面紙擦了擦手指後，將空了的醬料袋包住，塞入保溫盒的提袋中。

如行雲流水般的一氣呵成。

她愉快的嚼了嚼，再以滿意的微笑伴隨著將食物吞進去之後說：「昨天我跟妹ㄚ吃飯，她問我有沒有再勸你，我說，妳放心，他這個人看起來雖然大男人的要死，但我知道，他很聽話的。」

阿毓邊講邊又捏了塊滿是醬汁的肉捲，這次還特別去沾黏幾片點綴在肉捲旁邊的香菜，在醬汁滴下來之前，用了個不太優雅的前傾姿勢送入口中。在這個同時，因為前面的車子忽然間減速下來，我只好也跟著踩了煞車，因此牛頓第一運動定律都在我們身上出現了一下，差一點讓她剛到口的肉捲掉出來。

「欸，報仇啊！好好開車，我可不想等一下讓衣服沾到幾滴味噌辣醬的進辦公室。」阿毓邊嚼著肉捲邊提高聲音說著。但在嘴巴內的那塊還沒有完全吞進去之前，又順勢捏起一塊往嘴裡送，然後用塞滿了肉捲的嘴巴模糊的繼續說：「嗯，就是這種稍為溫熱的時候最好吃。我神機妙算，現炸起來然後八十分鐘以內送到，溫度降的剛剛好！謝謝喔，虧你還記得帶保溫的便當盒去裝，算你有在用腦袋。」

本來想回答個表面恭維的鬥嘴說法，但稍微撇過頭去看到她很滿足的吃著東西的樣子，忽然有種溫暖的感覺湧上來，想說，這真的是我同學嗎？還是我的姊妹？或是……

「後來呢？」阿毓沒頭沒腦的問了。

「啊，什麼？」我順口的回問。

「啊，就後來呢？就你跟那位啦！」阿毓又塞了一塊。不會吧，她打算把三條都吃光嗎？

「沒有啊，圖個耳根清靜，今年沒跟她一起寫計畫，免得妳們唸唸唸……欸，太香了，肉捲一塊給我。」剛好停紅燈，我要在三條被吃光之前，撈回一塊。

「誰關心你的計畫，說，有沒有再跟她聯絡？都聊些什麼？」阿毓一邊捏了塊給我，一邊問著，嘴巴仍然繼續嚼著肉捲。

「聽妳的話，人家現在不理我了。小姐，妳跟妹ㄚ都可以放心了吧！」還好嘴巴塞著肉捲，不然我覺得我的聲音應該會更酸。

「你幹嘛？什麼意思，有鬼喔，阿靖，你給我說清楚，快說！」阿毓繼續塞著肉捲的問著。

「留兩塊給我啦！妳想突破五十三公斤嗎？」吃了一塊，覺得真是好吃，雖然平時很常吃。

「欸，這是給我的禮物耶，那有人又要回去的！」阿毓繼續吃繼續說：「不要轉移話題，你給我老實說，剛那句話是什麼意思？」

實在不曉得要怎麼回答。過了一分鐘我仍然沒有說話。

「怎麼了，發生了什麼事？」阿毓吞下最後一塊肉捲，回復美魔女溫柔的聲音問著。

「沒事，肉捲被妳吃光了，我很傷心！」我順口答道。

「最好是喔！不要騙我，一定有事，說！」阿毓用著有點嬌嗔的聲音說著。

「妳有沒有想過，當初妳毅然決然的切斷與那位設計家的所有聯繫時，他的感受會是什麼？」我一字一字清楚的問。

「原來是這麼回事啊！我就說，你這隻爛魚，你玩不起這個遊戲的！」阿毓帶著憐惜但又有點生氣的語調說。

「妳會不會覺得，其實這樣做，是很暴力的……忽然的沉默與毫無音訊……」我繼續問。

「她不愛你的，就像我不愛他，所以這些，都不會是在女人的考慮之列。」阿毓悠悠的說。

「她愛過我嗎？」我對自己忽然冒出這個問句感到有點驚訝！

「沒有，她沒有愛過你，阿靖，你把女人的愛想得太簡單了，你這隻活在自己世界的爛魚！」阿毓用著更悠悠的語氣繼續說：「不要以為別人會跟著你的心思轉，都這把年紀了還改不掉這個壞習慣，阿靖，沒幾個人像你這麼夢幻的。」

「我們都是在利用你，利用你這隻爛魚，利用你專程送肉捲過來，然後我可以告訴自己，哼，就是有人會對我這麼好！但我最關心的只有 Joe，不是你，我不會為你牽腸掛肚，這種傻事只有你這隻爛魚才會做。」阿毓說完，車也回到了高聳的辦公大樓前面。

「記住，我們都是在利用你，包括我，bye！」阿毓優雅的下了車，用美魔女優雅的語氣，優雅的說。

我降下車窗，對著同時又回頭望了我一下的她笑了笑、揮了揮手；阿毓也回我個燦爛的笑容，然後輕快的迴轉了身走進辦公大樓。看到她轉身時揚起的裙擺，才發現阿毓今天穿了套連身的洋裝，裙色是白底鑲著條紋狀的淡紅復古碎花。

這真是奇怪的忽略啊！剛剛她坐在車上二十多分鐘的時間裡，我完全沒有注意到她穿的是什麼樣的服裝、梳的是什麼樣的髮型、踩的是什麼樣的鞋子，甚至連她近距離的容顏樣貌我都沒有留下細節印象。只是理所當然的在我第一瞥看到她的時候，腦中就湧起全然放心的溫暖，不用再思索「接下來我該怎麼做」的注意她所有肢體語言；當她坐在我旁邊開始說起話來的時候，即便針鋒相對，都是累世的熟悉，無須小心察顏觀色的斟酌與擔憂。

或許我的心中有個在初見時就已經定了型的阿毓；而我只擁有那樣的阿毓，而阿毓也樂於讓我只擁有那樣的她。

雖然多年來，許多事情都算是滄海桑田了。就像是那段這幾年才矗立起來的高架道路，因為它的出現，所以現在我只需要七十五分鐘就可以把溫熱的肉捲從六十公里外的小城送到繁華的台北東區給她。如果是當年想要送她這樣的禮物，那就只能翻山越嶺的耗掉一整天，而且帶來的還是已經涼掉而失去口感的東西。所以，那些年無論如何都不可能會想到送這樣貼心入胃的禮物；也因此，常常只是一束二十朵玫瑰花的那種沒什麼創意的念頭。

更遑論中間隔著太平洋時，連花都沒得送。

不過即便沒什麼創意，但那個奉承她、滿足她「哼，就是有人會對我這麼好！」的誠心，應該從初見時到現在都沒什麼變過吧！

常常不知道在什麼時候開始的，我們會忽然服膺於一種習慣：習慣看到某件事就想到某個動作，習慣想到某動作就只好繼續想到某件事，也不知道為什麼。有時候忘了這個習慣也不會覺得不自在，但過了一陣子之後這些習慣又總會在某個時間裡冒出來提醒你這是一個習慣。

或許，阿毓已經是我的習慣了。

目送美魔女的形影消失在大樓關上的電動門之後，我就從那個滄海桑田的高架道路再度回到小城，然後整個下午就進入實驗室過著例行的山中無甲子的忙碌。半夜裡出了系館大樓，發現豔陽已成冷月，才又感覺到原來時間是正在走著呢。

回到只有一個人住的家，掏出手機放在桌上，在那瞬間才瞟到有個未接來電和一則簡訊。打開來看，是阿力學長，不久前，晚上十一點半打的；簡訊也是，上面寫著有重要事情討論，半夜兩點前均可回電。

看看時間，現在才十二點半，就撥了電話過去。簡單寒暄後，學長就直接說了：

「兩件事，一個是今天中午有人代替某位學術高層傳話給我，說現在政府正要大力推動生技產業，不管是投資金額與涵蓋層面都將破以往的紀錄。在這個政府正需要用人之際，希望我能夠收斂些，不要用這些論文的小瑕疵，無限上綱到毀了國家好不容易栽培出來的人才。傳話的人還說，如果短期內我被查帳了不用太緊張，那只是善意的訊息而已，目的是供我自己衡量輕重時參考。」

「幹！學長，你有沒有錄音存證下來？」

「算了，被授命傳話的人算是我的朋友，她也很倒楣，只是個郵差的角色。我不想為難朋友。」

學長歎了一口氣後繼續說：「我只是要提醒你，你是幫我處理此事最多的人，如果曝了光，你大概也會被修理。所以你自己要注意口風，不要讓別人知道你在幫我處理這件事情，不然會連累到你。」

「幹！學長，你不用擔心。媽的，反正我沒結婚沒家庭就一個人，把我搞毛了，我就跟他們硬幹。」

「兄弟謝啦！不過目前才只是前哨戰而已，還是先小心，到了決戰時才有兵馬。」

學長停頓了一下後繼續說：「另外一件事，今天下午，陳鎰哲到我辦公室找我。就是那個小你三屆的阿哲，你還記得吧？」

「知道啊！他還是我直屬學弟哩。陳鎰哲，現在是在台南C大，是吧？」

「是的，就是他。」

「他來找您幹嘛？」

「阿哲來找我談另一個論文造假案，也是上溯到一個大學校長以及他的黨羽的大案子。不過他想揭發的這件比T大的更麻煩處理，因為不是那種複製剪貼加美工的低階做法，而是在實驗材料以及實驗程序上做手腳，所以在舉證上加倍的困難；此外，這些論文已經與數目不小的商業募資扯上關係了，很容易被以商場上的惡性競爭為由模糊焦點。」阿力學長說完後，長嘆了一口氣。

「哪個大學的校長？」我對這個比較有興趣。

「Td大，哈，都是T開頭的，媽的，全是這些。」

「阿哲他手上有什麼證據？」

「他說他做了驗證的實驗。精確一點說，是他和他在美國的合作夥伴一起做了驗證實驗。」

「專利競爭？」

「是的，內行人。」

「媽的，是什麼偉大的東西？」

「一個快速篩選平台。不過那方面的實驗我沒碰過，光看書面資料我也無法一下子就判定是否有問題。那些東西你比我熟，所以想請你找一天來我這邊看看，或是我帶過去你那邊也行。」

「學長，當然是我去您那邊。您說個時間，我就去。」

「那就明天下午兩點，OK？」

「沒問題。」

「其實還有一個附加的麻煩問題。妹ㄚ的老公叫『易志名』，是吧？」

「是啊，怎麼了，他也涉案了嗎？在阿哲舉發的東西？」

「嗯。他是 Td 大醫學院那個張……張什麼的……我一下子忘了名字，反正志名是從他那邊拿到博士學位的。而他的博士論文和這本論文所出的 paper 內容，就是阿哲他們驗證的主要標的之一。」

「幹，難怪那傢伙要逼妹ㄚ幫他說情。」

「事情還很難講，說實話，阿哲拿給我看的東西到底有多少可信度我也蠻存疑的，畢竟有關商業競爭。而且我已經很多年沒有跟他聯繫過了，他忽然的就來找我，這中間有沒有什麼蹊蹺，我還是需要小心判斷。」

「了解。學長，那我明天下午就直接到您辦公室。」

「OK，兄弟謝啦！」

掛上電話，腦袋直覺地冒出「沒救了，這個鬼島」幾個字眼。想到今天下午在實驗室的時候，順口問了兩個碩二的學生畢業之後有什麼打算，一個說已經報名資策會的 JavaScript 方面的訓練班，我說：「你之前在生科系有學過這些嗎？怎麼會選這個？興趣？」學生說：「就是沒有才要去學，比較好找工作，之前學長也是這樣才找到工作的。」另一個則是更乾脆的說，他已經準備要簽志願役了，因為已經簽了的學長說待遇比當研究助理好多了，福利也棒。

當下我也不曉得要說什麼，只能嘆口氣，說：「加油。」

如果阿哲所指控的是真的，那麼T大加 Td 大，裡面這一大票看起來人模人樣的台灣生技界菁英，若是歷年來就是以這種搞法結黨結派的在壟斷資源的話，那的確不難理解為何台灣喊了數十年發展生技產業，至今卻仍然只是政治催眠功能遠大於產業實質成長，而畢業的生科系學生競相轉行也不過是剛剛好的自保之道而已。

不過隨即浮上心頭的還是妹丫要怎麼辦？即便不看阿哲的東西，光是從她老公這麼緊張的未雨綢繆找人說項，我想這個易志名絕對是捅了個大簍子。將來如果事情端上了檯面，他不知道又會用什麼樣的手段來逼妹ㄚ為他求情？我得及早做些沙盤推演才行。

呆坐在沙發上十幾分鐘，想來想去最後總是卡在孩子的監護權上。或許我應該先去找學長那個專打民刑事的律師朋友，問清楚關於監護權爭取的細節之後再說。

雖然暫時以這樣的結論停止了這個問題的思考，但經過這一番絞盡腦汁的折騰下來，卻讓我在半夜一點鐘的時候毫無睡意。在房間內踱步了幾圈，也不知道該再想些什麼，反而變得煩悶了起來。

看看窗外月色倒是皎潔，索性，就開車出去兜兜風吧。

深夜時分，一下子就繞出了小城市區，不到十分鐘就看到高速公路。既然油表上顯示還有八分滿的燃料，乾脆就直上交流道，接著以全速勁馳在黑夜裡的國道。一路上瞟著對向車道內的燈光拖曳而過，駕駛座在前行的靜謐中隨著避震器載沉載浮，令人油然生出了在川上逝者如斯夫不捨晝夜的禪的味道。

不到四十分鐘就看到新北市這些年開通的外環快速道路。平常都只是呼嘯的與它們擦身而過然後急著闖進台北城，難得今天沒什麼目的地，就乾脆開過去走走。

轉進了之後眼睛所見的空間只有我一輛車存在，讓夜靜得像是我立定不動的任道路往後奔馳，沒幾分鐘八里就來到眼前。從淡水河左岸望向右岸，宛如全然置身世外的看著繁華世界，卻翻騰著想入紅塵又離紅塵的心情。

忽然的就想起以前到湳文在半山腰上的宿舍見面後，如果是失落的下了山，常常就騎著車從大度路到關渡再到淡水看著河面的夜色發呆，甚至會遠道直達北海岸的某個海邊，在沙灘上聽著濤聲低沉的熬過一夜，然後再迎著晨曦騎回學校，身心俱疲的癱倒在寢室地上。

二十幾年就這樣過去了，騎著野狼的年輕人變成了開著汽車的中年大叔，卻忘了那一年獨自黯然的海邊位在何處。沿著北海岸延展的路旁地貌變化太大了，我無法重回那個孤獨的海岸，將彼時悲傷的年輕撿拾回來。

我找了個有稍寬路肩的地方將車子迴轉，沿著北海岸再回到淡水河邊。在一個視野較開闊處停了車，轉開音樂，讓江蕙、梁文音、黃鶯鶯、蘇芮的CD輪流播放著。雖然除了梁文音以外，其他人的年紀都比我大，但她們的青春都凍齡在聲音最美好的時候了。

一個人如果沒有被遺忘，應該就只是因為他所創作的東西提醒了大家吧？

就像昨天重看的那部《戀戀風塵》，二十多年後再看女主角辛樹芬，還是那種令人難以忘懷的嫻靜中透著婉約淨憐的美；那些美，展現在戲中沒有夢幻結局的殘酷青梅竹馬，變成是痛。劇中那場女主角以她初學的裁縫為男主角作了件襯衫，拉著他在較亮的燈光下細細打量看看合不合身的場景，我想，許多人應該都希望這部戲只演到這裡就好了吧。

那年剛上大學，是週週往山上跑的時候；看了這片，結果變成了我腦中再也無法遺忘的愛情之悲劇意識。

或許過了快二十分鐘，覺得這樣一直開著引擎空轉排氣，實在是對不起地球。所以就把車子熄火，下了車，更靠近了河邊一些。

眼前這樣的淡水河邊和記憶中的那些沙灘海景，在年輕的彼時，也不全是我獨享的孤獨。有一次，應該是妹丫高二的時候，忘了是因為什麼樣的事情，武雄學長跟妹丫吵了一架，妹ㄚ氣得鎖在自己的房間不肯出來。從中午到晚上，從一開始還會隔門回嘴的吵，接著變成完全不理不回應的只有哭泣。後來漸漸的哭泣聲越來越小，剩下只有斷續地啜泣。武雄學長慌了，緊急的打電話到宿舍把我叫過來。

我在妹ㄚ房門外好說歹說的才讓她開了門。看著他們兄妹兩人僵在那邊也不是辦法，我就跟妹ㄚ說：「我載妳出去兜兜風好了」妹ㄚ說好，武雄學長則是看著我嘆了一口氣，說了聲「注意安全」後，站起來默默地拿了一千元給我，說：「帶她去吃個飯」。我笑了笑把一千元推回給他，拍了拍學長肩膀，沒跟他再說什麼，就叫妹ㄚ拿頂安全帽跟我出門。

妹ㄚ雖然已經止住了哭，但掉了一下午的眼淚，整個人顯得非常孱弱黯淡。我問了她想不想吃飯，她搖搖頭；問她想去那裡走走，她只簡單回了「不知道」。看她這個憔悴模樣，大概也不適合到什麼人多的地方，我想說，就乾脆騎遠一點，真的讓她只在車上坐著兜風好了。

那一天我就這樣載著她從永和騎到了淡水的河畔，暫停了一下，看了看河景。問她想不想下來走走，她搖搖頭，只願意坐在車上張望。因此兩三分鐘後，我只好又載著她繼續往北海岸走。

她原本一直抓著車椅後端的鋁架，刻意維持一個她的胸與我的背不碰觸的姿勢。或許一個多小時下來，累了，所以從淡水開始啟程往北海岸騎去的時候，她伸出雙手環抱住我的腰，頭斜靠我的頸脊，變成整個人貼在我的背上。

或許那時候我有稍微驚訝了一下。畢竟教她這麼久，我一直很注意肢體接觸上的分寸。

一方面是武雄學長不止一次認真的要我注意不要現在就給他搞個師生戀，另外一方面，我在渃文身上放入了全副心思，因此，我也不想節外生枝的多了跟小女生之間的麻煩。

不過雖然驚訝，但我應該沒有特別表現出什麼奇怪的反應，只是淡淡的跟她說：「要抱好喔，不要睡著了喔。」

那是我第一次被年齡相仿的女生那樣緊緊的抱著，也是第一次感受到被年輕女生柔軟但富彈性的乳房緊靠著的舒服；心裡或許有些奇怪的蕩漾，但車行沒幾公尺後就銷聲匿跡了。馬上代換上來的，是我對這個妹妹憐惜保護的心情，因為我感覺到妹丫的眼淚滴在我的脖子上，身體則有著強抑哭泣時的顫抖。

妹丫就這樣貼在我背後斷續的哭著，直到我在海邊的防風林停好車，她才暫時止住的下了車。要走進沙灘的時候，妹丫帶著哭後的濃濃鼻音要求我說：「阿靖哥哥，你能不能揹我？」我又稍微的驚訝了一下，不過我應該還是沒有特別表現出什麼奇怪的反應，只是半蹲下來說：「來」。

妹丫在外表上跟阿毓是截然不同的類型，阿毓接近一六五公分高，身材中該豐該滿、該凸該凹、該曲該圓的部分，全都是不能再挑剔的無懈可擊了；基本上，每當她在我眼前出現的時候，都是名模走秀的風華。而妹丫只約略一五五公分高，是一個纖柔略瘦的人，不過可能因為她的骨架較細，看起來身形還算勻稱，不會太過骨感。也因為這樣，妹丫就可以很自然的整個人趴在我的背上讓我揹著。

當她俯趴在我背上的剎那，妹丫柔軟且富彈性的乳房在我身上壓得更密實；而且不像剛剛隔著安全帽還有些距離，現在她整個臉龐的肌膚就緊貼在我的脖子上，髮絲在海風不斷的吹拂下掠過我的兩頰，順勢將她身上青春女性的體香源源不絕的導引至我吸入的氣流。

照正常情況來說，對一個二十出頭的男生在觸覺與嗅覺受到如此濃烈的異性刺激時，即便行為上克制，但有些生理反射出現應該是必然的才對。然而，在那個當下，我除了憐惜疼愛的念頭之外，居然沒有其他的想法，甚至在褲襠之內也察覺不出有任何反射的體積變化。多年後當我開始有了跟其他女生的肢體接觸之經驗後，每當回想起那一晚，總覺得有些不可思議。

我就揹著妹ㄚ走到海水波湧消散處的沙坪上。對於那個身高有一七二公分，而且正是橄欖球隊員的年輕的我來說，揹著這樣一個纖秀的女生，還不算是太大的負擔。我們停在面對海的最前緣，看著在雲幕中時隱時現的上弦月，我感覺到妹ㄚ漸漸停止了啜泣，也抬起頭看著月亮。

許久，妹ㄚ忽然幽幽地問我說：「阿靖哥哥，你跟我哥哥為什麼都要對我這麼好？為什麼只要是我要求的你們都會答應？」

我不太記得那個時候是怎麼回答妹ㄚ的，大概就是「因為我們很疼妳啊、就只有妳一個妹妹而已啊」等等這類現在想起來覺得在當時一定是火上加油的回答。不過妹ㄚ倒是沒有再跟我爭辯什麼，只是本來看著月亮的抬頭姿勢又擺回貼在我頸脊的肌膚上，說：「阿靖哥哥，我累了，我想回家。」

我先到附近的加油站找個公用電話跟學長報告一下我們的位置，免得他在那個沒有手機的年代中等太久，說不定一急就跑去報警。中途我還找了家麵店讓妹丫吃吃東西，所以回到家的時候，已經是晚上十一點了。

一開門之後，原本兄妹兩個人都還想裝酷的不想搭理對方，不過就在武雄學長還是忍不住的先開口問說「吃飽沒？」妹丫忽然衝過去抱住她哥哥，然後又大哭了起來；武雄學長摟著這個小妹，輕輕地拍著她的背，眼淚也是大顆小顆的滴下來。

那是很久的往事了。但是今日站在河邊的這個中年人，回想彼時包裹在那兩兄妹親情中的困境，仍然再度揪心的為他們兄妹流下了眼淚。最親的家人不是可以談天解悶的對象，會顧慮太多，怕給他們太多負擔。於是只能每天重複一樣煩悶的生活、一樣煩悶的心情，感覺無所逃於天地，然後每天還是得若無其事的沒有自己，只關心著對方。

這對於當時那位只有二十五歲的武雄和只有十七歲的妹丫而言，都是思不出解脫之道的沉重，像是隨時會在什麼時候引爆的悶雷。

在那次以後，我跟妹丫仍然保持著身體上清楚的間隔，偶爾騎機車要載她去買些什麼東西或是吃個飯的時候，她還是一直抓著車椅後端的鋁架，刻意維持一個她的胸不與我的背碰觸的姿勢。所有的相處都回到原有的自然而然，沒什麼尷尬；那個柔軟但富有彈性的乳房觸感已成了匿跡在雲端裡的曲線軌跡，即便特意去想，仍然只是個沒有色彩的素描而已。

其實在妹丫上大學之前我也很少有機會看著妹丫「完整」的樣子，都是近距離的，大多是跟她在書桌前並肩坐著上課，睨著她右半部的側面。眼光最常停留的地方是她的雙手，特別是握著筆的手指，那是我對妹丫最有印象的身體部位；跟她的身型相比，可以算是修長而勻稱，或許是長期練習鋼琴的彈奏所致。

一直到了妹ㄚ唸了醫學系以後，我才有機會較遠的仔細看著她。我跟阿毓唸碩一的時候，剛好被分派到擔任醫學系大一普通生物學實驗課的兼任助教，因此我就有機會遠遠望著在第三排實驗桌、正面向著我的妹ㄚ，看到完全的她。

雖然她不像阿毓那樣的風華光芒，但是秀靜溫婉的纖柔，別是楚楚地動人；雖然胸前不如阿毓雙峰的大家閨秀，微挺的乳房則是小家碧玉的惹人愛憐。認真說起來，如果我不是從她國三時就變成了她的阿靖哥哥，而是在這個當下才見到妹ㄚ這位青春正盛的女生，那我可能會有些心動的想說，也許可以試一試交往看看。

然而阿靖哥哥這個身份已定，就像是情慾被禁錮在貞操帶之內那樣，我只能擔任次於武雄學長的二哥角色，以一種注意旁邊有誰蠢蠢欲動的警戒心情，用眼光護衛著妹ㄚ。也因為這樣，在講台上有一些些俯瞰的角度下，我才注意到妹ㄚ挺立鼻樑坡降到兩眼之間的平緩處，常常有著不太自在的蹙眉。

她在班上算是個安靜的潛行者。看得出她很小心地觀察著同組同學之所有言談與行為上的細節，但卻不常見她與別人多討論些什麼，也不主導些什麼，只是默默地將別人分派給她的工作很完美的做好。但我覺得那不是沒有主見的被動，相反的，比較像是對組員們寬大的包容；畢竟，跟同年齡的同學們相比，她所受過的磨難實在是多太多了。

為了不要讓妹ㄚ受到特別的照顧而感覺不自在，我跟阿毓特意的與妹ㄚ在課堂上保持故意的陌生。不過阿毓偶而還是會露了餡，只要妹ㄚ好像有些什麼不順，她就會在妹ㄚ那一組停留久一些，殷殷垂詢著妹ㄚ的問題。不過女神的駐足常會引來一堆小屁男孩的蜂擁，這時候妹ㄚ通常會順勢的退到圈外，跟阿毓兩人眼光交換著無奈。而我就會注意到，在妹ㄚ旁邊那組的易志名，這個小男生會默默地、以刻意的自然，像是隨性的移動腳步，恰好的就站在妹ㄚ旁邊，然後有一搭沒一搭的跟她聊兩句。

隨著這樣慢慢地有意無意的亦步亦趨，到了妹ㄚ大一升大二的暑假，他們兩個人就在一起了。其實在妹ㄚ大一上學期的普通生物學實驗課程結束之後，我就比較少跟她碰面。一方面是沒了每週兩天的家教課，也沒了每週必見面的實驗課，另一方面則是我被老闆指派外放到合作的實驗室，所以大部分的時間都得窩在中研院裡頭，少了回學校的時間。就這樣，因為彼此的交集少了，所以她跟易志名成對的消息，還是阿毓跟我說的。

某種程度我覺得阿毓比我還疼這個小妹，或許因為她在家中只有兄弟而沒有姐妹，所以就把這個苦命認真又懂事的妹ㄚ，忘情地當作是自己的妹妹。妹ㄚ大一下學期的時候，她就幫妹ㄚ在學校附屬醫院裡的貴重儀器中心安排了個工讀生的工作。為什麼說是她安排的呢？很簡單，因為貴儀中心的主任就是她堂哥；她的這些表哥與堂哥都不敢得罪這位公主，只要她吩咐的，基本上都使命必達。

阿毓讓妹ㄚ就近在學校內工讀，一方面是因為妹ㄚ對於研究工作的確有興趣，另一方面也讓她自己賺賺生活費，好減輕武雄學長的負擔。因為到了妹ㄚ唸大學之後，武雄學長評估妹ㄚ已經可以自己照顧自己了，就準備卸下超久的學生身份，在妹ㄚ大二時去當個兵。雖然武雄學長預存了一筆錢給妹ㄚ在他服役的一年十個月期間使用，但如果妹ㄚ自己能夠工作賺錢，還是可以讓兄妹兩個人的生活，在學長入伍期間過得沒有那麼的窘迫邊緣。

也因為妹ㄚ在阿毓的地盤中工作，所以就有很多馬路消息會回報到阿毓耳中。阿毓跟我說，那些消息中，有不少對易志名的評價是負面的，大多認為他是個少爺，妹ㄚ跟他在一起常常是妹ㄚ辛苦的配合他。妹ㄚ成績很好，易少爺則是處在幾科被當的邊緣，加上又不帥（我跟阿毓也覺得他跟妹ㄚ站在一起並不搭調），所以大家都很納悶妹ㄚ是看上他哪一點？

後來我決定親眼瞧瞧。就在武雄學長入伍的前幾天，我要妹ㄚ帶易志名一起來跟我們吃個飯，就在學長家裡煮火鍋，算是幫學長餞行。我還特地請阿毓也一起過來，幫忙評估評估這個易志名到底適不適合我們家妹ㄚ。

那天我想不只是我，包括武雄學長與阿毓應該都悶極了。基本上，我覺得易志名那傢伙如果不是有社交障礙就是狗眼看人低。他不會主動找話題，也不會主動說去幫忙洗個菜、拆個包裝盒、下個料或是傳個飲料之類的。就是完全的被動，惜字如金的僅一問一答，然後等著妹ㄚ或我們遞食物給他。拿過食物時頂多只是笑一笑，連個謝謝也不會說。

我們很疲累的才問出原來他的父母都是老師，媽媽是國中、爸爸是高中；爺爺當年則是高級的黨工，曾經當過地方主委那類的職務。而家族裡面也多是公教人員，有幾位還是小學與國中的校長，也有簡任級以上的政府官員和大學教授。他在家裡從不用進廚房也不用拿掃把，唯一的工作就是唸書；最大的興趣是搜集各式戰鬥機的模型，他說家裡有一個房間專門拿來給他儲藏模型使用。

不過幾天後我送武雄學長到金六結入伍的時候，他在途中倒是比較看得開的跟我說：

「妹丫喜歡就好。他們是同班同學，醫學系要唸那麼多年，將來多的是時間與機會相處了解；而且男方的家庭背景算是很好，都是公教人員，在台灣那是經濟最穩定的族群了，將來比較不用擔心像做生意的家庭那樣，或許會有可能的大起大落。」學長說，他不求妹丫大富大貴，只希望妹丫有個平安和樂的家庭就好。

對當時才二十四歲還沒出過社會的我來說，學長的這番話我不曉得能多加什麼評論。我們家是種田的，看天吃飯，颱風來時損失自負，沒下雨的時候還要自宮休耕節水給工業使用。不管是跟從商的比或是跟公教的比，怎麼比都算是比較慘的那一群。

忽然間一陣吆喝打鬧的聲音攪亂了我的思緒，將我從二十四歲的人生拉回四十六歲。望向聲音的來源，看到約略一百公尺外來了一群年輕人，大概是喝了酒又起了衝突，雙方正在那邊互相叫罵著，或許等等就會大打出手。我不想惹上麻煩，也不想被流彈波及，於是就快速地上了車，離開了這個回憶之地。

快四點了，即便這個時候飆回去小城住處，但是下午兩點又得趕到宜蘭跟阿力學長見面，扣掉各段車程所需的時間之後，雖然明天上午不用上課，剩下能夠拿來睡覺的時間還是有限。心念一轉，想說乾脆現在就開往宜蘭，順利的話五點之前就能夠到達礁溪，在附近找個汽車旅館休息一下睡個五、六個小時，還可以有時間舒服的泡個溫泉澡。

這就是單身的好處吧！

在我重新開上道路的時候，從後視鏡中看到，那個二十四歲的我仍然落寞的坐在那邊。我猜，他又去了一趟半山腰，但渃文不在家。

第三章

剛剛才在新聞上看到T大校長哽咽的宣佈不續任的消息，沒想到接著就收到阿力學長寄給各個編輯委員的信。雖然我不是編輯委員，但學長還是傳了密件副本給我：

「各位編輯委員，大家好，我已於日前獲得董事長及理事長同意，將於下個月底請辭總編輯的職務。

我從五年前開始加入編輯委員的行列、三年前擔任副總編輯、去年起接任總編輯的工作，這幾年來，因為參與編務而成長了許多；這段時間我得到的不只是經營刊物的經驗，更難得的是在潛移默化中所感受到的創刊精神，也不斷的重新形塑我自己的人生觀。我非常感謝及珍惜在這裡服務的經驗，也非常感謝大家對我的提攜與幫忙。

只是這些日子以來，我覺得我個人的創意與邀稿能力已經到達一個瓶頸；加上關注T大學術倫理案件這幾個月以來，由於事涉敏感的人情紛擾，為求公義的報導與評論，耗掉我不少原有於T大所憑藉的環境資源與人際關係（我從學士到博士均在T大就讀，畢業後迄今的研究工作，也一直與T大的朋友保持密切的合作），為避免連累與我合作的朋友擔負不必要的外界困擾與壓力，所以我個人原有的研究無法再於T大的合作單位持續，必須中斷。

因而在學倫案全貌的報導漸趨完整、且T大初步懲處已出爐之際，我需要多一點的時間重新調整我自己的腳步，思考在沒有之前的合作資源後，如何重新發展新的研究課題，持續自己在學術方面的工作。

在徵得了董事長與理事長的同意，我將於下個月底辦完我們所負責的研討會後，就卸下總編輯的職務，並推薦副總編輯在我辭職後接任總編輯。副總編輯對於本刊的編務相當熟悉，也付出了極大的熱忱在編務工作上。相信我們在編輯部的工作銜接是可以無縫接軌的。

總編輯只是過客，不斷有過客，這本刊物才會不斷的有新生命。之後我還是會盡我的能力在本刊耕耘。再次感謝大家這幾年來的照顧、支持與協助，也請大家繼續一起為這本有理想的刊物努力！」

上次在宜蘭跟阿力學長碰面時，還聽他說任期到今年七月，怎麼忽然就這麼快辭了？想了想，不太對勁，還是撥了個電話過去問問看。

「也不算是那麼的臨時啦！從處理這個案子開始，我就有隨時下台的準備。我不是什麼聖人，一開始我就想如果我被揭了什麼瘡疤或是跟拍了什麼照片，那我就下台一鞠躬了。」

阿力學長從電話那頭傳來了幾個自嘲的笑聲後，繼續說：

「這次倒不是我被搞了什麼，而是不想讓朋友太過困擾。你知道的，我在T大有一些實質合作中的朋友，雖然現在尚未有實際的打壓到他們身上，但已經有許多派系算帳與經費刁難的放話不斷傳到我這邊。為了避免我的朋友因為我而被修理，我決定先預防性的處理，全面退出在T大的所有合作研究。不過有些東西無法說收就收，大概得到年底我才會全部撤退完畢。除了告訴傳話的人之外，目前這算是實際表態吧，讓對方不要去動我的朋友。

唉！處理這件事情已經耗掉了我巨量的時間，現在T大的關係也要棄守，我自己的研究還真的就要成為一片廢墟了。但我還有學生排隊等畢業，還是得籌糧草和兵器給他們。為了他們，我需要有時間重建自己的基地。剛好副總編體諒也幫忙，願意承擔這個臨危授命，讓我有即時喘息的時間。」

「幹！就是學術界的白色恐怖嘛！」

「就目前的狀況來說，我是認為還不至於到『白色恐怖』的程度。計畫審查和查帳還算是法律上公務機關的職權，這點我還是尊重，不予置評。而那些派系與經費的放話，我認為算是私人恩怨之間的私人報復手段；被捅一刀了，總會想辦法反擊，人之常情。只要不是官方非法發動的，我們見招拆招就是了。」

「幹！學長，你會不會太樂觀了？」

「我不這麼樂觀不行。我今天如果在媒體上寫說我被白色恐怖了，那所有人一定會要我舉證。但目前這些威脅與放話的軟硬兼施都以傳令兵口耳來報，來去不留痕跡；我手上沒有證據，自然無法說這樣的話，免得自取其辱，被說是自抬身價。」

學長又從電話那頭傳來了更無奈的自嘲笑聲後，接著說：「先不管這些，妹丫跟她兒子都安置好了嗎？」

「阿毓幫妹丫先租了間有完善保全管理的房子，昨天我已經從飯店接她們母子過去住了。這兩天，我還會陪妹ㄚ回到她原來的住處，收拾其它屬於她的，還有小孩子要用的東西。」

「這次應該可以直接向法院請求離婚了吧？而且孩子的監護權也應該有利於妹ㄚ才對。」

「我那個當檢察官的朋友以及您介紹的鄭律師都是這麼認為的。我等妹ㄚ安頓好住處的時候，再看看她的情緒狀況，找時間跟她討論。目前是拿到了緊急保護令，先避免再受傷害。」

「易志名這傢伙真是太他媽的可惡了。他對妹ㄚ還有小孩的那些強制與暴力作為，應該不少是公訴罪的範圍，這次應該不會再讓他輕易裝可憐脫身了！」

「是啊！幹！這次我一定要讓那個人渣去坐牢。啊，對，提到易志名這個人渣，上次我去您那邊看到的那些陳鎰哲提供的資料，我跟兩位同行的朋友討論後，覺得阿哲的東西在科學上來說，可信度應該蠻高的；我也請了我們班在美國工作的萬仔幫忙打聽阿哲提到的那些實驗室，看起來是真的有些規模沒錯。不過為了慎重起見，剛好我兩個月後要到美國開會，我昨天直接跟阿哲說了，我想去那邊參觀參觀。我沒說是因為這件事，只說是我個人開會之外有興趣的順便行程，請他幫我安排安排。」

「OK，兄弟謝啦！我跟新任總編輯說過，我會持續追這個案子，如果有確定的證據後，還是要藉著刊物的版面和媒體管道發表。如果阿哲說的是真的，這是學術造假 2.0，有必要讓國人都知道。」

掛了電話，看看時間，快三點了，趕緊跑去停車場開車。今天我還是得去幫忙接小孩，要在四點半之前趕到小朋友的學校。從上週事情發生之後，這幾天我跟妹丫輪流去接小孩，避免小孩半路被易志名或是他爸媽帶走，特別是發生了前天的那個狀況之後。

前天易志名的父母早早就到小孩的學校門口堵著。本來是妹丫自己去接小孩，我剛好在台北的會議早一點結束，就想說順便過去看看。結果一到那邊就看到他們在跟妹丫大小聲，還想動手拉小孩。門口的導護老師正在一旁勸著，小孩則是已經嚇得嚎啕大哭、一直爆跳著，兩個志工媽媽不斷的拉住他幫忙安撫。我到了之後，直接就開了手機蒐證錄影，正告那兩老說我要報警了，然後過去抱住小孩，拉著妹丫上車離開。

車上妹丫抱著不斷放聲大哭、手腳躁動的小孩，雖說是個小學三年級的男生，但失控爆舞起來，仍是個恐怖的哥吉拉。透過後照鏡看著妹丫勉強噙住淚水，極力地壓制小孩的手腳，那種筋疲力竭的艱辛模樣，讓我的眼淚也一滴一滴地掉了下來。

結果，昨天易志名的父母居然還跑來我工作的學校找我談判，叫我開出個價碼，要我讓妹丫放棄控告易志名，也要妹丫放棄小孩的監護權。本來看在是長輩的分上我還勉強維持禮貌的態度，後來他們越來越強硬、越來越粗魯，連暗指我跟妹丫有曖昧關係的話都說出口了，最後還說他們可以透過教育部高層施壓，讓我的教授升等過不了。

媽的，當下我火大了，開了手機錄影要他們對著鏡頭再說一遍，如果不敢說就給我滾。我的辦公室在三樓，後來同事跟我說，他們在一樓的樓梯口都聽我吼得清清楚楚的。

這些事情的開頭都起因於上週二的晚上，我才剛跟大學部的導生們聚會完回到家，連襪子都還沒脫，就接到妹丫兒子拿他媽媽手機打給我的電話，他一邊哭一邊說爸爸在打媽媽，還用電線將媽媽綁起來，撕掉媽媽的上衣，然後用煙頭燙媽媽的背。他很害怕的想過去抱住媽媽，結果也被爸爸用電線打，然後把他抓到廁所關起來，不准他出去。

我當下要小孩就把手機開著不要掛斷，聽到手機傳來妹丫淒厲的哀號聲，實在讓人心如刀割。我隨即衝進去客廳用家用電話報了警，也直接打給我以前同寢室的室友，現在是檢察官的大峰學長。學長一聽立刻跟我要了住址，說他馬上親自去一趟。兩通電話打完，我繼續保持著用手機跟小朋友說話，然後衝到巷子口的計程車行，包了台計程車就往台北去。

一路上不斷的從電話中聽到妹丫的哀號和易志名的咒罵聲，後來車子剛下建國北路交流道的時候，就聽到一陣人馬雜沓的吵雜聲。小朋友說好像有人進來了，沒多久，我就聽到大峰學長接過小孩的電話，直接跟我說，人他救到了，小孩跟大人都有傷，他要先送她們就醫驗傷，要我直接到醫院去；而易志名是現行犯，當場逮捕了，警方會將人帶走。

後來在醫院大峰學長向我描述了一下細節，他說轄區派出所的一名警員先到，不過易志名拒不開門。因為裡面哭聲淒厲，警員馬上請求支援。他到的時候剛好支援的警力也到，當下他就下令破門救人。一進去就看到易志名拿著菜刀從廚房衝出來，帶隊的小隊長一個箭步衝上去，直接就扭掉了他的刀，強力的把他壓制在地。警方破門時全程都錄了影蒐證，這個易志名數罪齊發，官司有得他打了。

在人馬雜沓的急診室熬過了各項檢查的折騰、也讓檢警完成了初步的訊問之後，晚上十一點，終於可以讓妹丫平靜的休息；小朋友則是在醫師用了鎮定劑之下，也沉沉的睡去。

醫師跟我說，若是再觀察一個小時後沒有出現其他症狀，就可以回家休息了。

聽了醫師這樣說我才想到，妹ㄚ被救出緊急送醫時，上衣因為已經被易志名撕破，所以當時大峰學長只是在現場的浴室拿了一條大毛巾將妹ㄚ包住就送上救護車，因此現在妹ㄚ就只是穿著醫院病房的衣服而已。所以等等若要出院，得要有套家常的衣服可穿才行。

已經這麼晚了，沒辦法，還是只有阿毓能幫這個忙。我打了電話給她，本來只是想請她先找套自己的衣服，我再去她家拿來給妹ㄚ應急；結果大小姐一聽就先把我批了一頓，說這麼大的事情怎麼現在才告訴她！當下她就說她會自己來一趟醫院。

講完電話，我回到急診室的病房內，妹ㄚ沒有睡著，只是側著身子靜靜的看著躺在隔壁床的兒子。我拉了椅子坐到她們母子的兩床中間，妹ㄚ稍移目光看了我，然後微微的點了一下頭，眼角隨即滾下一顆淚珠，眼神又回到她兒子的身上。我抽了張面紙吸走那滴即將越過鼻樑的辛酸，另一隻手輕拍著她的掌背；妹ㄚ想說什麼的抿了抿嘴，卻又撐不開那千斤重的雙唇，只能再滴下一滴眼淚。這滴淚的湧現迅疾，在我還來不及承接住的時候，已經在白色床單上躍成四散的細微鍊珠，隨即暈染成一方濕圓。

我只能繼續的拍著她的掌背，用我最大的自制力止住自己也想掉下的眼淚。或許妹ㄚ感覺到我的呼吸紊亂了一下，她細微的偏了一下頭看著我，然後抓住我正拍在她掌背上的手，很用力地握著，以微弱但很專注的清楚說著：「阿靖哥哥，為什麼我最親的人都會離開我？」

一下子我心頭酸楚的糾結成一團，不知道要開口說些什麼來安慰她。只能將手中的面紙放在床沿，空出一隻手輕輕撫著她的頭髮說：「沒那回事。」

「我爸爸在我很小的時候就走了，我媽媽也在我小學的時候走了，我哥哥也不讓我照顧他的就走了。我愛的那個志名也變了，不要我了；我的小寶，是不是也會被他們帶走呢？」

在最後一個字掏心的說出後，妹ㄚ略微閉上眼睛，深呼吸的滯住哀戚繼續往臉上浮現，只允許兩滴眼淚滲出的宣洩。

我再抽了張面紙吸了殘留在她臉上的淚痕，很堅定的跟她說：「妹ㄚ，不要怕，不要擔心，阿靖哥哥一定會讓小寶留在妳身邊，由妳看著他長大。」

妹ㄚ沒再說什麼，睜開眼繼續看著她的小寶。

我略微調整了一下坐姿，同時看著妹ㄚ她們母子：小寶一臉稚氣的睡著，妹ㄚ則是愛憐又不捨地望著。

「是我的責任了」我心中響起了這樣的聲音，好像是在跟武雄學長說出我的承諾。

不過，我終究沒有阿毓的細心。阿毓不僅把全套衣服帶過來，也想到了易志名被收押的可能性極低，應該很快就會被交保出來。所以妹ㄚ暫時不能回去她自己的家，以免再度見面又出問題。

所以阿毓在過來醫院的途中，也順便在離她家不遠的一間五星級飯店訂了個家庭房，作為妹ㄚ母子這幾天暫時棲身的地方。然後她要我跟剛剛救人的檢察官聯絡，請他幫忙申請緊急保護令；還有，要我儘快跟我認識的律師聯絡，協助處理離婚官司和監護權的事情。

那天我抱著正在沉睡中的小寶、阿毓攙扶著仍然虛弱的妹ㄚ離開醫院。看著前頭這兩位從十九歲開始就出現在我生命中的女人，一步一步的履著年復一年的熟悉身影，我不禁有些遺憾的想著，在我的生命中她們融入的那麼理所當然，註定是不需要經過繁文縟節的程序，就直接說定了再碰頭那樣地接續著前世未過完的人生。而這樣命定中的默契，卻也使我失去了在這輩子仔細捕捉她們風華的遐思，任由她們在我的青春情慾中缺席，沒了連結成為伴侶的動力，讓我與她們之間，終究只能隔著這樣的距離。

到了飯店，進了房間，我才發現什麼是阿毓口中的家庭房，那是有著獨立客廳、有著兩套衛浴的大坪數房間。在進門的剎那，我跟妹ㄚ都出現了同樣驚訝的猶豫表情，我猜我們兩個人心中想的事情也應該都一樣：這到底要花掉多少錢啊？

以阿毓的冰雪聰明立即就了解了我們的不安，在我們都還沒有問什麼之前，她一邊將妹ㄚ扶到沙發上坐著，一邊用手勢指揮我把小寶放到床上，一邊說著：「錢我付了，先住十天。這幾天我會要我的秘書在附近找一間保全措施較好的房子租下來，讓妹ㄚ跟小寶開始新的生活。」

在妹ㄚ準備開口說話時，阿毓搶在前頭又說了：「妹ㄚ，妳只能說『謝謝阿毓姊姊，阿毓姊姊最好了』，其他客氣來客氣去的話就不要說了。看妳受這麼大的委屈，姊姊非常非常的心疼，我只要妳平平安安的就好，錢這種小事，姊姊處理就好。」

一說完，阿毓隨即轉頭向著我，像是知道我要說什麼似的先說了：「阿靖，你自尊心不要受到打擊喔，我老實說，這對我來說是小錢，你不要想跟我搶付錢。你們教授一個月才賺那麼一點點，我不忍心讓你當月光族。倒是，我也幫你在這裡訂了間小號的房間，委屈一下，在妹ㄚ去未來的新家安頓好之前，你辛苦點，白天回學校工作，晚上就過來這邊看顧著。我後天要去日本出差一個星期，沒辦法天天過來看妹ㄚ，你就多擔待些。」

我回了阿毓一個苦笑，阿毓則是很優雅的回了我個「就是要聽我安排」的勝利笑容。而妹ㄚ也難得地露出今天首見的微笑，說：「謝謝阿毓姊姊，阿毓姊姊最好了！」

阿毓又幫妹ㄚ張羅了一下東西，還細心的幫她用濕毛巾避開傷口的擦了背。我坐在客廳裡不禁有些不知所措的擔心了起來，阿毓不在的這個星期，我要怎麼幫妹ㄚ做這些背部的護理工作啊？

還有，雖然理論上是分開在兩個不同的房間住，但不可避免的我會有不少時間需要待在妹ㄚ的這個房間裡。若是被易志名他們家的人抓到這些同房的閉門時段，我跟妹ㄚ不是親兄妹，表象看起來就是一個已婚的婦女和未婚的單身男子同房，這就很有可能被他們加油添醋的拿來當作攻擊妹ㄚ的材料！

但，這都還不是我最擔心的。在醫院急診病床旁，當她緊握住我的手、而我輕輕撫著她的頭髮說「沒那回事」的時候，我心中愛憐的想直接吻走她的眼淚。

在那個當下，我還只是阿靖哥哥嗎？

上個週日，我跟以前橄欖球隊的學長吃了頓飯，陪他喝了點酒。他初戀情人的兒子進了他的實驗室，從此他就在一種忐忑之中。這個初戀情人從大一開始跟他相愛，六年後離開他，跟別人結了婚，生了小孩，然後又離了婚，之後一直單身的撫養著這個兒子。本來已經斷了音訊，直到去年這個小孩考進他任教的研究所，進了他的實驗室。之後他開始跟這位初戀情人有了聯繫，也對她的孩子照顧有加、極力栽培。學長說，他不曉得自己還能夠擋住自己多久。學長現在自己有很好、很完整的家庭，他說他有責任捍衛自己的家庭，但是他對這位目前是單身的初戀情人之昔日情愫，卻一點一滴的不斷回來。

我就聽著，沒多加評論，只陪著他喝掉一瓶竹葉青，那是我們以前在宿舍中最常喝的酒。微醺時，我想起了鄭愁予的這首短詩：

天空　坦然的一領冰層
覆在玻璃已中年的
天窗上　時間既是凍結了的
不是冬和春的問題
不是問題
是整個故事的我已是
妳的答案

現在是整個故事的結尾或開頭？而我，會是誰的答案？

【我在一種無計可施的沮喪中，進不得，也離不了。我算想明白了，或說，承認了，一個事實。妳只是個被無辜波及的路人甲，倒楣的被我把「幻想中的情人」

套到妳身上。我很沒有禮貌的借用了妳的形象來構築我自己的想像，妳是個無辜的受害者，被迫偷窺了我跟「幻想中的情人」的私密傾訴，意外的替我「幻想中的情人」承擔了我的情緒和責難。】

那天等到一切都處理妥當，也讓妹丫上床休息，熄燈關門出了房間，看看時間，已經是半夜兩點了。

我陪阿毓一起坐計程車回家。下車後，我說我要陪她走到她們那棟大豪宅內的家門口，然後看著她進了家裡才放心。阿毓難得浮現小女人模樣的笑了笑，嬌瞪著我說了聲：「你這個爛魚魚」，就推著我往前走。

上了八樓，站在她家門口告別時，阿毓看著我說：「太晚了，就不請你進去坐了。」說完，她注視了我一下，忽然伸出雙手到我的胸前，在我還意會不出為什麼的時候，她就已經將我襯衫鬆掉的第二顆鈕扣重新扣好。之後阿毓並沒有將手立即收回，而是隨著她的眼神飄上了一點，順便上移去整了整我的衣領，同時有些憐惜的說：「小寶是個大小孩了，很難抱喔，衣服都亂了。」

她接著又順手幫我拉拉兩邊肩膀上的衣服，整勻了襯衫整體的對稱感，然後稍微退後了一小步，以略帶鑑賞味道的姿勢煞有其事的打量了我一下，用讚許的語氣輕聲地說：「其實你長得不賴嘛。」

我笑了笑，沒接著答腔，只是用眼神告訴她我欣然接受也了解她的寓意；阿毓看了我的眼神後眉頭稍稍皺了一下，猶豫了一秒鐘，也回了個「好吧，你知道就好」的靦腆笑容。但這個靦腆笑容在幾秒內，又轉變成細細思量後終於下了決定的堅毅說：「好好照顧妹ㄚ」。

我沒有多答話，只輕輕的「嗯」了一聲；臉上展現的，我想應該是個知道她想說的是什麼的了然神情。

阿毓再看了看我，帶著一個若有所思的不經心微笑轉身去開了門鎖。臨進門前，忽然又回過頭，像是嘆息般的長呼了一口氣之後說：「阿靖，不要顧慮太多」然後稍稍頷首微笑，就把門關上。

我在月光下獨自一人走回飯店，時間正值深沉的夜，四周褪去白天的繁華喧鬧，只剩偶而呼嘯而過的計程車提醒著這個城市仍然匆匆。在這條長長延伸像是怎麼走也走不完的人行道上，我的身影不斷在等距的路燈下多重疊影的拉長後又縮短，像極了步履每日重複的無聊人生。即便遇到了個十字路口，依舊沒什麼好徬徨的，僅是短暫的變換了個路面的花樣，到彼端後，仍是怎麼走也走不完的人行道。

正因為是這般的無聊，我只好將剛剛阿毓家門口的那一幕再拿來思索了一下。雖然這在我跟阿毓的溝通上並不是很必需的，因為在剛剛的那個當下我很清楚知道阿毓想要跟我說的是什麼；她的動作裡有很多需要依賴直覺才能了解的複雜，不是很容易用語言或文字就能清楚地條列出一二三。但是每個直覺所對應的意象，到底應該要怎麼權重才能揣測出阿毓最真實的心思，這的確是需要再三仔細推敲的。

我想阿毓的日本出差是一個極為臨時的決定，或許是在她看著我抱著小寶進入房間內的時候；又或許更早，是在她決定幫我也訂一間房的時候。彼時的她應該已經在思索今日的事情已經不是妹丫一個人的難題而已，我們都牽扯進了妹丫的人生裡頭。既然無法回到過去退出妹丫的人生，就只能力求在演變之前看看是否主導得了一些方向，讓一切能有個較心安的結果。

雖然一定會有些遺憾，但那也是沒辦法的事情。

那些遺憾，阿毓打算自己承擔下來。她知道我顧慮的會是她，所以儘管有那麼一點點私心的希望我不要猜透她的心，但最後阿毓還是很理智的清楚地跟我說了。

其實我本來就沒有太多需要顧慮的。在台北城內會讓我掛心的人，不過只有阿毓、妹丫和妹丫的小寶而已；所以如果真要有人去承擔遺憾，也應該是我的責任。

在阿毓去日本的這個星期內，對妹丫的照顧工作中，最麻煩的是她背部的換藥以及洗澡前後貼撕防水膠膜的問題。妹丫雖然在醫院工作，但她完全不想讓同事知道她的遭遇，也因此不方便麻煩她認識的醫師或護理師朋友。

第一天待在飯店內休息，在舒適的空調下沒流什麼汗，不需要洗頭及淋浴，加上還沒有到要換藥的時間，所以不會碰到那種麻煩問題。但妹丫自覺都是皮肉傷無大礙，她說，日子要照常過，不能讓小寶的生活有太大突然的變化，這樣他會累積焦慮與不安，對情緒控制很不利；再加上她也放心不下住院的病人，因此想要第二天就回醫院工作，也要讓小寶繼續上學。

但是外頭白天最近都是三十六度以上的高溫，一出室外就會立即汗流浹背，所以妹丫下班回來後勢必需要洗澡，而那些洗澡前後的傷口護理就是我的大麻煩。

我在電話中跟阿毓提到這個難題，阿毓只是輕描淡寫的回我說：「你幫她貼換啊，這你都會吧！這有什麼關係！」

「不方便吧，她得脫下胸罩耶！」

「她是背對著你，有什麼關係？我都不在意了，你在意什麼！」

「又不是要妳脫下胸罩背對著我，妳當然不在意啊！」

「阿靖，你欠揍啊！」阿毓用著沒好氣的語調說著：「我昨晚幫妹ㄚ擦背時，就跟她說了，我不在台灣的那幾天，妳就叫阿靖幫妳護理這些傷口。不要不好意思，這些傷口不少，種類不一，一定要細心處理；妳自己是醫生，應該比我清楚。都是自己人，妳不要把他當成男生就好了。」

阿毓的語氣越講越嚴肅：「妹ㄚ說，她知道，但這樣會不會太為難阿靖哥哥了啊？我跟她說，妳就大方地拜託他，妳開口了，他就會使命必達。阿靖，這樣你了解了嗎？」

還沒等我答腔，阿毓稍深的吸吐了一口氣，將嚴肅鬆綁了一些，加進了一些溫柔說：「阿靖，你是妹ㄚ的家人，這個世界上，沒有人比你更在意她了。不是嗎？」

我能說什麼呢？只能嘆了口氣，說：「阿毓啊，妳跟妹ㄚ都對我太放心了。好吧，我再想想看有沒有什麼兩全其美的做法，如果真沒有，就照妳說的吧。」

第二天一早妹ㄚ去醫院上班，小寶上學，我也趕回小城上課。下午我飆回台北，先去跟鄭律師見面談後續的一些官司處理問題，然後四點十五分接到小寶，再繞三十分鐘車程去醫院等妹丫下班。在妹丫坐進車子裡，摟著小寶，對正轉頭看著她們的我放心地笑了的瞬間，是啊，自然到無以復加，我們是家人啊！

晚上，等小寶睡著後，我跟妹丫說：「我幫妳貼個防水膠膜，去洗個澡比較舒服。洗完澡後，我再幫妳卸下來，順便看看是否需要換藥。」

妹丫「嗯」的回應了我之後，就背對著我脫掉上衣及胸罩，露出了一背的傷痕：香菸燒燙了六處，還有環了好幾圈電線的勒痕，其中有三處可能因為綑綁時強力拉扯電線去磨擦到，造成嚴重的破皮。我一看就先紅了眼眶，接著邊貼膠膜邊掉淚。

妹丫聽到我鼻酸的呼吸聲，稍微偏著頭朝向我，用很平靜的語氣說：「阿靖哥哥，都過去了，我沒事，謝謝你！」

在妹丫偏著頭、身體微微扭轉說話的瞬間，她圓渾堅挺的右乳也側露了半邊呈現在我面前，但搶眼的卻是在雪嫩脂凝的乳膚上，那一條像是要直達乳尖頂端的勒痕。那個突然深陷的顏色鮮明對比，在我腦海中所展開的意象變成了被暴衝的坦克輾壓下的奶與蜜之地，摧毀掉我對人性本善最後飄渺的信任。

「志名其實很可憐，他生病了，我知道。他只是腦子裡某些地方的神經元出了問題而已，我知道。」

妹丫幽幽地說，語氣平緩中帶著惋惜，宛如只是在晨會病例討論中，感嘆著昨天門診病人的問題所在。

「他本來不是這樣子的。阿靖哥哥，我今天一直在想，是從什麼時候開始的呢？為什麼我自己是一個精神科的專科醫師，卻沒有在最開始的時候，就察覺到這個天天跟我生活在一起的人出了問題呢？」

我本來想要說些什麼來回應，但是卻找不到可以用來出口的文字。

「在我哥哥去世的那年，他第一次打我的時候，我就應該要警覺到才對。為什麼我沒有呢？」

妹丫的語氣越來越微弱，顯然是陷入了專心的思考當中。我沒有停下手中的動作，繼續很小心的黏貼著膠膜。但即便我已經很注意了，但免不了還是得黏貼在某些雖然沒有破皮、卻被勒緊成紫黑的地方；一碰觸到那些瘀青，就感受得到妹丫因為痛楚而致略微縮避的反射。那瞬間，我的心頭也跟著她的縮避而酸楚的糾結了一下。

「好了，都貼好了，先不用管神經傳導物質與受體病變的事情，去洗個澡吧。」說這話的同時，我轉身低頭去收拾剛剛使用的材料，不讓自己在妹丫起身時，再窺見加諸在她身上更多的傷痕。

妹丫很輕柔地說了聲「謝謝阿靖哥哥」。我也輕輕的「嗯」了一聲回應，沒回頭，佯裝正專心收拾，但很仔細的聽著她緩步走進浴室，關上門與沒多久就傳來的水滴濺落的聲音。

我坐在客廳等著，隨手打開電視，調了靜音，只讓影像陪著妹丫洗澡的水聲上演。剛好，電影頻道放映的是已經重播N遍的周星馳電影《齊天大聖東遊記》，恰巧演到紫霞仙子說的經典台詞：

「我的意中人是一個蓋世英雄。上天既然安排他拔出我的紫青寶劍，他一定是個不平凡的人，錯不了！我知道有一天他會在一個萬眾矚目的情況下出現，身披金甲聖衣，腳踏七彩祥雲來娶我！」

不過當下我卻想起了《戀戀風塵》中的素雲拉著文遠，在燈下打量看看她親手縫製的襯衫合不合身的畫面。

在持續的水聲忽然停止後，整個房間呈現了一種時間戛然而止的凝滯；我在逐漸拉長的秒距中，看到了紫霞仙子當初在我的心裡留下的那滴眼淚。

不自覺的，我默唸起劇中的一段台詞：

「曾經有一份真誠的愛擺在我的面前，但是我沒有珍惜，等到失去的時候才後悔莫及。塵世間最痛苦的事莫過於此，如果上天可以給我個機會再來一次的話，我會對這個女孩說，我愛她；如果非要在這份愛加上一個期限，我希望是，一萬年。」

小朋友一個翻身拉捲棉被的聲響讓時間又恢復了正常的運轉速度。我起身走進臥室，看著翻成側睡姿態的小寶，那熟睡中稚氣的右半邊臉龐，像極了我所有過往印象中的妹丫側面。我走到他的床沿蹲在旁邊，仔細的看著、搜尋著我的熟悉：不只是妹丫，我在小寶身上也一度看到了武雄學長的模樣。

在那個感動的瞬間，我也許有些了解了，原來生命就是以這樣子在延續的。

我注意聽著浴室內的聲響，太久了，在水聲停止、淋浴隔間開門的聲音以後，到現在已經超過了該有的擦身著裝所需的時間長度，此刻的浴室仍只是在靜默中隱隱響著通風口的風扇低鳴而已。這麼長的時間即便是以非常細膩的動作慢慢點壓身體的殘留水滴，此時也應該是完成了才對。

我有些不安地站起身來，走到浴室門口側耳傾聽了一下，還是沒有聽到跟人的活動有關的聲音。我有點焦慮的輕敲了一下門，低聲說：「妹丫，妳還好嗎？」雖然不知道發生了什麼事，但至少裡面隨即傳來收拾眼淚的長長吸氣聲，說著：「我好了，等等就出去。」

我回了聲「沒事就好」然後走回客廳，坐著，繼續有一搭沒一搭地看著那部已經快要可以背出各段台詞的電影。從剛剛妹丫收拾淚眼的吸氣聲中，我想到，或許浴室流理台前的那一大面鏡子，讓妹丫清楚的看到自己身上的傷痕，使她怔愣愣地站在那邊，感傷著自己變調的愛情與婚姻，思索著那些不知從何說起的困惑與未來。

沒多久妹丫就從浴室走出來，下半身穿好了居家的七分褲，上半身則是罩著浴巾；臉上的淚痕不見了，但紅著的眼眶與鼻尖仍清楚的顯示剛剛的確哭泣了。我沒說什麼，只是用手勢要妹丫坐下來背對著我，妹丫微微頷首的點了點頭，眼神仍有些悽愴的看著我；我知道她在極力忍著眼淚，只能用感同身受的心疼眼神回望她，連點了好幾下頭，默示她：阿靖哥哥都知道。

妹丫在我面前坐下，將浴巾收攏在胸前，再度裸出那寫滿不幸遭遇的背。即便是第二度看了，我的心頭仍然被酸楚的悽箭橫胸透過，不得不以緩慢的深呼吸來抑制那又要湧出的眼淚。

雖然有了一次經驗，在護理的手勢上已經比較專業了，但是貼在那些瘀青地方的膠膜在拔除時，引發的痛楚更甚於之前貼上去的時候，致使妹丫縮避疼痛的反射更加明顯。正在她咬牙忍受苦痛的時候，忽然用著顫抖的聲音說：「其實，今天下午，志名有打電話給我。他哭著跟我說，要我原諒他。」

「妳怎麼說？」我正在小心的挑起下一塊膠膜的邊角，因此只能簡短的問著。

「我那時也不知道該怎麼說，就站在病房前的走廊上，旁邊還跟著一位住院醫師。所以只想得到跟他說，你讓我靜一靜，我需要把事情想清楚。」妹丫的聲音仍然顫抖但更細微，所以我必須稍微再貼近些才聽得清楚。

我沒有立即回答，因為正小心的屏住氣息，盡量減少雙手騰空時的抖動，好穩順的將膠膜緩緩剝開。妹丫應該有感受到我手勁中的小心，她也就沒有再說話的先放緩呼吸的配合著。

「他說，他知道自己病了，今天上午有去看過精神科，醫師有開藥給他了。接下來還會再做進一步的評估。他哭著說，我是精神科醫師，應該能夠了解他也是身不由己，不得已的。」妹丫在我撕下膠膜後，用了仍然細微、顫抖依舊的語氣接著說。

「我今天下午去找鄭律師，他就跟我說，對方一定會出一招叫做『精神鑑定』，特別犯案的人自己就是醫師，比常人更熟知如何偽裝，我們一定要預先防備這樣的事情。」膠膜都撕完了，只剩下用酒精再清潔一下周邊的皮膚就好了。動作沒那麼高的細緻要求，所以就有心思說較多的話。

妹丫挪了浴巾的一角，拭去了滾到臉頰的淚，悽楚地說：「但他是病了沒錯。」

我換了塊棉花，沾了酒精，嘆了口氣，邊擦邊說：「即便他是病了，我也不能再把妳跟小寶的安全與幸福，賠在治療他的過程中。他的原生家庭有足夠的後援可以支撐他，不是只能由妳去犧牲。」

我頓了一下，看著妹丫擦完眼淚、重新將浴巾整條抱在胸前之後，繼續跟她說：「更何況，我不認為他的暴力作為都是因為精神疾病來的。那可能是他人格的一部分，不是嗎？」

妹丫沒有接著回答，只是靜靜的等我幫她處理完所有的護理工作，說了聲「謝謝阿靖哥哥」就抱著她的浴巾，進了臥室著裝。

我在客廳收拾一下桌面，也把護理的材料都裝到收納盒中後，妹丫也穿好衣服走了出來。

不知道是真巧還是阿毓神機妙算，總之，當妹丫在我旁邊一坐下來的時候，我就接到阿毓的電話了。

「妹丫還好嗎？你有沒有幫她護理傷口？」

「有，遵照主人的吩咐，剛處理完。妹丫正坐在旁邊，讓她自己跟妳說好了。」

我把手機拿給妹丫，妹丫先稍微深呼吸收拾一下還沉浸在哀傷的心情，輕咳了一聲清了清喉嚨，才拿過電話喊了聲「阿毓姊姊」。顯然阿毓很在意我幫妹丫護理的過程，只聽見妹丫不斷的說著「有，哥哥有」、「嗯，他有弄」、「好，我知道，哥哥都有處理」。最後妹丫又把手機拿給我聽，接過後才「喂」了一聲，阿毓旋即接口，用了如釋重負的輕柔語調說：「辛苦了，也難為你了！」

「還好啦，妳說得對，家人，我該做的。」

阿毓笑了笑，說了聲「晚安囉」就掛斷電話。我能想像她在電話彼端笑著時的模樣，一個嬌瞪著我的小女人。

跟妹丫約定好明天的行程之後，叮嚀了她要早點休息，我就回到我自己的單人房。舒服的泡了個澡，很快的，就沉沉地在大床上睡去。夢裡，阿毓朝我走過來，卸下她所有的衣著，抱著我，讓我的臉緊貼在她高聳渾圓的雙乳上，要我閉著眼睛，享受那此刻即便死去亦無憾的沉溺。

後來，過了像是五百年那麼久的時間，我再度睜開眼，卻只見到在吹彈可破的乳房肌膚上有條越過乳頭的紫黑勒痕，在來不及思索任何事情的時候，那勒痕就迸裂開來，將我吸入乳房的深處，在盡皆是苦澀味道的潭水中不斷的下沉，不管我怎麼用力撥划，仍然是不斷的下沉，一直到一陣劇烈的疼痛冒出後才把我喚醒。

我的右小腿抽筋，痛的我跳下床用單腳站立了一陣子，疼痛才漸漸緩解。

第四章

在阿毓去國快二十年的那段期間，我對她的印象大概就是學生時代那個超美麗善良親切可人的公主。我雖然從學生時代就跟阿毓的互動密切、溝通良好，某種程度還可以算是知心的好朋友，但她就是被我定位在超美麗善良親切可人的公主位階，而這個位階，基本上和做事的能力強不強關連性不大。

不過從她回到台灣掌舵她們家公司運作的成績，還有這段時間她幫妹ㄚ所打點的一切看起來，我不得不說我非常非常的佩服她：心思細膩、周到，行事果斷、明快，更重要的，她會盡可能的顧及對方的感受，而不是將自己的意志強加到別人身上。

從妹ㄚ出事迄今一個多月以來，我除了第一天晚上救出妹ㄚ母子有功以外，其它的，若不是阿毓的指揮調度，光靠我，即便我像阿毓那樣有錢，也絕對沒有辦法讓妹ㄚ母子的生活與情緒在這麼短的時間內就回到正常的軌道上。或許，我還會把事情搞得更糟糕也說不定，例如，我很可能會在出庭時看到易志名時而囂張、時而癟三的樣子而怒火攻心，然後在離開法院時就衝過去將他毒打一頓，結果被控重傷害罪，搞得妹ㄚ更煩更傷心的那種搞得更糟糕也說不定。

也由於妹ㄚ遭遇了這件不幸的事情，我跟阿毓兩個人在這段期間內的互動就變得非常頻繁到根本成了日常。一方面我幾乎天天跑台北，一方面妹丫新的住處跟阿毓家很近，所以只要阿毓人在台北沒出國，我們幾乎都會在妹丫家見到面。

有一天剛好阿毓去香港沒過來，就我跟妹丫還有小朋友在家。吃飽後，我陪妹丫在客廳看電視，小朋友也在客廳專心的玩他的連線遊戲。在廣告時間的空檔，妹丫忽然問我說：

「阿靖哥哥，你當年為什麼沒有跟阿毓姊姊一起出國啊？」

「咦？妳怎麼會想到這個？」

「就剛剛電視上演的那個劇情嘛，莫名其妙的就想到說，你說過當年好像本來要跟阿毓姊姊一起出國的？」

好吧，聯想力還真豐富，可以從「那些年，我們一起追的女孩」問起這件事。

「說來話長」講完這四個字我就停了下來，一下子不知道要怎麼接續下去。

平常沒感覺，但仔細想了想才發現，那已經是快二十年前的往事了。當年阿毓想要出國的原因有些複雜，或許是為了療養情傷，也或許是為了配合父母長輩的期待，總之，為了學術研究的原因不大。我只記得在我退伍前半年的某天，她寫信給我要我放假時去找她，見到面之後她就直接問了我想不想出國唸書；她說她想出國唸，但希望有人陪她去，她不要孤伶伶的一個人在異鄉唸書。

說實話，我本來是沒有考慮過出國這個選項，一直想的只是在台灣把博士唸完，這樣在我們那個村子裡就算是開村以來的第一人，可以讓我父母走路有風、光宗耀祖了。不過既然阿毓有點耍賴撒嬌的開口要求了，反正我自己也沒有什麼長遠又了不起的生涯規劃，如果出得了國的話好像也還不錯，所以即便我什麼語言考試都還沒有考，仍然一口就答應了下來。雖然那時候我已經報名系上的博士班考試了。

接下來在我退伍前的半年內，生活就變得兵荒馬亂了，沒想到出國唸書居然是一件這麼麻煩的事情！不過其實我的麻煩已經降到最低了，我只需要依照阿毓的指示，該唸的書唸、該考的試考、該填的表格填以外，其它雜七雜八的像是成績單申請那類可以代為處理的，她都幫我弄得好好的；就連學校該申請哪一間、哪一系也都是她幫我定奪的。

基本上，我沒什麼特別的興趣跟抱負，當初唸生科純粹是聯考的安排，唸碩士、博士也純粹是不知道大學畢業後要幹嘛的緩兵之計。總之，只是對生命科學不討厭而已，就把唸書當做是工作；工作的內容是什麼無所謂，阿毓高興又方便就好。

不過就像常用的那句成語，「造化弄人」，在包括學校都申請到了、獎學金也都有了的情況下，在出國前兩個月我父親病倒了，過幾天就走了；然後又隔幾天來了個颱風，田裡預期的收成也都毀了。屏東家裡剩下我祖母、我母親兩個老人家；一個弟弟大學畢業剛入伍，另一個弟弟還在新竹唸大三。

那年，我跟親戚借了錢辦完我父親的後事，站在那片不知道要如何復原的田地旁邊想了許久，決定只能跟阿毓說抱歉了。畢竟，面對家裡最低潮的時候，身為長子，如果此時自己一個人拍拍屁股的就出國去了，那是怎麼樣也說不過去的事情。

雖然阿毓想盡辦法要幫忙我，但是除了錢與自尊心以外，其實還有許多是割捨不下的親情責任。所以儘管對她有萬分的抱歉，我還是無法陪在她身邊，只能讓她獨自一人到異鄉唸書。

都是命運的安排吧！

妹ㄚ見我陷入了一個幾度想說話卻又說不出口的窘境，倒也很體貼的沒有再追問下去，而是換了個話題說：「阿毓姊姊從高中開始就對我很好、很照顧我，把我當作是她妹妹般的對待。但是，不知怎麼的，從以前我就有個感覺，特別是現在……啊，阿靖哥哥我這樣說你不要生氣喔，也千萬不要跟阿毓姊姊講……我的感覺是，阿毓姊姊對我的照顧比較像是『大嫂』而不是『姊姊』。」

「啊，我有沒有聽錯？」

「哎呦，那種感覺不知道要怎麼說。我不是說你跟阿毓姊姊兩個人之間有什麼，而是那種感覺就是……就是，嗯，該怎麼說呢，就是，阿毓姊姊對我的那種照顧，比較像是因為我是妳妹妹，所以她就理所當然的認為要照顧好我……這樣說也不對，這樣好像說阿毓姊姊不是真心對我好，但阿毓姊姊是真的真心對我好的啊……嗯，到底要怎麼說呢？」

我沒有答話，只是微笑的看著妹ㄚ；其實，是我自己不曉得要如何回答。我想妹ㄚ的敏感是對的，但真要說清楚卻很困難。或許藉由妹ㄚ對我們兩個人的了解和她聰慧的觀察入微，可以說清楚我跟阿毓之間連我們自己都忽略掉的情愫。

「嗯，我這樣說好了，不管阿毓姊姊跟我聊什麼，她總會在談話中……可能連她自己都不自覺的，總會提到跟你有關的話題。不只是現在，從以前我高中在做科展的時候就那樣了。那就好像……好像她對我好，就等於對你好那樣的……怎麼說呢，就好像她沒有辦法對你做到百分百的表示，所以，她就以對我做到百分百的照顧來抒發她自己那些沒有辦法對你做到百分百的遺憾。不過，這樣說還是不太對，吼，怎麼說呢……阿毓姊姊又是真的很真心的疼我。哎呦，阿靖哥哥，你說說話嘛！」

妹ㄚ開始撒嬌起來了，我不禁鬆了口氣！這一個多月以來，我第一次看到她如此的放鬆，真是謝天謝地！

「呵，這沒什麼好奇怪的啊！大嫂如果跟小妹交情很好，久了，哥哥就變成姊夫了啊，這很容易理解啊！」

「啊！對！阿靖哥哥你這樣說感覺就對了！」妹ㄚ拍了一下手，邊笑邊說。突然的拍手聲，讓小寶也停下按著鍵盤的忙碌，好奇的看著她媽媽。

妹ㄚ站起來走過去抱著小寶，說「中場休息時間到了喔」然後半推半拉的把他拉離電腦前面。小寶雖然扭了扭反抗了一下，但妹ㄚ一直跟他說「我們約好的喔」堅持著要他暫停，小朋友才不太情願的跟媽媽到我側面的沙發坐下。

我伸手過去把小寶拉到我身旁，說：「來，坐舅舅旁邊，休息一下。」

妹ㄚ看著他眼前這兩個男生，臉上漾起了滿足的微笑。雖然在同一時間內，那滿足的笑容裡，仍有一絲化不掉的陰霾。

本來此刻應該出現在妹ㄚ眼前的是孩子的爸爸，結果那個人不僅缺席了，而且還是害她們母子原本的生活變了調的人。

難得妹ㄚ今天心情看起來開朗些，我不想讓這絲陰霾在此時擴大到干擾她好不容易放鬆下來的情緒，沒辦法，我只好多談一些我跟阿毓的事情了。

「高台階上門。」

「啊，什麼？」

「鄭愁予有一首詩〈高台階上門〉，大概可以說明我對阿毓的感覺：『妳家的門高有十二層台階／我爬上四層就消盡勇氣了／把採來的野花就放在／第六層上吧』，我是詩中的那個住在六層以下地界的凡家孩子，阿毓是高高六層以上天界內天仙一樣的閨女。我連六層都上不了，『我爬上四層了……而回過頭來又跑了』

妹丫聽我忽然的就這樣引經據典的講著，果然換成了好奇的眼神專注的看著我，期待我再繼續說下去。小寶則是在我懷抱下扭來扭去的，我不得不分心暫停一下說話來安撫他。連續換了幾個環抱的花樣後，小朋友仍然不肯靜下來，我只得邊跟他在沙發上玩擊掌遊戲，一邊繼續說。

「我家都是男生。然後我國中在男生班，唸高中時更不用說了，每一窩都是男的。結果到了台北，迎新時一看，居然旁邊出現了個天仙一樣的、讓我完全說不出話來的大美女。就〈洛神賦〉寫的那樣『遠而望之，皎若太陽升朝霞；迫而察之，灼若芙蕖出淥波』，還真的是第一次覺得古人寫的一點都不誇張。」

小寶坐在我旁邊覺得玩不過癮，乾脆坐到地上抓著我的兩條小腿開始划船，我也就配合著他像是踩著腳踏車那樣的雙腳圓周運動著。妹丫本來想制止她兒子，不過我立即比了個手勢說沒關係，就讓小朋友玩。

「就這樣，阿毓在我心中立馬就奠定了一個這樣女神等級的地位。我用『神』這個字眼，不是指說她很漂亮而已，而是，那種很特異……至少對我來說是非常特別的，氣質……說『氣質』好像也不太對，就是說……好吧，或許我這樣說妳會覺得有些誇張，不過真的就這樣，就是說，我在她面前，常常會有種不自主的想跪下來而不敢直視她的感覺，就好像她真的是公主，我只是一介平民那樣……或許是真的這樣，在上輩子。」

妹丫越聽越入神，眼睛睜得圓滾滾的，一副難以置信的樣子。我只好對著她攤了攤兩手，也微微地睜大了一下眼睛，以表情示意說，雖然聽起來有些誇張，但那是我真實的感覺。

「就連現在，我跟妳說真的，還是這樣。不管怎麼說，我就是覺得我矮了阿毓不只一截、低了她不只一階。這跟她是不是很有錢沒有關係，甚至跟她是不是這麼漂亮可能也沒有多大關係；而是，承襲了某種天生的命定那樣，我就是那個住在六層以下地界的凡家孩子，阿毓則是高高六層以上天界內天仙一樣的閨女。」

一直作圓周運動的雙腳開始覺得痠了，只好再度暫停說話，將小朋友抱起來重新放在我的右邊，摟抱著他。難得，這小子居然乖乖地主動靠躺到我腿上。妹丫看了她兒子躺下來，稍微起身過來捏了小寶的臉頰一把；小寶裝酷，假裝不理她媽媽。

妹丫又摸了摸他的頭，退回座位，繼續用期待的眼神看著我。

「所以，妳說，在這種心理狀態下，我怎麼可能跟阿毓變成男女朋友：因為我從來沒有想過這個可能性，甚至是，不敢，不敢朝這個方向做任何一點點努力。」

「但是，你覺得你喜歡阿毓姊姊嗎？我是說……嗯，這樣說好了，當你看到阿毓姊姊跟別人談戀愛、跟別人結婚的時候，心裡會不會感到難過或是嫉妒之類的啊？」

「哈，妳問了個有趣的問題！我知道的就兩個嘛，一個是出國前的那個設計師，另一個是現在的老公。妳說會不會難過或是嫉妒？一開始感覺怪怪的不太爽是會啦，但也沒說持續很久。

反而是，說起來還真是有趣，譬如說，那個設計師男朋友在和阿毓交往的期間，跟我還蠻熟的。有時候他還會單獨跟我抱怨阿毓她爸媽對他的歧視；連他跟阿毓吵架之後，也是找我幫他傳話道歉的。

現在她這個老公也是，只要是他一個人出差回來台灣，都會來找我吃飯；我常常嘛聽他在抱怨他老婆，看我能不能幫忙他跟阿毓說說。」

妹ㄚ忽然眼睛望向她兒子，臉上露出了驚訝的表情。原來，小寶居然在我的腿上睡著了！我得意的展現了個誇張的示威笑容給妹ㄚ，她點點頭表示臣服的比了比大拇指。

我稍微放低了音量，繼續說：「我想，我或許真的是公主身邊那個服侍起居的太監，別的男人只能找我傳話，哈！」

「不會是太監啦！要嘛，也應該是保護公主的大將軍。」妹ㄚ笑著，小聲的說。

看到妹ㄚ笑了，覺得，今天的大揭密真是值得啊！

「太監不是我說的，是我以前一個號稱有陰陽眼又精通紫微斗數的室友說的。有一次我送阿毓回家，兩個人走在路上剛好遇到他，就跟他打了招呼隨口聊了幾句。結果我晚上回到寢室後，他煞有其事的端詳了我半天，然後跟我說：『沒救了』。

我說：『幹，沒救什麼？』

他說：『上輩子當人家的太監，算你護主有功，這輩子幫你把兩顆裝上，不過在人家面前還是抬不起頭來，沒救了，只能繼續當奴才。』

我說：『幹！那有解嗎？』

他回答的倒是很妙：『你自己又不想解，怪誰！』」

妹ㄚ噗哧的又笑了出來。笑了一會兒之後才勉強忍住，說：「好有趣喔，你那個室友。後來呢？你有繼續問他嗎？」

「有問啊，但是他就不說了。他每次攏嘛這樣吊大家胃口。不過照他自己的說法是，他每次幫我們看這個攏嘛是在洩漏天機。所以，我們知道了是很爽沒錯，但卻都是他在承擔洩漏天機的懲罰：小則實驗失敗，大則傷風感冒；所以他說，點到為止的開示對我們其實已經很夠朋友了，不要再逼他了。」

「你有跟阿毓姊姊說過這個嗎？」

「我哪敢！等一下被誤會說我找人作法那就慘了。」

「不會啦，我覺得還蠻有趣的啊，阿毓姊姊應該也會覺得很有趣！」

「不不不，拜託，不要讓阿毓知道，不太好，我在她面前已經夠卑微了，如果再讓她知道我是服侍她的太監，那我這輩子兩顆就白裝了！」

「好啦好啦，不要擔心啦，我不會出賣我姊夫的啦！」

妹ㄚ說完，看了看小寶，愛憐的眼神配上還沒消失的笑容，也是絕美的像是天仙一樣的閨女。

我想，我服侍的，可能不只有阿毓公主，還有落難的妹ㄚ郡主。

我小心地抱起睡著了的小寶，將進入夢鄉中的他放回他自己的床上。妹ㄚ跟在我後面，一直投射又疼又憐的眼神在小朋友睡得香甜的臉上，之後還仔細的幫小寶蓋好涼被，輕輕的撫摸幾下他的頭髮，才跟我一起回到客廳。

看看時間，晚上九點四十分。今天比平常快了將近一小時就讓小孩子睡著，完成了一天之內最重要的工作，可以早一點回去應付那些即將到來的系所評鑑事務。

我跟走在我後面的妹ㄚ說：「難得，我們都多了一個小時。妳早點休息，我先回去了。」

妹ㄚ看著我，嘴唇緊抿成正在思考著怎麼說出口的樣子，我稍微的點了一下頭，送出個「儘管說，沒關係」的表情訊息；妹ㄚ收到訊息，很掙扎的再微偏著頭沉思了一下，最後還是擠出了一看就知道是很勉強的笑容，說：「要開一個多小時的車吧？路上小心，很晚了。」

「還好，都是大路，很好開。啊，對了，明天下午妳有診，是吧？我會過來接小寶。阿毓說她明天中午回到台灣，到時候再看看，晚上她會不會找我們一起吃飯。」

妹ㄚ點點頭，看起來已經放棄了她原本想要說的話。

我拿起桌上的車鑰匙，揹起筆電，就到門口穿起鞋子。妹ㄚ亦步亦趨的跟在我後面，在我才剛要開鎖的時候，她忽然開口叫了聲「阿靖哥哥」，我回頭看著她，透過她的眼神，我想，我知道此刻她在心中那句說不出口的話；不過我還是裝作沒事一般的，帶著微笑等她繼續說。

「謝謝你！」妹丫吞下千言萬語後，只留了這一句出口。

看著妹丫眼裡閃爍的淚珠，我伸手過去，輕輕地拍了拍她的肩膀，給了她一個千言萬語我都了解的笑容後，離開。

在回去小城的路上，我一直在想，如果今天我留在妹丫那邊過夜，明天之後，所有的事情將會出現什麼樣的轉變呢？

如果說，阿毓對妹丫那麼的好是因為對我的某些移情作用，那我對妹丫這樣的風雨無阻，又是因為什麼呢？我對妹丫所做的，就人世間的常理推斷，必定是已經超越了那條屬於異姓兄弟的界線，也不能再以不負過世朋友所託的義氣來理解；因為這些，通通都不需要做到這麼多。

我想，妹丫心中也必然對我有著這類難以理解的困惑，甚至有時候會令她感覺到錯亂。就像剛剛我離開前，妹丫心中一直估量著該不該說出口的話，應該是她想問我能不能留下來住一晚。一方面是她不想要我這麼晚還開車奔波，而另一方面小寶在我懷裡睡著的溫馨畫面，讓她希望這個像是完整家庭的美夢，能撐過那灰姑娘十二點就變回原形的一場空。

而阿毓，應該也跟妹丫一樣，對我有著難以參透的疑惑吧。之前她堅持要我自己幫妹丫護理背後的傷口，妹丫也毫無避諱的在我面前坦然寬衣，或許是她們姊妹倆在某種無須明說的默契之下，聯手對我所做的試探吧？也或許，那是她們姊妹倆為對方過度設想下的奇局：阿毓想順勢把我跟妹丫送作堆，而妹丫則藉此跟阿毓說明，她真的只是妹妹。

我很清楚，如果我願意，現在的我，可以在這兩個女人身上得到任何我想要的，不管是肉體或是精神上的溫柔鄉。然而，我卻甘願在面對她們的時候收起那兩顆，只為了毫無所求的陪伴她們。

真是個謎樣的自己。

由於中途先去加了個油，所以到達小城的家裡時間已經接近午夜的十一點了。先打了電話給妹丫說我平安到家，這是個必要的程序，以免讓她整夜牽腸掛肚地擔心我的安危。

看著這個六十坪的大樓公寓，與其說是個家，還不如說是個住處，因為在意義上僅是個大一點的單身宿舍而已。我本來沒有打算在小城買房子，想說單身一個人不需要多大的地方，學校的單身宿舍就夠用了。後來買了這個房子純粹是為了我母親，也算是不得已的決定。

祖母去世後，母親仍堅持一個人住在屏東顧著那片田，後來體力不行了，田地就租給一位遠房表親耕作，但母親仍然不願離開她所熟悉的土地。八年前，她的身體更加衰弱了，到了必須要有人照顧她日常生活的階段。我是長子又沒結婚，況且兩個弟弟皆有了自己的家庭，一個在高雄、一個在台中，都是雙薪的小家庭，夫妻倆在小孩與事業的夾擊下忙得焦頭爛額，所以把母親接到小城來與我同住，就變成了唯一的選項。

只不過母親來了這裡，不到兩年就走了。告別了她在艱苦中努力盡責的人生，留下這個偌大的房子給她的大兒子獨處。

後來，這個房子曾經有過機會來個女主人。在我母親去世後的隔年，同師門的學長他的實驗室新來了一位博士後研究員，涓美，年紀跟妹丫差不多，結過婚。本來一直都在美國工作，不過後來同在美國的老公外遇，兩個人鬧翻了，也離婚了，她就回到台灣娘家，離開美國那個傷心地。她回到台灣的第二年，找到了我學長那邊的工作；我學長家大業大忙不過來，所以要我幫忙教涓美本門的功夫，關於那些細緻的手術以及手工裝置的製作，也順便要她在我這邊完成他計畫內的一些實驗。

就這樣，我幫涓美弄到了學校的單身宿舍，讓她來小城暫住半年。

涓美的臉蛋雖然說不上漂亮，但時常帶著親切的微笑，是個讓人會想要停下來跟她多聊兩句的甜美女人。儘管身材比不上阿毓的魔鬼極致，也迥異於妹丫的玲瓏脫俗，不過豐腴到恰好的體態加上合宜的打扮，特別是那引人遐思卻又不算暴露的衣著搭配，總是會吸引我的目光在她身上多加停留，不自覺地搜尋著那些在衣服與肌膚交界處的鏤空中所隱現出來的婀娜曲線。

在小城沒什麼可以用來打發時間的地方或娛樂，幾個外地人口中不錯的景點，對於在此已經住了幾年的人來說，早就跟學校那塊操場一樣的乏味。那一年，阿毓還遠在美國，除了偶爾視訊一下和旋風式的回來幾天之外，剩下的就只有過生日的禮物要張羅；妹丫彼時的婚姻還看不出有什麼問題，而且武雄學長還在，天天幫妹丫接送小孩的看顧著，易志名也不敢玩出什麼把戲。總之，沒了這些把我拉出去的力量，上課就是我的工作，在實驗室做研究就成了我的娛樂。

並不是說我就是個工作狂，僅僅是因為沒有動力讓我想去探索其它或許更有趣的事情而已。

所以基本上我的作息不是太陽決定的日夜週期，而是實驗室那幾個計時器的嗶嗶聲掌管的。別人或許覺得這樣的生活無趣至極，但那就是我的日常。我想，這應該也是很多以教學研究作為職業的人的日常吧！可能因為我沒有家庭，所以看起來更徹底些罷了。

涓美也算是學術圈內的人，大概了解像我這種看起來有如工作狂的人，其實就只是個未經度化的無聊宅男。因此在每天的實驗工作結束之後，她總會有各種很難讓人拒絕的理由把我拉出實驗室，或許是外出吃飯、載她到超市添購日用品，甚至是買些菜到我那邊去煮些小家常平衡一下外食。

她算是健談的人，而且從不避諱談她自己的過去，也不隱瞞她對我的好感以及期待更進一步交往的意願。對於那時剛過了四十歲還不到一年的我來說，這樣一位像是從天上掉下來的女人，還真的讓本來決定就這樣自由自在過完人生就算了的我，興起了「那就結婚吧」的念頭。特別是她即將結束小城這邊的實驗，準備再回到台北歸建的前一週，跟她幾夜不捨的繾綣之後，我向她求了婚。

出乎意料的，涓美給我個軟拒絕的答案，不過，理由還算是在情理中。

涓美說，雖然她很想好好的跟我在一起，但她離婚才一年多，還沒有準備好再進入另一段婚姻裡。況且她跟前夫還有一些財產分配的官司仍在進行中，如果還沒有完全斷了跟前段婚姻相關的種種就再結婚的話，對於我來說也是一件不公平的事情。

或許在三十歲的時候，我會覺得這樣的答案是個拒絕的推託之詞；但站在四十歲的年紀，會想說每個人都有說不出口的苦衷。雖然她的回答含有「或許會分手」的寓意，但若真的這樣，到了那個時候也是無可奈何的事情；而人生，不過是再退回到單身的原點。

在涓美回去台北之後，我們保持了一段時間的「假日情侶」關係：每當到了週六，不是我去台北就是她來小城，纏綿一日後，再又各自回到自己的世界。但是這樣的模式到了第三個月的時候，連我自己都很疑惑我們所謂的「在一起」，是否僅是為了滿足對彼此肉體激情的渴望；當初那些對「一起共同生活」的想像，已在一次又一次見面之後立即做愛的刻板行為中，悄悄的抹掉了。

雖然如此，我並沒有主動地提出什麼質疑，仍然依時依約的履行「假日情侶」的演出。最後倒是她先說了——不管那個理由是真是假——我也只能相信就那麼剛好她前夫帶著她五歲的女兒來到台灣找她，希望她能夠原諒他，並且哭求她與他再續前緣。涓美說她很猶豫，問我怎麼辦？我能說什麼呢，這個橋段我早已自我預言很久了，我照著已經在腦海中設想過很多遍的台詞祝福她、鼓勵她，要她自己勇敢的為自己做抉擇……

就這樣，那個偌大的房子又回到只有我一個人獨處的狀態。

當然我還是心情沉重的落寞了一陣子，但卻很難釐得清楚我真正難過的是什麼。一直到現在，偶而在夜深人靜的時候，我還是會想起她曼妙的胴體和她在性愛時淋漓盡致的揮灑。

這並不是說涓美在我心中僅僅留下這些肉體的印象，而是，這些肉體的印象對我來說意義重大！那是截至目前為止我僅有的，跟一個我會想要與她結婚的女子共享肉體歡愉的經驗；那是我最接近夫妻關係的實質體驗，了解到在性愛之中所可能隱含的一種屬於價值層面的東西。

或許涓美在我心中的重要性次於阿毓、次於妹Ｙ，甚至也次於渃文。但是，我沒能在阿毓、妹Ｙ與渃文身上經歷這樣的肉體與心靈交融之經驗；我唯有的，只有涓美給過我的這些。

當年阿毓和妹Ｙ在知道我跟涓美分手後，都曾經問過我一個同樣的問題：「你愛她嗎？」我不知道為什麼在我還陷在失戀的低潮中，她們姊妹兩人所關心的卻是這麼形而上的問題？說「形而上」，是因為它真是個很難具體說明的東西。

我喜歡涓美，我喜歡她將我從宅男的實驗室天地裡抓出來放生的體貼、我喜歡她率直不做作的談話、我喜歡她對於情慾表達的直接、更喜歡她疊壓在我身上的感覺。這些都讓我跟她在一起的時候感覺到很放鬆，感覺到身邊有個這樣的人真好！所以我只能想到結婚這個方法以保有她在我身邊，但我真的不知道在這些東西當中，哪一個叫做「愛」？

其實，本來我並沒有打算跟阿毓或妹Ｙ說這件事情。那時候的想法是：若成了，就直接發喜帖；若不成，就當作什麼都沒發生過，免得解釋起來很麻煩。

結果就在失戀的隔週，阿毓說她剛好臨時回台灣處理一些家族內的事情，她排了個下午的空檔，要我跟她喝喝咖啡。剛好那天我到台北T大開會，所以兩人就約在學校附近喝喝下午茶。

一開始都是阿毓在說話。她抱怨了最近一些工作上的挫折、對小孩成績的焦慮還有跟老公的一些彆扭，以及讓她臨時回台灣的一些家族內的財產糾紛。我就是一直聽著、聽著，維持著一貫與公主對談時專注的模樣，並且不忘適時的加以奉承與附和些小意見。

雖然我覺得已經將失戀的落寞掩飾的很好了，應該沒什麼異樣神情出現才對，不過，阿毓在結束半小時的絮絮牢騷之後，拿起咖啡杯旁的小湯匙冷不防的敲了一下我的頭，說：「兩隻魚，說，出了什麼事？」

儘管心頭正疑惑著她指的到底是什麼，但還是先擠出個冷面笑匠的表情說：「哇靠，妳真是厲害，沒事妳也看得出來。」

阿毓又敲了一下我的頭，說：「不要躲，說。剛剛從坐下來後，你整個人就不對勁，一定有事，說。」

我苦笑著要她留點面子給我，雖然這是T大的周邊，但還是有可能碰到認識的學生或朋友。

阿毓再敲了一下，說：「已經很給面子了！」

就是這樣，當她開始堅持時，我一定會讓步。我把與涓美交往的事情大略的跟她說了，包括求婚的橋段；但敘述的過程中，我省略掉了後期那些頻繁做愛所衍生的疑惑。

阿毓一邊聽著，一邊搖著手中的卡布奇諾；時而看看我，又時而望著密緻泡沫下隱現的棕色漩渦。不過，更多的時間，她的眼神飄越過我的肩膀，彷彿那個神秘的重要答案已經鏤刻在落地窗外的陽光裡；而我的聲音，只是伴隨她沉思的背景音樂，可有可無的。

「你愛她嗎？」一直等到我講完，阿毓才開口問說。

「應該吧，都談到結婚了。」

阿毓又沉默了，拿起咖啡一小口一小口的啜飲著，緩慢的，每次入口前都要很仔細的檢查，確保飲入的每一滴咖啡都要沾到非常足量的泡沫。

既然都說了出來，我也就不太掩飾情傷的姿態，讓自己略為浮誇的癱坐在沙發上，慢慢旋轉已經喝完的咖啡杯，注視著阿毓優雅而細緻的動作，等待她的任何發言。

阿毓沒再說話，只是繼續一小口一小口的啜飲著。

直到，喝完了所有的咖啡。她以手帕壓吸走嘴邊的濕潤後，打開皮包，拿出口紅薄抹畫唇，抿了抿，讓桃彩均勻的艷遍。

收拾好補妝的工具，阿毓抬起頭，用個清純少女的表情很認真地說：「那一年，你應該跟我到美國去的。」

然後嘆了口氣，站起身來，逕自的走出去。

隔兩天，妹丫打了電話給我，問說我還好嗎。我就知道，只要有關於我的事情，妹丫知道後，阿毓就會知道；而阿毓知道後，妹丫想不知道也難。我在電話中跟妹丫說沒事，但過了一天之後，武雄學長居然載著妹丫來小城的學校找我，武雄學長說妹丫不放心我，一定要他載她過來看看。

武雄學長大概看我根本沒什麼問題，氣色好得很，就一邊拍拍我的肩膀，一邊笑著跟妹丫說，妳就好好幫他診斷診斷；既然來了，我順便去附近醫院的客戶那邊打個招呼，兩點再過來接妳。

就這樣，我跟妹ㄚ在學校附近的咖啡屋，也是一邊喝著咖啡一邊談著我跟涓美的事情，一如我跟阿毓說的那些。而在敘述的過程中，也省略掉做愛的相關情節。

但跟阿毓不同的是，妹ㄚ在我說到求婚那段時，就先打了個岔，問說：「你愛她嗎？」

「應該吧，都談到結婚了。」我重複了一次回答過阿毓的話。

「所以不是很確定？」

我很疑惑的看著妹ㄚ，臉上必定寫了個大大的問號，回說：「很重要嗎？反正都分手了。」

妹ㄚ側頓了一下頭，勉強的笑了一下，說：「沒事就好」。

妹ㄚ自己換了個話題談到了小寶的狀況。她說在武雄學長填補她們夫妻所有忙碌的時間、細心的陪伴與照顧之下，小寶進步的非常快，已經能夠自然的融入大部分的學校生活了。她說，但是她對她哥哥感到非常愧疚，以前是為了她，現在是為了小寶，她覺得她哥哥都沒有時間為自己著想。

我笑著跟妹ㄚ說，換個角度想，我倒覺得武雄學長很滿意他自己。妳看，他把妳們照顧的多好！

妹ㄚ聽完，笑出了一滴眼淚。

她看看時間，在武雄學長快回來之前跟我說，阿毓昨天中午去醫院找她吃飯，看得出她的心情很不好；如果我有空的話，明天去機場送送她。我說，喝咖啡時她有跟我聊過，最近不管是她在美國的家或是在台灣的家都有些問題，煩到讓她心情不好也算是在所難免。

妹ㄚ聽了，雙手托住下巴、以手肘撐在桌面上，嘆了口氣說：「你知道我在說什麼，明天去一趟吧。」

我微笑了一下，不置可否的；妹ㄚ看了，又嘆了一口氣。

第五章

涓美的前老闆，也就是我那位家大業大的學長要我幫他寫個國外的研究合作計畫，我就順便問了一位新進的同事是否要參加，想說，搭學長的順風車，應該會對他有些幫助吧。結果收到他的回信說，因為對這個領域不熟悉，加上目前實驗室尚無充裕且熟練的人力，所以想放棄了。我剛剛寫了這樣的回信給他：

「再兩個星期就六月了，那是一個新的忙碌開始點，舊的一屆要畢業，新的一屆要進來。科技部也會放榜，不僅要準備前一年度的結案報告，還要籌思新年度計畫的寫作。教學的工作也一直會持續，發表論文的壓力仍然緊緊跟隨著。在這裡，可預見的，在未來的一年、兩年、三年甚至十年後，我們還是不會有充裕、熟練的人力；專題生、碩士班學生平均兩年流轉一批，像是服兵役一樣，菜鳥變老鳥後，正堪用時就要退伍了。所以我們幾乎每年面對的都是新手，永遠像個新兵訓練營的班長。

但現實中，這兩年來台灣光在學的博士生就高達三萬名，每年畢業近四千人的博士超過七成在流浪等開缺。這並不是新聞，多年前我就聽到有許多學長姊弟妹在國外的名校間作博士後研究好多年，想回來也回不來，其中包括有些身上掛著 Science、Nature 論文招牌的優秀科學家。所以，這裡雖然不是個理想的環境，比上嚴重不足，但比起『無』來，還是得稍感慶幸。基本上，只能說服自己妥協一下，想辦法在這裡安身立命。

小城的生活步調雖然緩慢，學校的研究工作雖然開展不易，但世界仍然快速的在進展，我不想在離退休還有二十年的時候，現在就被『進步』遠遠甩在後頭。作為一個研究者，我們還是要有些基本的尊嚴。這裡的資源很少，所以要有些與大戶合作的戰略和戰術的想法；簡單來說，必須挾外援以自重。任何讓資源流入的機會，我們都沒有本錢讓它輕易溜走。

當然，都是要付出代價的。就像我，付出的就是每天的睡眠時間和週六日的假期，以自我的人力換取物力。這就是我們在這種窮人家環境下的職業生涯宿命，供你參考。」

寫完了這封信，感慨的變成是自己。

昨天為了應付系所評鑑，於是徹夜整理這間已難有迴轉空間的辦公室。也因為如此，有許多陳年書籍得以出土。其中最吸引我目光的是大三時我主編的那一本系刊。系刊的封底背景是以前系館後的林木步道，上面引了一首蘇軾的詩：

人生到處知何似　恰似飛鴻踏雪泥
泥上偶然留指爪　鴻飛那復計東西
老僧已死成新塔　壞壁無由見舊題
昔日崎嶇還記否　路長人困蹇驢嘶

將信寄出給同事時，我油然的想起這首詩。也想到昨天幫一位學生寫出國的推薦信時，中文草稿中的一段：

『我只能說，在這學生身上，我看到的不只是一個有天分、肯努力的科學工作者而已，我看到的是，一團熱情！一團也會燃起你自己快要遺忘的，那種對於科學、對於解決問題的熱情！跟他一起工作，常常覺得獲益的，可能不是學生，而是我自己。

今天，為了讓這位學生有更廣的視野、更好的環境供應他成長，才不得不鼓勵他出國申請 貴校；要知道，將這樣一位充滿創意又能實現創意的優秀青年送出我們的國家，對我們的國家是多大的損失啊！但我知道，他如果能到一個更有能力幫助他的環境，對他以及對全世界而言，將會是更有意義的成長。我向您們保證，如果您們錯過這位學生，對貴校而言，將是莫大的損失！』

我走到窗前，看著彩霞即將漫延的天幕，竟也有種『秋風秋雨愁煞人，寒宵獨坐心如搗』的悲懷。

不過，在還沒有想起更多抒發悲懷心情的詩詞時，就被門外突如其來的尖叫聲拉回現實。聲音的頻率以及強度顯示出是一位女學生受到過度驚嚇後的反應；判斷了一下聲音來源，應該是從對面邱老師的實驗室內傳出來的。

當下我立即衝出辦公室，跑到邱老師的實驗室內，只見到頭上不斷有血滲出的邱老師倒在地上，旁邊站著一個手足無措的女大學生。我一邊叫那位女同學打 119 電話，一邊檢查邱老師的呼吸及心跳；在感受不到這些生命跡象時，立即對邱老師進行心肺復甦術。

沒多久，附近的陳老師和幾位學生也跑了過來，我請陳老師聯絡校警在校門口待命，在第一時間導引救護車來到這邊，也要學生們將實驗室門口附近的東西全部移走，好方便等一下擔架的進出。

在救護車到達之前，邱老師經過我的急救處理已經恢復了自主的呼吸心跳，但意識仍然沒有恢復。我隨著救護車陪他一起到了醫院，經過各項緊急醫療後，情況總算穩定了下來。醫師說，應該是心臟方面的問題，目前只能做緊急的處置控制，詳細的狀況得等轉到內科病房後才有辦法進一步了解。

沒多久，陳老師陪著邱老師的太太和小孩也來到了醫院。陳老師轉述那位在現場目睹邱老師倒下的同學的敘述，說邱老師本來在跟她講話，忽然間右手緊捂胸口、臉上出現痛苦的表情之後，就往側後方倒下；在倒下的時候，頭部還撞到實驗桌的桌角。整個過程太突然，加上兩個人是有點距離的站著，所以她完全來不及反應去抓住他。

邱太太噙著淚水，抱著三歲大的小女孩一直跟我點頭稱謝，看著她抱著小孩的纖柔身軀，一臉驚恐憂慮的神情，我的心頭不停的湧上酸楚。我一邊謙讓著她的道謝，一邊要她先坐下來休息。

我問了她是否有其他的家人可以前來幫忙照護，結果這一問，讓她本來只在眼眶中打轉的淚水忍不住的涓涓滴流下來。她說她先生是獨子，父母親都住在彰化，健康狀況也不是很好；她是台中人，不過父母親都去世了，哥哥和姊姊都住在台中，兩人都有各自的家庭要照顧。也就是說，家族的成員皆難以給她即時且持續的奧援，所以一切的後續問題，都是他們夫妻倆加一個三歲小孩這樣的小家庭組合要獨力承擔的。

邱老師來到這個學校任教快六年了，目前正值接近四十歲的壯年；邱太太小他五歲，是附近幼兒園的老師。兩個人是在邱老師來到小城工作之後才認識的。四年前結婚，隔年生了個女兒，一家人就住在學校附近，應該是最近才剛買的大樓公寓。

跟我一樣，邱老師是土博士，不過老闆是 Td 大的現任校長，算是系出名門。當初他能進來這裡任教，聽說就是因為我們校長跟 Td 大的校長是高中同學，兩人交情很好，在 Td 大校長強力的請託下，他才能在眾多洋博士參與的競爭中脫穎而出。

不過雖然一開始有諸多風風雨雨的傳言，但若撇開這些，他算是一位很有能力的年輕人，也是個謙虛隨和的人。他在研究工作上認真、在教學上盡心、導師工作也做得很仔細，學生們對他的向心力都很夠。不過這些努力同時也意味著邱老師的私人時間嚴重的被剝奪，在平常的日子裡，我們這層樓就我跟他的辦公室在比誰最晚熄燈。

但多晚對我來說都是無所謂，反正就單身一個人，特別在我母親過世之後、妹丫出事之前，我完全沒有什麼牽掛，自由自在的，回家跟在實驗室基本上沒什麼兩樣，家裡就只是個睡覺比較舒服的地方而已。

但邱老師就不同，他有一個家，有太太在家裡等著他，而且在家裡還有個剛報到的小小朋友。而那是個小家庭，沒有任何親人在身邊協助，所有事情都是小倆口親自承擔，所以他必須要分出與工作相當的時間和精力去照顧自己的家。因此，雖然同樣是跟我在學校比晚的，但他是不斷的奔波來回家裡與學校；不像我，大部分都是悠哉的在實驗室與辦公室這兩個小小的地方迴游而已。

或許是因為這樣，所以邱老師在研究工作上的進展緩慢，以致於近六年來一直在助理教授這個位置上動彈不得。不過這是一件奇怪的事情！照理說，如果 Td 大的校長當初如此的力保他進來這個學校任教，那他們師徒之間的關係應該是很好才對。以 Td 大的校長目前在台灣生醫學界呼風喚雨的能力，邱老師應該可以有豐沛的資源可用，再怎麼樣，都不會是目前的這種窘境。

說「窘境」是因為，除了前兩年他有拿過科技部的計畫以及參與他 Td 大校長老闆的整合型計畫之外，接下來近四年的時間裡，他就沒有再拿過科技部的計畫了。原有的專任助理沒錢留住，儀器設備也僅添購了部分就無以為繼，只能靠著替學校內的長官們，處理那些需要花費大量文書工作時間的各式教學計畫，才能分到少量的材料費勉強維持實驗室的運作。

也因此，他在這六年來沒什麼比較有看頭的論文發表，所以最近就面臨到學校「六年內若無法升等就解聘」的「六年條款」之威脅了。

有次我們兩個剛好都在半夜一點的時候要離開實驗室，在走廊上巧遇後，就一起站在欄杆邊對著高掛的月色聊聊。他抱怨了一些學校內各級長官很鳥七鳥八的事情，他覺得他的時間幾乎都賠在那些毫無意義的文書工作上，然後被這樣的壓榨後，也不過是分到那一點點的材料費而已。

既然談到了錢，我就忍不住的問了他與他那個校長老闆的關係如何？因為在正常情況下，土博士通常比洋博士多了個「娘家」的優勢。就像我，來到小城的前幾年，都是我博士班的老闆在支援我的工作，等到我這邊比較上軌道之後，換成我那個家大業大的學長在罩我。雖然做了不少苦工，但畢竟他們都沒有虧待過我，錢與論文的作者排名都給的很大方。

邱老師的老闆比我的老闆大牌許多，而且是眼前台灣生技界的紅人，其門生弟子也多人目前位居要津，實在是沒有理由讓自己的子弟兵在邊疆地帶自生自滅啊，更何況是一個看起來認真有能力的將才。

邱老師當時隨即以苦笑兩聲來回應我，只說了「說來話長，不太方便聊這件事」就告辭離開了。那時，我還不知道陳鎰哲準備要揭發的那些Td大校長的事情，所以當下只是想說，或許他們師徒倆為了什麼事情鬧翻了吧，所以才被斷了外援。不過如果是這樣，那斷的也未免太過頭了吧，感覺上等於是在封殺這個年輕人的所有資源，才會讓他連四年一個科技部計畫也拿不到。

這是不尋常的，以這樣一個之前有過排行前五名期刊發表紀錄的年輕學者而言，即便近一兩年內發表論文較不順利，也應該還是會有些計畫過得了才對；更何況，之前我曾經讀過他寫的計畫內容，覺得他寫的真好，一看就知道是個很有實力的人寫的。

匆匆忙忙趕過來的系主任打斷了我的思緒。我跟主任解釋了一下狀況，他聽完就立刻打了通電話。結束通話後，主任說這家醫院的院長是他表妹夫家的親戚，也是他假日登山時的山友，算熟識，所以他剛剛打電話給他，拜託他幫忙妥善處理邱老師的醫療。果然沒多久，邱老師就被送入內科部的病房，心臟內科的一位主治醫師也匆匆趕到，馬上開始後續的檢查。

在這同時，主任也聯絡了跟這家醫院合作的看護人力派遣公司，馬上安排了看護人員過來協助後續的照顧，還立即代墊了所有費用。他說，邱太太要照顧一個三歲的小孩，沒有辦法同時兼顧邱老師的照護工作，得趕快有看護人員過來幫忙才行。

看著主任這樣有效率且考慮周到的安排，雖然平時對他有些作威作福的囂張模樣感到不齒，但此時，卻也不得不感謝他的熱心與細心。想說，下次開系務會議的時候，就少些砲擊的發言好了，當個沉默的與會者。

到了晚上九點，邱老師終於醒過來了，雖然還是非常虛弱說不太出話來，不過至少看起來意識清楚，所有人都暫時鬆了一口氣。

由於看護已經到了，主任要邱太太先帶著小孩回家休息，邱太太原本不肯回去，但主任一直勸她說接下來是長期抗戰，她自己不能累壞，況且看護在，醫院他也熟，請她不用擔心，先回去安頓小孩要緊。邱太太猶豫了一陣子，看著邱老師也在催促她回去的眼神與表情，才答應讓陳老師送她回家。

在邱太太離開前，主任還當著她的面很豪氣地拿出名片給看護，要看護有任何緊急的事情，不管多晚都可以打他的手機。這下子，我決定以後在走廊看到主任，要遠遠的就在第一時間跟他打招呼了。

離開醫院後，我還是回到學校準備系所評鑑的東西，時間已經是晚上十點了。傍晚衝出去的時候沒有把放在桌上的手機帶在身上，進了辦公室拿起手機一看，妹丫跟阿毓都各自打了好幾通過來，從晚上六點開始到剛剛都還有。心裡忽然一陣緊繃，想說是不是發生了什麼狀況，立即就先撥了一通給妹丫。

電話那頭傳來妹ㄚ緊張而略微高揚的聲音：「阿靖哥哥，你沒事吧！電話都不通，我們都很擔心。」

「喔，抱歉，傍晚緊急送一位同事去醫院，忘了把手機帶在身上。」

我也安了心，雖然知道等一下會被阿毓唸一頓，不過至少大家是平安的。

這週因為學校系所評鑑的關係，沒辦法到台北去幫妹ㄚ接小孩以及陪陪她們，我心裡一直七上八下的。雖然事情到現在已經兩個多月了，易志名以及他父母也都沒有進一步的動作，但離婚官司以及傷害、妨害自由、妨害公務的官司仍在進行中，易家會不會有什麼奇怪的動作也說不定，所以妹ㄚ、我跟阿毓都還不敢鬆懈。像這週我無法到台北，所以妹ㄚ請假暫停了一天下午的門診，阿毓也幫忙另兩天下午的小寶接送，如此才解決了這週保護小孩的問題。

我能理解她們的焦慮。畢竟這麼久以來，特別是這兩個月之內我們三人之間的聯絡頻繁，我很少漏接她們的電話。即便上課時沒有接聽，我也會在每節下課檢查有無來電未接，所以，最多就一個小時，在一個小時之內我一定會回電。這次居然是四個小時都沒有回電，換作是我，也會莫名的就緊張了起來。

「還好嗎？你同事。」

「好險，命有撿回來。」

「那就好。先不多說了，哥哥你趕快打給阿毓姊姊，我看她快急死了！」

結束與妹ㄚ的通話，才剛要撥給阿毓，恰巧她先一步撥進來了。

「喂，阿毓啊，我剛剛送同事去醫院，沒帶手機……」一拿起電話，沒等阿毓開口我就先直接說了；不過沒說完，就被阿毓打斷。

「沒事就好。」阿毓大大的鬆呼了一口氣，以累極了的聲音低沉地說。

「很抱歉，因為事出緊急，沒時間注意到手機。」

一說完，就覺得我好像犯了滔天大錯一樣；如果是上輩子，大概就是跪下來不停地磕著響頭的那種惶恐的心情吧。

「好了，沒事就好，我要休息了。」

雖然是冷冷的說，但隱約聽得出阿毓有些鼻音，我想如果是面對面的看著，她大概就是那種輕輕拭去一滴眼淚的神情。

阿毓沒有掛電話，我也不敢掛電話，等了幾秒鐘的沉默，我只好再說了一聲「對不起」。

阿毓沒有立即答話，仍只是沉默著，但還是聽得到那種在流淚時獨特的摻著鼻水的長吸聲。

「阿毓，對不起，我以後會更注意，對不起。」

「好了，沒事就好，我要休息了。」阿毓又重複了一次，不過語氣比剛剛柔和了些。

「明天評鑑就結束了，晚上我會過來。」

「好，我掛電話了。」

「晚安。」

一直等到阿毓真的掛上電話後我才敢掛電話。

我看著掛斷的手機，一下子無法決定該放在桌上或是收入口袋，只能拿在手上隨著散漫的踱步擺動著猶豫。

信步走到了窗戶旁邊，望出去，醒目的只有一排排全都暗著的教室。我站在其實也算是教室，看過去都是教室的地方，熟悉的甚至有點想不起今天的日期。剛剛發生的事情變得非常遙遠，就覺得，今天只不過如同我在這個學校十幾年來的任何一個夜晚，於某個實驗剛結束的時刻，看著窗外顯不出月色的天空發呆。

我沒有一個非得回去不可的家，不用惦念所謂該回到家的時間，所以在發完呆之後，就可以繼續再工作著，直到真正的萬籟俱寂。然而剛剛阿毓的眼淚卻提醒了我，有人在倚著門等我；如果我在那個萬籟俱寂的時刻倒地了，沒了一個從對面衝過來幫我做心肺復甦術的人，那麼，倚門等著我的那個人該怎麼辦？

那個等著我的人，我需要倚門等她像她那樣倚門等著我嗎？在她該出現而未出現的時候，我會像她那樣焦心的掉下眼淚嗎？

我很清楚那個叫做阿靖的人對現在的阿毓來說，沒了太平洋的距離之後，他對她長年的包容和善待，迅速堆湧成她心靈的依靠、沒有負擔的交心之所，讓她享受那樣的甜蜜直至依賴。對她來說，所有在現實中與他人愛情或生活裡的那些傷了、累了的時候，他都讓她有個放心停泊的港灣；這個二十多年來任由她擺佈、每天都隨著她的意志在情人與朋友界線游移的男人阿靖，在他看似各種無關情愛的作為裡，卻讓這位獨立自主的現代女性陷溺在愛情中，甚至有些小女人的那樣。

但那是阿靖希望的愛情嗎？

如果哪一天，我們解放了對彼此身體的隱晦，像我與涓美那樣舒服的性愛了，我是否會像對涓美那樣的跟阿毓說「我們結婚吧」？即便不管阿毓是個已經結了婚的人，就假設兩人仍是在單身的情況下，我也會像對涓美那樣說的對她說嗎？

我看著窗外一直暗著的房間，想著這個不會在此時有答案的問題；明知沒有答案，我仍然自虐式的想，就好像這是個完全動彈不得的時刻，除了想著這件事情之外，就沒有其他的選擇那般。

我繼續看著窗外的教室，一度專心到彷彿一間教室就是一個人的世界：一間是妹ㄚ的、一間是阿毓的；在暗黑中各自上演著她們的故事，只有我能夠窺視到各種想像中的情節，在五十公尺外的另一個窗戶內，獨自的。

如果能夠只在遠距離外當個旁觀者看著就好了，這樣剛剛的那通電話也就不需要講得那麼的揪心。

晚上十點半，她們都還沒有入睡吧。妹ㄚ應該剛洗了澡，用毛巾略微擦完濕了的頭髮，正用吹風機吹乾整理著。我通常都是等到這個時候，讓她可以安心的吹走一天的疲憊之後才離開。我喜歡看著她邊擺動吹風機邊撥弄著頭髮的樣子，特別是她偶爾會回頭看看跟小寶玩著的我，然後很滿足地對我笑了笑的蓬鬆了頭髮的模樣。

而阿毓呢？在家裡的阿毓，晚上十點半會是在做什麼呢？繼續忙著未完成的工作，還是跟美國的老公與兒子視訊？我們從未在一個像是家的空間裡，在這麼晚的時間內兩個人獨處過，我該怎麼想像在此時的她的模樣呢？

或許我該再撥個電話給她們。但除了重複「明天評鑑就結束了，晚上我會過來」之外，我還能說什麼呢？

我慢慢踱回辦公桌前，坐下來，不曉得如何安放我的牽掛。

這兩個月來，我的生活失去了原有的秩序，卻完全沒有頭緒該如何讓它重新上軌道。我盡可能的推掉所有推得掉的事務，包括本來下週要去美國開會兼訪察陳鎰哲的事情也作罷，好讓自己可以完全配合妹ㄚ的官司與小孩的接送；我也將自己的研究工作停擺了一大半，好讓自己能夠每天晚上都在妹ㄚ家待到將近午夜的陪伴她們母子倆。

某種程度阿毓也是，她也為了妹ㄚ調整了她的許多作息與工作；她甚至比我做得更多，有時候還蠻像是對女兒的殷切絮叨，完全的長姊若母。

表象上看起來，妹ㄚ受到了我們兩個幾乎是全心全意的照顧與保護，我想，易家對於這一點大概也是始料未及；他們所面對的不是原先以為僅是個無依無靠的孤女，反而像是有娘家雄厚資源支撐的名門閨秀。妹ㄚ一開始當然極其的不自在，覺得承受不起忽然間多了這樣的雙重無微不至，更甚於武雄學長一個人對她的照顧。她非常努力的想讓大家看到她的堅強，讓大家相信她可以照顧自己、照顧小孩，好早一日讓我們放心，結束如此麻煩大家的生活。

不過，沒多久，妹ㄚ就從承受不起的不自在變成了細心的配合。聰慧的她必然察覺到，我們雖然真心的對她無微不至，但那個動力某部分卻來自於這兩個人奇特的齊心。

我與阿毓在這二十多年間總在無緣的隔閡中遙遙相對，但這次卻因為兩個人都疼愛的小妹的悲劇，第一次有了最名正言順的攜手機會。我們一起陪伴妹ㄚ度過最困難的傷痛初始、一起打點著妹ㄚ新生活的所需、一起安排著妹ㄚ往後官司的對策；也因此可以經常一起在妹ㄚ家共進晚餐、一起在妹ㄚ家看著電視、一起在妹ㄚ家談著彼此，然後在午夜將近的時刻，我陪著她回家，兩個人慢慢的走在夜闌人靜的台北街頭。

有幾次，在兩個人的手指頭不經意碰觸到的時候，我幾乎按捺不住的想牽起她的手，然後順勢的將她擁入懷中的吻她；我相信她也是這樣的想著、等著，甚至幾乎要主動著。我在兩人手指碰觸瞬間的細微反應中感覺得出來，我們有著對彼此相同熱切的想望。上週四晚上我終於在過馬路的時候故意牽握她的手走過去，假裝很自然而然地，自然到即便過了路口仍然不需要放開地那種自然而然。我們用著比平常更緩慢的步伐走著，很專心地擺盪那雙從牽握變成十指緊扣的手。一度我停下緩慢的腳步、僵住手臂擺盪的節奏，企圖讓想像中的事情發生，但是同時停下來的阿毓卻低頭不動不語，用她的肢體語言否決了我希望中的擁吻。於是，我們在過了下個路口之後，很自然而然地放開握著的手，很有默契的，同時。

或許，那樣的一吻，到底要承擔多大的後續風暴才受得起，阿毓無從估算，也沒有勇氣嘗試。

若更深入內心，真實狀況可能又更複雜些。

我還是無可避免的多了許多跟妹ㄚ獨處的機會，或許有些還是來自於阿毓有心的安排。

我相信她一定敏感的察覺出，我跟妹Ｙ之間有著我們兩人都不想面對的情愫，而她一定是認為如果促成了，會是讓三個人都解脫的好方法。但我跟妹Ｙ都小心翼翼的，我們都害怕那個想要退讓自己的阿毓受傷；然而我們也因著這樣的默契使得兩人有了更多的共鳴，也因此需要更加的小心翼翼，防著那些自然而然就會出現的共鳴在阿毓面前流露。

有時候我覺得，當初我看到那兩個為了對方都把自己逼到精神與體能極限的武雄與妹Ｙ，類似的劇情在今日又悄悄地上演了。只是雙邊變三角，然後在三角關係中的親情成分弱了，愛情與友情的力道強了，以致於變得更複雜、更麻煩、更難為了我們的妹Ｙ。

動了動滑鼠，叫出螢幕、鍵入密碼，畫面又重現那分還沒完成的評鑑簡報資料。我試圖讓自己集中精神，看看能不能將這分文件先完成，不過眼前上演的仍然是過去那些片片斷斷的年華，好像非得要我在此時檢視著自己，在青春的某個時刻是否忽略了什麼，以致於那個年輕的我失去了我喜歡她她也喜歡我的她們。

也許我該再寫封信問問渃文，如果她還願意告訴我的話。

這個意念一閃而過後，我忽然感到好奇，怎麼會忽然地想起渃文呢？

渃文，我有一陣子想不起她了，從兩個月前我的心中開始充滿妹Ｙ和阿毓之後，我就沒有再想過渃文了。不過說「沒有再想過」，在這個只有自己面對自己的夜晚，其實是個不必要的虛假說法。雖然我跟渃文之間曾經有過的疏離比阿毓身在異國還嚴重，但對她的微弱記憶之光卻一直在我心中的幽暗之谷微弱的照著；雖然微弱，但放置的地方就在情感的入口，怎麼看都看得到她。

我自己清楚得很，她都在，我只是硬拉著妹丫和阿毓擋在我面前，假裝我已經失去她的蹤影而已。

「在靜寂的雨夜，一個你無論如何也無法忘懷的人來到你的屋前」，我拿起桌上這本村上春樹的《國境之南、太陽之西》，看到的封面上，印了這句話。

一下子也沒有比隨手再翻翻這本書更需要去做的事情了。把書翻開，直接看到的，就是寫了這段文字的一頁：

「最大的問題是我欠缺了什麼。我這樣一個人，我的人生，空空的缺少了什麼，失去了什麼，而那個部分一直飢餓著，乾渴著。那個部分不是妻子，也不是孩子能夠填滿的。這個世界上，只有你一個人能夠做到這個。跟妳在一起，我才感覺到那個部分滿足了。而且滿足之後，我才第一次發現，過去的漫長歲月，自己是多麼飢餓、多麼乾渴。我再也沒辦法回到那樣的世界去了。」

不算恰巧翻到，而是這頁已儲存了多次停駐的記憶，頁張都有些鬆動了。

有一回到台中演講，在來回的高鐵上重讀了《挪威的森林》。在時速到達二六八公里的時候忽然想通了，村上春樹花了那麼多的筆觸仔細描寫主角們性愛關係發生的前奏、過程與之後的空虛，原來是想映照出，擋在兩個人心靈之間的，就是這些對性愛無可推諉又莫可奈何的想望。人跟人之間，看似好像要圓滿了，卻被「性」這件事情收納住前進的腳步，讓內心的接觸之旅在體表杳蹤，變成，肉體交融只成就了孤獨的個體。然而，不透過「性」，真實的感情卻又無法依著，只能不斷的飄渺。

「被『性』這件事情收納住前進的腳步」會是我跟涓美的問題所在嗎？

「不透過『性』，真實的感情卻又無法依著」會是我跟阿毓、妹丫甚或是渃文的問題所在嗎？

「曾經有一分真誠的愛擺在我的面前，但是我沒有珍惜，等到失去的時候才後悔莫及。塵世間最痛苦的事莫過於此，如果上天可以給我個機會再來一次的話，我會對這個女孩說，我愛她。」

說完之後，我應該吻她；不管要承擔多大的後續風暴。

第六章

這應該是個很大的宅第，一個口字型的木造建築，屋內很挑高明亮，燭火通明；雖然沒有什麼雕樑畫棟，但樸實中有著隱隱的氣派，如果不是宗廟祠堂，就是退休的官宦人家住處。

整個口字型的內側是連貫四周房舍的迴廊，圍繞著中間寬廣的庭院。庭院中的造景並不華麗，沒什麼草，只有幾株低矮的樹木，地上鋪著黃土，整個光影的投射，像是夕陽映照的溫暖橘紅。

我先是直奔像是大廳的屋舍，不過到了大廳門前的迴廊，看到大門挑高的門檻，心裡閃過個念頭，猶豫著，要不要先入內拜見呢？不過僅一瞬間，我就快速的往右側廂房進去，並沒有走入大廳。

右側廂房內一樣是燭火通明，有很多餐桌整齊的排列著，應該是個吃飯的地方吧，我想。不過大廳跟這裡都沒有什麼人，我只好再繞著迴廊往大廳左側的房舍走去。

一進屋內，就看到很多人在那邊忙碌著。這些人都穿著類似的藍色衣服，像是工作服，款式簡單，看不太出服飾的年代，不過布料還蠻厚的，現在應該是很冷的天氣吧。屋裡男男女女都有，女生頭上大都盤著髮髻，男生以理著平頭的人居多。大家在準備餐點，但這個地方不像是廚房，只見到男生們將一桶桶冒著熱氣的飯菜及羹湯抬入擺著，女生們則在準備著鍋碗瓢盆的樣子。

我仔細往人群中望著，一開始也不知道自己究竟在找什麼，只感覺到是在找個熟悉的人。東望西望間，忽然有個中年婦人朝我看了看，然後手指著外面，也就是庭園中。我一下子會意不過來，因為我覺得他們看不到我，我已經在他們周圍走繞好一陣子了，卻都沒有人正眼看過我。只有剛剛這名婦人像是有意識到我的存在，並且也好像知道我在找什麼。

我朝她手指的方向往庭院走去，看到妳站在園中的一株樹旁，穿著厚重的大衣，頭髮也是盤了個髮髻，這樣的裝扮下，露出的臉龐就顯得十分消瘦。妳正看著庭院中一個小孩子在玩耍，大約四、五歲的年紀，因為也穿著大衣，帶著毛線編織成蓋耳的帽子，所以看不出是男孩還是女孩。

孩子在妳四周跑來跑去，妳的眼光也隨著他轉來轉去，很專心的守著。我走到妳身旁，但妳像是看不到我似的，並沒有因為我的靠近而有什麼表情或動作上的變化。我仔細端詳著妳，妳的表情嚴肅而憂愁，因為天冷而泛紅的面容顯示著心事重重。

我想跟妳說些話，但又不知道要說什麼，只覺得有很多想說的事情積在心頭吐不出來。畫面就一直這麼的怔著，我開始猶豫起要不要開口叫妳的名字，但同一瞬間，我卻想不起妳的名字。後來，那些忙碌的男男女女開始把一桶桶的飯菜往右邊廂房搬動，妳好像聽到有人叫妳似的，回過頭看了那些人一下，就很溫柔的趨前把小孩子抱起來，也往右邊廂房走去。

小孩子很乖的將頭趴在妳的肩上，但我仍沒看清楚小孩子的臉。然而我看到妳轉身即將離去的時候，眼裡含著淚光，輕輕的說了一句：「是你嗎？」

在我還來不及思考這句話意思的時候，我看到就在這個庭園中，幾個人被一一的處決，而我被排在最後一個。看著一個個同伴被斬首時，其實我並沒有什麼害怕的感覺，反而想著，原來一輩子就是這樣啊！

「就這樣？」

「就這樣。幹！很多了。要不是看在老朋友好久不見，多送你幾個畫面……你要知道，幫你導引這個，我明天可能又要傷風感冒了，天譴啊，兄弟。」

老葉停了一下，深呼吸了一口氣，再喝口水，繼續說：「不過算是好現象，你這傢伙算正念很強，基本上腦袋不接受旁人指揮，也開不了靈門，所以最多只能從縫裡看到這些。這很好，不昧因果，大概就像你這款的。」

我知道老葉說的是什麼。在當年的畢業前夕，有一次他幫我看相的時候，說過這麼一個禪宗公案：

百丈禪師每上堂，有一老人隨眾聽法；一日眾退，唯老人不去。師問：「汝是何人？」老人曰：「某非人也。于過去迦業佛時，曾住此山，因學人問：『大修行人還落因果也無？』某對曰：『不落因果』遂五百世墮野狐身。今請和尚代一轉語，貴脫野狐身。」師曰：「汝問。」老人曰：「大修行人還落因果也無？」師曰：「不昧因果。」老人於言下大悟，作禮曰：「某已脫野狐身，住在山後，敢乞依亡僧津送。」

「好啦！那謝啦，幹，帶你去吃昨天我說的那家海鮮。」

就是巧，昨天去醫院看邱老師的時候，居然碰到以前的室友老葉，就是那個號稱有陰陽眼又精通紫微斗數，然後說我上輩子是服侍阿毓的太監的那個傢伙。

老葉現在已經是中部一家大型醫院的內科主任兼副院長了。當年他在唸完生化的碩士後跑去考學士後醫；在高雄唸完醫科後，就回到中部老家發展，大家也就比較少碰面了。這次是因為他現在任職的醫院和小城的這家醫院要談一些經營上聯盟的事情，他跟他們院長一起過來開會，就這麼巧，我們在醫院的大門口碰到了。

我要他留個中午給我，一起吃個飯、敘敘舊，太久沒見面了。剛剛到他下榻的飯店要接他去吃飯時，沒想到他仔細的看了看我，搖搖頭，然後說要幫我試試。我原本以為是像以前那樣，只需要坐著等個五分鐘，然後就可以聽他觀想完之後的結論；沒想到幾年不見，他居然進階到可以帶我們自己去看看。

吃飯的時候他說，自從去醫院工作之後，就很少再幫人家看了，也很少人知道他有這個本事。以前會常常幫我們看，一方面是因為很好奇自己到底是不是真的有這方面的天賦，另一方面則是因為大家都還是單純的學生，不會要求他利用這個能力去搞東搞西的，對他的困擾不大。但後來他發覺即便真看出了什麼，讓被看的人知道了某些算是輪迴或是靈異上的原因，其實對當事人而言也沒有什麼幫助。他是這樣說的：

「如果我說的，你覺得很準的話，那只代表『聽到我說』的這件事情也是你命中注定要遇到的。就像量子力學的測不準原理，觀測工具成了被觀測對象一個不可分割的部分；因為我們無法保證我們所觀測到的現象即便在觀測工具不存在時也會是那樣，所以，從原則上來說，我們無法觀察到一個絕對獨立存在的物理現象。算命或通靈也一樣，就像以前布袋戲有句台詞：『此乃時也、運也、命也，非吾之所能也』」

他夾起一塊生魚片，不沾醬，送入口中細嚼吞下後，下了結論：「不昧因果」。

不過在我送他去高鐵站，臨下車之前他還是跟我說了：「一個一輩子，三輩子的人全碰上了，辛苦啊，兄弟。」

真的辛苦嗎？我倒是覺得未必。

基本上，如果這輩子碰上的不是她們，也還是會碰到其他麻煩的人物吧。總之，離不了群、索不了居，就沒什麼好閃躲的。更何況，如果真的是累世故人相遇，那就有恩報恩、有仇報仇，做一次總結，也應該算是不亦快哉吧！

一這樣想，我就回了老葉以爽朗的笑聲，說：「幹！如果她們爭風吃醋的太厲害，我再去找你幫忙仲裁。」

「如果是那樣的話還好辦啦，但是，你喔……算了，我這一點道行也只是看個表面而已……屈原說的啦：用君之心，行君之意，我這個龜策只是個半調子，誠不能知汝之風花雪月的大事也。好啦，有空來我那邊喝酒，竹葉青，我放了三瓶二十年的。」

大學時是什麼樣子，過了二十多年後還是那個樣子；老葉當初是這個風格，現在還是。人，感覺上善變，但實際上真要變的話還真不容易。

回到小城，時間差不多，剛好去醫院接邱老師出院。住了兩個多星期的院，經過了不小的手術，總算解決了那個可能致命的病灶，不過接下來仍然需要一段長時間的療養及觀察。

在他住院的這段期間內，我大概每天都會繞過去看一下他。一方面他的辦公室就在我對面，我算是他在這個學校中比較熟識的人；另一方面，他的命也算是我救的，莫名的，就會有種希望知道他的復原狀況是否良好的期待，那就好像是做了實驗，然後在等待數據分析的結果是否合乎預測的那樣。

另外，還有一個最近幾天才附加上去的理由：在一次閒聊之下，才發覺邱太太居然是我表妹的國小同學，小時候都是在台中西屯區那邊唸書的。

也因為這些因素，邱老師對我除了感激之外也多了些親切，在談話上，就沒有以前那麼的拘束謹慎；連在稱謂上，也隨著他太太跟我表妹的關係，改口叫我郭大哥。

雖然才剛剛在鬼門關前走了一遭，邱老師仍然對於他那篇需要修改後再投稿的文章焦慮不已，因為期刊給的半年修改時限已經剩下一個月了，他還有一個實驗尚未完成。而這篇文章關係著他是否能在六年期限內完成升等，如果落空了，接下來就麻煩了。

不過如果問題只是期限的話倒不難解決。生了一場大病是事實，以這個理由跟期刊總編輯要求延個三個月的期限應該不會是太困難的事情。邱老師說他知道這一點，但他真正焦慮的是即便再多給他三個月，很可能還是生不出審稿人要求的實驗數據。

這是我們論文投稿時常見的狀況。要是我遇上這種生不出審稿人要求的東西的時候，乾脆就不做實驗，只寫個反駁審稿者意見的論述寄回去，期刊如果不買單就拉倒，了不起就改投別本期刊。不過邱老師說他沒有這個本錢，這篇論文之前已經被兩本等級更高的期刊拒絕過了，目前投的這本期刊在排名上已降到前百分之二十五的邊緣，如果再被拒絕，變成要投等級更低的期刊的話，那樣即便論文被接受了，對於升等可能也於事無補。

關於這一點我覺得他是太悲觀了些。如本校此種在小城這樣小地方中的小學校，研究資源完全不能跟T大或Td大這種在京城中立志超英趕美踏日的頂尖大學相比，當然，在升等審查上如果要求我們必須要表現的跟那些京城名校中人一樣，就會是一件非常不合理的事情。所幸，國內大部分擔任過升等審查委員的學者都明瞭這一點，因此在審查上，多多少少還是會把學校的「層級」考慮進去。

以我的角度來看邱老師這次的升等，即便代表作只是篇排名百分之五十左右的期刊，如果在內容上沒什麼問題，加上之前他發表的那三、四篇排名更後面的論文，基本上，在這個學校要升個副教授應該還不是問題才對。

之前邱老師聽我這樣說，都只是苦笑以對，後來，在改口叫我郭大哥之後，終於開口說出他的擔憂。

「正常狀況是您說的那樣沒錯，但是，我現在是處於不正常的狀況之中。」

「怎麼說？」

「您也知道的，我已經連續第四年沒有科技部計畫了。為什麼？您也一定覺得奇怪吧。」

「的確是，不合理。」

「不合理，但事實卻是如此。為什麼，很簡單，我得罪了我老闆。」

「Td 大校長？」

「是的。」

「多大的仇啊？你是他的嫡系學生耶！」

「說來話長，幾件事加在一起的。可能得分幾次講，我現在的體力大概無法一口氣說清楚這麼多恩怨情仇，哈，心臟動力還不足啊。」

雖然邱老師企圖加上一些不那麼嚴肅的結尾語句，但那個幾乎已成了他招牌面容的苦笑表情，卻讓掩蓋不住的滄桑更加自然地流露出。

「如果方便聊聊就說說，累了就停。也許商量商量，可以想出些解決之道也說不定。」

「嗯。我想想，該從何講起呢……好吧，就先依著時間順序說好了。當初我畢業時的那本博士論文，基本上是由兩個相關的研究組成的。其中第一個研究的部分，在我畢業前就整理好發表在P那本大期刊，但第二個部分的投稿並不順利，直接被P期刊退稿了，所以轉而要投C這本也算名列前茅的大期刊。」

邱老師停頓了一下，閉起眼睛長吸了一口氣。也不知道是因為身體虛弱氣力不足，或是回想起這種事情過於艱難，以至於要稍事勻息。

「結果還在整理稿件階段的時候，因為這裡剛好有開缺，為了能夠早日卡到一個教職，我當時就跟我老闆保證說，即便離開了實驗室，我仍然會繼續完成這篇的發表工作。當時他最後開出的條件是，不只處理我自己這篇，還要把另外一個剛畢業的碩士班學弟的工作也接續著做完整，兩篇都要投上C這本大期刊。」

息。

邱老師又停了下來，稍微偏仰著頭，看著吊掛在身旁的點滴瓶內，一小滴一小滴的液滴掉落，彷彿正在讀著那些瓶內濺起的小小水花所轉譯給他的，那些已經塞在記憶雲端中的訊息。

在他還沒有解讀完水花所傳來的訊息之前，我先開口回應了：「這聽起來還算合理，當然，如果他答應都給你第一作者的位置的話。」

「一開始談的內容的確是如此沒錯，所以我就答應了；他也的確很幫忙地讓我順利的進來這裡工作。或許您以前聽過一些傳言，不瞞您說，有些部分確實是真的，我老闆跟我們學校校長是好朋友，這對於我能夠拿到這個教職真的是有絕對的關係。」

邱老師說到這裡，又轉過頭去看著點滴瓶內緩緩成形而後急速掉落的密碼，過了幾秒才又回過頭來看著我繼續說：「一開始我信心滿滿，覺得登上C這本應該不是問題。第一次審稿意見顯示的也確實是蠻有希望的，不過，他們要我補一個實驗。」

邱老師在這裡停頓了一下，用了個悽愴的眼神看了看我，然後別過頭去再度仰望那些越來越像是眼淚的滴落水珠，長嘆了一口氣之後說：「我花了四個月的時間，重複了三次，最後確認這個實驗有做出來，但得到的結果卻跟我論文中所預測的相反。這逼得我回過頭去檢視我自己之前的所有實驗設計，才發覺，在我博士論文原先的研究裡面，少考慮了幾個條件，所以那時候所看到的，極可能只是個特例，而不是個可以推廣的新方向。」

「這常有啊，研究不也是在這種不斷發現漏洞的過程中漸漸完備的，某種程度，這也算是好事，不是嗎？」

「理論上是這樣沒錯，但我老闆不這麼想。」

邱老師再度轉過頭看著我，那個悽愴的眼神變成了悲憤，說著：「他對我說，是你答應我的，你自己負責。不管用什麼方法，三個月內一定要搞定這篇，不然我可以讓你有個教職，也可以讓你混不下去。」

說到這裡，邱太太帶著小朋友進來了。邱老師停止了剛剛的話題，臉上堆滿笑容，一直說著好乖、好乖的回應著正用稚氣童音叫著爸爸的小女孩。我知道接下來是親子時光，也就沒有再談下去。

這是他出院前兩天未說完的話題，就停在一個剛好懸疑的點，吊足胃口的讓人掛在心上。昨天我去醫院看他時，因為還有另外兩位同事也在，所以也沒有機會再聊這個較敏感的話題。

今天他出院，邱太太請假帶著小孩在家裡整理等他，就由我一個人過來接他回去。出了院，明顯感覺得出邱老師的精神比較清朗，說話也較有勁，而且主動了些，所以我又問起那天未說完的懸疑。

「其實還不只有那篇的問題，另外那個碩士班學弟的畢業論文也是順著我論文中所揭櫫的方向去做的。那時我就很納悶，如果我推測的方向是錯的，那為什麼他還能夠做得出來？」

「造假？」

「該怎麼說？唉，這種算指控的事情很難跟對方開口。所以我就先試著照他論文中的敘述，重做了其中一個我認為較關鍵的實驗。結果沒辦法得到跟他寫的一樣的結果，甚至連相近的趨勢都看不出來。」

「那八九不離十，是造假了。」

「我很不希望是這樣。所以我打電話給那位學弟，要跟他約個時間仔細討論一下論文，不過他只說了他再也不想碰這件事情的就拒絕了，不到三分鐘掛電話。接下來幾天，我怎麼撥電話他都不接。」

「那就十成十有鬼了。」

「其實我知道我們實驗室有些人一直有……不誠實……的壞習慣，只是我不想去搭理那些人。我比較驚訝的是這個學弟我還算蠻熟的，我也覺得他是個認真的人，以前他許多實驗數據也都會來找我討論，沒想到，他也出問題了。」

「所以後來你就放棄投到C期刊了？」

「是啊，我猶豫了一陣子，最後還是決定照實跟我老闆說我做不到。本來我預期會被痛罵一頓，結果，沒想到，他只是冷冷的要我把那些實驗的資料都還給他，包括我新做的那些。然後，沒有跟我說其他的話，就叫我回去。」

「之後呢？東西交給他的時候總有再碰頭一次吧？」

「沒有，後來都是他的秘書跟我聯絡。說真的，從那天之後，我再也沒見過我老闆了。」

「那你怎麼那麼確定是他在修理你？」

「我把東西交給他秘書後沒幾天，有一個以前實驗室的學長主動來學校找我，跟我談起這兩篇要投C期刊的事情。他說，老闆交代他，希望我照著他的指示來處理那些實驗的數據。如果我配合，那一切關係如常，不會有什麼變化；但如果我還是堅持已見，那我以後就很難在學術圈混下去，可能要及早做轉行的打算。」

「這個學長你熟嗎？」

「不熟，但算認識。我進去唸博士班的時候，他已經畢業了，只有在幾次實驗室尾牙聚餐的時候見過。他沒有在學術界發展，好像是自己開了一家生技公司的樣子。不過是什麼樣的生技公司，在當時我也不太清楚。」

「是什麼樣的指示？你有聽看看嗎？還是一下子就拒絕沒聽？」

邱老師沒有立即答話，停了幾秒鐘。此時剛好遇到紅燈，我把車子停了下來，轉頭過去看了看邱老師。他正非常專注地看著遠方的山景，在那些雲氣籠罩之下的渺渺茫茫間，彷彿有個說與不說的暗示正在牽引著他深鎖的眉頭。

「我一直到現在都還想不通，為什麼他們可以這樣理直氣壯的買賣學術造假，而且還自認為是在補救制度所造成的錯誤？」

好像已經讀懂了那個藏在山嶺中虛無的提示，邱老師轉過頭來看著前方的說著，並且稍微揚了一下左手，提醒我綠燈已經亮了。

等到我意識到他的提醒，讓車子又開始前行時，他才又接著說話。

「你說那些指示是什麼？是啊，當時我也很好奇的想聽聽看，所以就耐著性子聽他說下去。他說了很多細節，不過簡單說來，就是，要我配合他們造假，而且是很細緻的造假。」

說到這裡，邱老師忽然乾笑了幾聲才又繼續說：「前陣子不是T大在鬧論文造假事件嗎？說真的，我看到那些造假手法實在覺得可悲又可笑，連造假也造得那麼懶惰拙劣。相較起來，我老闆他們真的就細膩專業多了。」

「喔，怎麼說？」

「他要我根據審稿意見，將所要做的實驗鉅細靡遺的寫出來，然後要我詳述我所希望看到的結果，最好圖文並茂的給他。他說他將會根據我所希望的將實驗『做』出來。」

邱老師將「做」這個字特別拉長了一下尾音，並轉過頭看了一下我，再度乾笑一聲的又轉回看著前方，說：「你知道嗎，他還說，你放心，我們這邊保證是真的做了實驗，要膠片有膠片、要切片有切片，保證都是原版的、最新生產的、不是用別人用過的。更不會像其他業者只是複製剪貼加美工修圖那麼低劣。」

「哈，『業者』，他真的用這個詞嗎？」

「是啊，『業者』，就這樣直接說了。他還加碼說，我跟你保證，絕對不會出事，台灣絕對不會有能力處理我們這麼細膩的資料生產，我們都做過完整的法律推演了，你絕對可以放心，他們連開你實驗室的電腦都不敢，還能查什麼！」

邱老師停頓了一下，長吸緩吐了一口氣之後，接著說：「最後他還說，校長也是為了你好，他說你是他見過最有潛力的學生，他不希望你就這麼的在這個小學校窩下去，沒前途。他希望你能夠早點回到Td大，正因為如此，你必須要在短時間內有好的發表。所以，這次，只是權宜，只是為了做大事之前不得不的小權宜。」

「權宜？媽的，虧他們想得出來。」

「是啊，後來我還是拒絕他。但他說，我知道。一下子就要你接受這種做法不容易，我可以再等兩天讓你考慮一下。他說，我幫不少醫師處理過這些論文的發表，七、八年過去了，從來沒有出過紕漏，真的，你放心，台灣的學術界根本不會處理論文有問題的這種事情。而且，你要這樣想，我們不是在造假，就像我們當兵的時候那樣，拿三支不同顏色的筆寫督導記錄簿，那是造假嗎？不是啊，是不是，我們不會認為是在造假嘛。某種程度，我們那個叫做在跟不合理的制度對抗；基本上，我們還算是站在正義的一方，不是嗎？對不對，你要醫師寫論文幹什麼，對不對？醫師看病就好了嘛，對不對？」

邱老師又停了下來，再度深呼吸了一口氣，然後告訴我下個路口就要到家了，得預先切換一下車道。車子斜切到新車道後，他才又繼續說：「他跟我說，你想想，你跟留在 Td 大教書的那些人比起來如何，你有比他們差嗎？沒有吧，是不是，你只是受這個小學校的環境限制而已；如果給你更好的環境，是不是就可以對人類有更大的貢獻！所以說，不重要的東西就讓他是假的沒關係嘛，將來，只要那些重要的東西是真的就好了。」

在車子準備靠邊停下之前，邱老師嘆了一口氣，說：「不過，最後是，拒絕也沒用。兩個月後，我接到C期刊寄來的接受函，一看，就我那篇，我變成共同第一作者，前面掛著一個主任級的醫師名字；我只聽說過他，但從未見過的一個人。後來看到全文，裡面多了三個我完全沒看過的圖，完美的回答了審稿者的問題。」

車子停好了，邱老師沒有立即下車，停頓了幾秒鐘之後，面容因為想擺出自嘲的態度卻反而變得更悽愴的轉頭對著我說：「我被栽贓了，但被變成共犯之後卻什麼都不敢說！」

我看邱老師好像無意現在就下車，所以沒有熄火，只是先換到P檔、拉起手煞車，好讓冷氣能繼續運轉。

「那一天，整天，我覺得整個人陷入一種完完全全不知所措的狀態，完全的坐立不安，甚至茫然到有一節課也忘了去上，還是學生來辦公室找我才想起來的。有那麼幾度我想寫信給期刊，但是我卻不知道我該怎麼寫？直接跟他們說這篇文章有問題嗎？但除了我自己做過的那些呈現不出顯著差異的實驗外，我沒有任何證據說上面刊的是假的！雖然我知道那是假的，但我就是沒有證據！」

邱老師把頭轉回去看著前方，語調從剛剛有點激昂高亢轉為些許落寞蕭瑟，就像是剛聽完律師的慷慨陳詞之後卻依舊被法官判決有罪那樣的語調說：「郭大哥，你知道嗎，結果隔天我那個學長又出現了。」

「來示威或是再度遊說？」

「都有吧。那天他也沒跟我先約，就直接在我上課的教室外面等我，然後就只是在教室外面的走廊上談了十幾分鐘。簡單說，第一就是『你應該看到我們的實力了吧，就這樣，即便像你這麼熟悉內容的科學家，也找不出破綻吧』；第二，他說，我老闆說那個碩士班學弟的論文也要投C那本，要我負責把故事寫完整，如果有哪些數據還不完備的話，就交給他去『做實驗』即可。」

邱老師的聲音從落寞更進階為悲涼，繼續說著：「他還說，我老闆說，如果我答應了，他就會原諒我；如果我再跟他說不，那就後果自負了。所以，我接下來就什麼計畫都沒有通過了。」

「還是有點怪！至少依照科技部現有的初審、複審的遊戲規則，你老闆很難一手遮天啊？即便是部長，可能也不容易這樣辦到！」

「的確，這也是我一直的疑惑。我自己覺得可能的原因或許是，我計畫的內容還是都在我的本行。台灣這方面的專家就那幾個，基本上我老闆就是這方面的頭，他只要放話出去，是有影響力的；而且，更讓人害怕的是，那樣的影響力，會不會是來自於許多人的把柄被他抓住……簡單說，大家的論文都曾經委託過某人幫忙過。」

邱老師又露出他的招牌苦笑，聲音開始有點顫抖的說：「也許我該換換學門，寫個不一樣的計畫試試。我常常告訴自己，得要跨出這一步，但是一想到所有事情都要重新開始，而且是被一個這樣邪惡的力量逼得不得不如此，就會非常的不甘心。一直到現在，我都還常常有那個衝動，想寫信去跟C期刊撤回我莫名其妙成為造假者一員的那篇論文。」

我不知道我能說什麼了，只能陪著像是「唉」的長嘆一聲。

邱老師似乎被我的這聲嘆息拉回現實，回到比較有精神的聲音說：「郭大哥，我不想讓美雅知道這些麻煩事，害她擔心不完；這些事到了學校之後我再跟你聊，等等進家裡的時候就不要再談了。」

說完，邱老師示意我熄火，並先下了車。我熄火後也下了車，到後車廂搬出從醫院帶回來的行李，兩個人一起進到他家裡。

才開了門，鞋子都還沒有脫好，邱老師的小朋友就跑過來非常興奮而甜膩的叫著爸爸，趕著童稚的步伐、張開雙手要爸爸抱抱。不過剛剛才動完心臟手術後沒多久的邱老師，應該不適宜在此時有這麼劇烈的蹲抱起身的動作，我反射式的伸出手想要阻止也正張開雙臂準備要蹲下的邱老師的動作時，邱老師朝我稍微點了一下頭，輕聲說了「我知道」，就繼續蹲下去，剛好給正跑到面前的小妹妹一個滿滿的擁抱。

就蹲著、抱著，沒有起身，幾秒鐘後，才放開小朋友，緩緩站起身來，改成牽著她的手走進去。

小朋友的媽媽美雅跟著走了過來，本來想要抱起小妹妹，但小朋友緊緊抱著爸爸的大手掌不肯放開。媽媽只好摸摸她的頭，先給邱老師一個溫柔的微笑，然後轉過頭來招呼我，請我到客廳坐坐。我笑了笑，跟美雅比了不用的手勢，順手把邱老師的行李拿到客廳的角落放下後，說：「我等等台北有個飯局，現在得要出發了。」

是有個飯局，不過沒那麼急，即便坐下來喝杯咖啡吃幾片水果、聊個十幾二十分鐘，時間應該都還是很充裕的。只是，因為剛剛眼前那些父女夫妻互動的連續鏡頭太過溫馨了，溫馨到你覺得必須要馬上遠離這個充滿溫馨的場景，不要因為一個路人甲的入鏡而壞了溫馨畫面接下來進行的節奏。

第七章

怎麼樣也想不到會在這裡遇見湉文。

一開始只是個感覺很熟悉的背影，特別是那纖弱身影中像是拘謹到有點緊繃的背弧，以及謹慎到眼光有點俯角十度看著前方地上的碎步走法，我除了在湉文身上見過之外，在記憶之中再也沒有看過任何人有著這樣的外表行為特徵了。但因為無論如何都不會認為在這個時間下的中部小鎮的一所科技大學內，會遇見一位現在應該在台北的教學醫院內看診的醫師，所以理智上，馬上摒除了在這裡會有著她存在的可能性，只有乍見的那個當下稍微地在心裡嘀咕一句「怎麼會有背影這麼像的人」，然後就繼續急忙地往旁邊的建築物走去。

我會在這邊出現很正常，因為我學弟的碩士班學生要畢業了，他請我來當口試委員順便敘敘舊。說急忙是因為剛剛高速公路有些塞車，而且我比預定出發的時間晚了十分鐘出門，因此遲到了五分鐘。

學生口試完了之後，照慣例通常會有個非正式的餐會，就指導教授宴請所有口試委員以及被口試的學生。那就好像一場大戲殺青後，大家去吃吃喝喝慶功一下的那種有些歡樂氣氛的應酬。小鎮沒什麼較具規模的餐廳，就在鎮中心那麼一家台菜館較像是可以宴客的地方；我來口試過學生三次了，每次都去那一家。就這樣，當我們進去餐廳的時候，就在相鄰的包廂門口，我見到了渃文。一開始我們兩個人可能都因為受到了相當驚訝的影響，暫時不知道該開口說些什麼；而我學弟則對渃文旁邊那位年紀與我們相仿的女士說：「教務長，這麼巧！」

既然有了開頭，接下來的狀況就容易搞清楚了。那位教務長是渃文的高中同學，不是醫師，而是唸電機的，今年初才剛接任教務長這個一級主管的高位。而渃文昨天在小鎮隔壁另一個較大的市鎮參加一場跟醫院評鑑有關的會議，剛好教務長的先生也是與會的醫師之一，傍晚教務長開車去接她先生的時候剛好遇見渃文。但因為教務長急著去接小孩，所以要渃文今天上午會議結束後，坐計程車到學校來找她，一起吃個飯。

因此我剛剛在校園內見到的那個背影的確是渃文。她坐計程車過來，也因為有些遲到，所以在校園內走得比較急。

眾人站在門口七嘴八舌的終於搞清楚之後，她們兩人與我們五人兩組人馬，就分別進入各自的包廂內吃飯。席間，如果有個能夠透視三魂七魄的人仔細觀察我，一定可以看出我在外表上，雖然還是正常的與所有在座的人聊天，甚至還能夠談到某些很複雜的實驗設計問題，但那個我是不完全的；那個坐在那邊的我，至少有一魂二魄正處於惶惶不安的游離狀態，不時的想望能夠穿越那片薄薄的門板，飄過去隔壁好好的看看現在的渃文，最好可以直接和她蟄伏於內心的魂魄聊聊，問問她真正的想法是什麼？

對於我跟我們之間。

「很久了吧？沒有再這樣的與她面對面過了。」剩下的二魂五魄在坐我旁邊的學弟開始高談闊論的時候，趁著不需要應付場面話的空檔，偷偷地問了還在原地踱來踱去的一魂二魄這個其實很難回答的問題。

是啊，很久了，但從什麼時候開始的呢？半年、一年、或兩年前？

我記得最後一次見面的場景。她開了門讓我進來，我逕自走到她辦公室的窗台邊，將一盆花放下。她走過來、傾著身、微笑著，湊近那白裡略透微黃的纖薄花瓣；瞇起眼、緩吸氣、讓受牽引的氣流微弱到花香分子剛好可以一個個不擁擠地盪進她的鼻腔內，給嗅覺神經細胞膜上的受器有足夠的時間，好細緻地解析藏在味道中的那些叫做心意的訊息。

那個畫面，是在何時發生的呢？

我記得那盆花是在哪裡買的。那是小城距離我住家不遠一個轉角處的小花店，雖然店裡以賣切花為主，不過偶爾會有些讓人驚豔的小盆栽。但是對於一個習慣在充滿老鼠氣味的實驗室內度過幾乎所有空閒時間的單身男人而言，即便我在步行找吃的東西的時候經過這樣一間充滿花香與色彩的小店，正常來說，並不會讓我興起任何「買個花吧」的念頭。而那天，純粹是因為老闆娘那位應該是五歲大的小女兒，正興沖沖的幫著媽媽在整理店裡的花，看到我經過的時候，她拿著這盆精緻幽雅而盛開著的花，用著非常真誠又親切的童音，極其慎重的跟其實只是對她禮貌性點點頭的我說：「叔叔，這個花真的好漂亮喲，你要不要看看？」

沒有人能夠拒絕那樣真摯的童音請求，也沒有人忍心讓那麼想幫媽媽把花賣出去的小女生心願落空。於是，我接過花，聞了聞，用非常愉悅的陶醉表情跟小女生說謝謝她的推薦，然後付了錢，帶走花。

那個非常愉悅的陶醉表情是真的。真的，那花細看了，真聞了，的確醉人。而我沒什麼好猶豫的，當下就直接打了電話給渃文，然後飯也沒吃的就開車送花過去。

她應該會喜歡吧！那時就單純的這麼想著，不需要再有其它的理由，也不需要有任何時間上的拖延。

但那是什麼時候的事情呢？

應該是我們還沒有陷入那些衝突僵局之前吧！在我們還能夠心無罣礙的見著面的時候。

但我們之間的衝突又是起於什麼時候呢？

我們之間的衝突好像少了個鮮明的事件以資標誌。那些盡在日日的文字往來間逐漸裂開的傷痕，演變時，找不到個參考點，說：啊！就從今天開始，我不跟妳好了。

如果細想，在更早之前，也找不到失聯十年之後的四十歲將近之際，是忽然間因為什麼因緣而又再聯絡上的，然後漸漸演變成踩在道德邊緣鋼索上的往來？

這一切，都找不到個座標原點，然後據以分析那些失序的原由。

或許怎麼樣也找不到那些真正的原由了。因為很有可能，一切都只不過是我自己內心的風暴外延出去，連帶的讓渃文也被我搞得混亂而不知所措，如是而已。特別是在最近這兩三個月的期間，我被妹丫跟阿毓硬是拉出了實驗室那個自閉的環境之後，每每再想起我跟渃文之間的事情，就會有這樣的想法。

實驗室是一個很適合自閉著的空間，特別在這樣一個小城裡的小學校中的小實驗室，常常是一個人自閉著的工作。最近讀到凱因斯《就業、利息和貨幣的一般理論》序言中寫的：

「一個人若單獨沉思太久，即使是極可笑的，也會一時深信不疑」我想，之前那些在書信中的文字風暴，與那些在實驗室中熬夜時的獨自沉思，一定有著非常顯著的關連性吧……如果兩個人因為客觀環境的限制而無法時常見面，想念因此深陷在自我的沉思中，那種因思念煎熬出的「自以為就是這樣」的固執就會環繞整個心靈，無時不刻的，讓沉思變成沉溺，不自覺的醞釀出各種如真似幻的情境而失去現實的敏感與客觀的判斷。

然而，是不是能夠梳理的清楚是什麼事情在什麼時候、為了什麼原因而發生的衝突，對現在的我來說，似乎也不是那麼的重要了。如果不特意的再去翻看過去那些日日夜夜煎熬出來的文字，這樣的那些過往，好像也就沒有那樣的悲傷了。

一個經歷，就像一條隨著時間經過而變化的連續曲線，在數位化儲存進電腦的時候，必須面對一個選擇，到底要用什麼樣的取樣頻率重現這個圖形呢？是每秒取一個數值，還是每秒取十個數值輸入？是等間隔的取呢，還是遵循某種規則的不等間隔取樣？這些都會影響在電腦螢幕中所呈現出的圖形模樣。一個像是波浪起伏的正弦曲線，在低取樣頻率下可能會變成三角波形；在不是線性的規則取樣下，甚至可能變成了什麼都不是的塗鴉。

所以，選擇快樂的，放棄痛苦的，就成了我們放過自己的最佳取樣規則。

也因此，在現在的腦子裡如果冒出與湉文曾經一起共度過的時光中，畫面就常常會是我們初見面的那個時候。好久了，剛上大學，第一次獨自從屏東搭車北上，從高雄站就這麼上來一個人，也是背著一大袋行李，坐在我的旁邊。我花了些時間硬是在擁擠的行李架上幫她挪出個置放的空間，也禮讓了靠窗戶的位置給她，好方便她將一個塞不進去行李架的包包放在腳邊的地上。

就這樣一個友善的開始，讓看起來應該是個很沉默拘謹的女生的她，主動地問我說：

「你也是學生嗎？」

「嗯，剛上大一。到台北。」

「喔，我也是，大一，台北。」

「我叫郭示靖，T大，生科系。」

「我叫許渃文，M大，醫學系。」

然後我們就不是很自然的、也有點緊張的坐完接下來超過六個小時的車程。因為，總覺得應該要在這麼簡短的自我介紹之後，再接下去說些什麼。然而在之後超過六個小時的車程中，除了兩次因為她要上洗手間而不得不說的「借過一下，謝謝」之外，我們就沒有再交談過其他的話了。

如果是現在的我，就會說，「喔，醫學系，很不簡單耶！那是妳自己喜歡的，還是家人期待的啊？」，或者是，「啊，M大，我知道，那個學校聽說很漂亮，附近可以爬山，而且離那個很有名的夜市很近喔。」但是，對於那時候都還是大一的我跟她，在那個略為擁擠的車廂內，因為座位的緊靠而必須注意不要讓手肘碰到對方的分心之下，要跟剛剛才知道名字的陌生人說話，實在是我們的生活中從未有過的經驗。

更何況，一開始，我連她的名字都搞不清楚；是「徐若文」呢？還是「許若雯」？總之，在那整段旅程中，我從未想過會是「渃」這個字。

後來還是跑到圖書館去翻找大學聯考的榜單，才知道原來是「許渃文」這麼個特殊的名字。

渃，《楚辭，疾世》：『望江漢兮濩渃，心緊紊兮傷懷』。

那一天，我們下了火車，簡單的說了再見，就各自往不同方向的公車站牌走去。之後，我就幾乎想不起坐在我旁邊的那個說「我叫許渃文，M大，醫學系」的女孩的長相了。或許印象中有一點點關於她纖瘦身形的輪廓，更用力點想的話，也會短暫浮現出從她側面看過去那顯得較為高挺的鼻子，但除此之外，就沒有更多可以具體說出來的可稱作是記憶的東西了。

然而，接下來，有一長段時間我幾乎是沒有任何理由的就被這個名字吸引著；好像，我在那一天的火車上所遇到的這個人在搭配了這個名字之後，就點燃了我軀殼內某根從未被看見的蠟燭，照亮了一條生命的長河，看見一個他一直在抵抗著時間洪流的衝擊，按著他插在我心上的劍，一直於原處沉浮，等待前來赴約的人。

他迫使我在火車上初遇後的第十九天寫了第一封信給她，地址就直接寫了她的校系名稱；然後我在火車上初遇後的第三十三天接到她的回信，信封上有著她所住的女生宿舍的地址。

從此，我就全然地被她所吸引。雖然我對她的印象更加模糊了，唯一具體的，只有那封字跡娟秀而內容僅是客套的回信。但我看到在河中的他拔起了長劍、收入劍鞘，跨出去，逆著流，闊步向前，毫無旁騖的迎向那些娟秀的字跡。

雖然真正讓我驚為天人的是開學第一天就站在我旁邊的阿毓。她的美麗、她的體香、她的溫柔、她的親切以及她的自信，都像是一記記的重錘，敲碎了我遠從屏東帶來的自尊，從此甘心願意臣服在這樣一位女神的座下；但是，我的女神不會縈繞在我心裡，儘管我每天都像朝聖般地看著她。對於那個初次來到台北這個大城市生活的我來說，週遭環境的五光十色都只是背景雜訊，我每天斟酌思考著的，仍是如何再寫封信給那位我跟她只在火車上比肩坐了六個小時之後就沒有再見過面的女生；那種日日夜夜的嘔心思考著，彷彿是，我到了台北的這個學校唸書，只不過是為了鋪陳與這樣的一個女生在火車上相遇而已。

我們在初次見面後的第六十九天，她邀我一起到她學校附近的山上走走；然後我們在初見面後的第一百二十二天，一起搭火車回南部——她在高雄下車，我繼續坐回屏東。

整個學期連同初次，就只見了這樣的三次面；寫了十二封信，收到十二封回信。那是我大一上的全部，也是我那時在台北生活的所有意義。

那半年，真是個美好時光。

二十七年後，當年讀的學校與我的學校隔著很遠路途的那個女孩，此刻正坐在與我只隔了一個門板的鄰接包廂。

我應該做點什麼。

我拿起手機，找到了那個熟悉的名字，按下撥出。

希望她的號碼沒換。

「渃文嗎？我示靖。」

「嗯。」

「飯局結束後我要到台北。要不要順便載妳？」

「喔……嗯……好啊。」

「那就妳那邊飯局結束前再打電話給我。」

「好，謝謝！」

接下來，除了一魂留守應酬，其餘二魂七魄全聚在一起商討，在即將到來接近一百五十分鐘的車程中，我應該說些什麼？應該做些什麼？

距離上次我開著車載她時，也應該是搞不清楚確實日期的好幾年之前了吧！

那一次，應該是在衝突尚未完全成形的期間吧？或許當時已經醞釀了一段時間，很可能也經歷過一些零星的書信爭執，所以，兩個人才會想說，那就見個面好好的談一談吧。希望經由開誠佈公的溝通，讓兩個人能夠找到更好的相處模式。

當然，以現在的眼光來看那時候的這種想法，會覺得說，那樣的見面只是將問題往更無解的方向推過去而已；談完之後所得到的，應該會是個更糟糕的結果。因為我們之間所存在的是本質上的問題，不是相處技巧或是日常溝通上的問題；是一個已婚又有小孩的女生，能不能跟丈夫以外的男生保持愛情的關係而又不破壞原有的家庭運作；也是一個未婚的男生，有沒有辦法跟已婚又有小孩的女生以情人的關係相處而又不破壞她的家庭。我們一直在摸索那樣的可能性，因此有個不需言明的默契極力的在制約著兩個人的行為：我們之間沒有性愛、沒有接吻、沒有牽手，甚至任何身體間的小小碰撞都盡量避免發生。不只在公眾場合如此，即便是我開車載著她上山停在四下無人的地方時，在車廂內只有兩個人單獨並肩坐著的狹小空間中，我們依然如此。

兩個熟男熟女自制到說給誰聽誰也不會相信的程度。

肉體是底線，守住了，我們在「道德」面前就仍然可以抬得起頭來，可以讓她能夠沒有愧疚的面對老公跟小孩，也讓我沒有負擔的坦然面對我的學生與朋友。因為沒有越過那條情慾的界線，一切的相處就都可以用「很好的朋友，但真的只是朋友」來解釋，而且非常理直氣壯的。更簡單一點說，我猜那時候的我們，都有「如果愛情不見了的話」該怎麼辦的顧慮，因此，不牽扯到性，就是讓一切事情都成為可逆的、回得了頭的關鍵。

然而真正的關鍵卻是，我一再錯估了性在愛情中的角色與存在的方式，對於沒有性的愛情，抱持著太過不切實際的幻想；總以為只要徹夜看個A片，然後盡情的自慰了幾次之後，就能夠在隔天以很單純的空靈，跟對方沒有罣礙的談天說心。在實際經驗中，我感到一再挫敗的卻是，無論我的勃起機構再怎麼樣的疲累，當見到了她，那股自然而然升起的愛意，仍然會無止盡的逼我試著將對方擁入懷中，或，至少，牽個手吧。

這類可以說是與賀爾蒙脫鉤的情慾念頭，就在任何一次見面，甚至是任何一次思念時，強烈的撞擊著我的底線。

或許渃文也跟我一樣。因為我可以感覺到那樣的極力壓抑與克制，出現在我們面對面之時的眼神中。

守著這樣肉體的底線，讓一切事情都成為可逆的、回得了頭的顧慮，也應該是現在的我跟妹ㄚ、跟阿毓之間相處的最大煎熬吧！只是渃文與我，在一個重要的客觀處境上，仍然與她們兩人跟我的關係有著很大的不同。當我跟妹ㄚ往愛情前進不得時，我跟她仍然有個堅實的義兄妹關係支撐著，我們仍然可以在那樣光明正大的關係上，擺放兩人對彼此細膩關愛的心；而當我跟阿毓往愛情前進不得時，我跟她仍然有個眾人都認可的老同學關係支撐著，我們仍然可以在那樣光明正大的關係上，擺放兩人對彼此細膩關愛的心。

我跟妹ㄚ、跟阿毓都有著可以承接情感的安全退路，因為我們的相處之初不是因為愛情；但是我跟渃文沒有，我們一開始就在愛情的關係中掙扎，前方是懸壁、後面是斷崖，這就是我們的困境。

就這樣，留守的二魂七魄沒商討出什麼，就整個跌入回憶裡面爬不太出來；一直等到一魂接了電話，大家才又重新合體。

渃文來電說，那邊的飯局要結束了。我看看這邊也差不多算是接近尾聲，所以，司機該出發了。

臨出發前，依慣例，大家得折騰一番複雜的應酬寒暄與道別，像是教務長對我說「麻煩你了，送我們家渃文」、渃文對教務長說「有空到台北要找我喔」、我學弟對渃文說「許醫師，很抱歉，今天沒有跟您多聊聊」、我對我學弟說「好啦，我幫你聊」、我對其他兩位口試委員說「抱歉，我先離開了，有空來我們那邊走走」、被口試的學生對我說「老師，謝謝，我會努力的」，諸如此類，一分鐘後即忘掉的話。以致於上了車，忽然間變成只有兩個人的世界時，一下子還真不知道如何調整情緒，說些比較像是兩個人獨處時該說的話。

在我準備先說句「最近好嗎」作為拖延時間以整理思緒的開場話語之前，渃文倒是先說了：「真是巧，我本來打算今天開完會後再打電話找你，跟你約時間談件事情，沒想到會在這裡就遇到你了！」

「喔，什麼事？」我邊將車子開出停車場邊納悶著，渃文這麼急著主動說話，在我們相處的經驗中，好像還沒有過。

「前天我們副院長找我過去，說他收到一封勒索的信函，署名的人是你。」

「啊？我？勒索？」我不由得稍偏過頭去看了一下渃文，渃文則回了我一個緊皺眉頭的苦惱表情。

「是啊。我們副院長看了你在你們學校網頁中的資料，發現我有跟你一起發表過論文，所以就把我找去問話了。」

雖然聽得出渃文的語調中有些急切，但仍然維持了她一貫輕柔的音色，不慌不忙一個字一個字清楚的說出。果然是一位可以讓小朋友放心的醫師阿姨。

「他說我勒索他什麼？」

「五百萬，換他論文造假的證據。」

「什麼跟什麼啊？」

「他給我看了那封勒索信的內容，都是用打字的，裡面還附了一疊像是實驗原始資料的東西。信裡面大意是說副院長有一篇發表在C那本大期刊的論文，超過三分之二的內容完全是造假的。信件中所附的那些文件，就是他當初委託人家造假時的原始證據影本。如果他要避免這個醜聞上電視，就得付出五百萬的封口費。」

「那妳們那個副院長要妳幫他做什麼？」

「他要我跟你確認一下，如果真是你勒索的，他希望能夠跟你見一下面，看看要如何解決；如果不是你，他也希望能夠跟你見一下面，討論看看是誰假借你的名字。」

「總之，他就是要妳押我過去跟他見面就是了。」剛好停了紅燈，我撇過頭去笑著跟湉文這樣說。

「我知道不會是你，但為什麼有人要這樣假裝你？我從副院長的表情看得出來，那些指控很可能是真的有麻煩。」湉文仍然皺著眉頭，很苦惱地說著。這讓我對剛剛自己自嘲式的笑容感到有些不好意思。

「謝謝妳對我的信任，的確不是我，我完全不知道這件事。說實話，前一陣子，我是有幫我那位總編輯學長整理論文造假案的東西，不過沒印象看過有關於妳們副院長的東西。」

「你這陣子有跟人家結仇嗎？或是，吵架之類的？」

「哈，我在學校因為開會放砲結的怨是不少，不過那些小仇應該都還不至於需要到動這麼大干戈的地步。」

「校外呢？」

是啊，校外。我直覺的就想到易志名。

倒不是湉文的敘述中有什麼關鍵字跟他有關，而是，於現在這個時候，有可能跟我耍這種陰險手段的，應該只有他而已。只是，如果是他，那這麼做的目的是什麼？五百萬應該只是個幌子，如果他真的要拿錢，就不會把我的名字附上去，因為那太容易查證了，只要被威脅的人跟我聯絡，或者是直接報警讓警察跟我聯絡，那寫這封恐嚇信件的人就絕對拿不到錢。

如果他的目的不是錢，那應該就是和他的官司有關的事情了。如果是官司，不外乎是要妹ㄚ撤銷告訴，或至少是讓出孩子的監護權，但這樣子假借我的名義去恐嚇一個我不認識的大老，能達到什麼效果呢？更何況，我並沒有得到任何人直接給我關於這個恐嚇的任何訊息。

雖然心中有易志名這個嫌疑人選，但是一下子還真不知道要如何跟渃文談論易志名這個人。因此我沒有立即回答渃文的問句，只是在心中納悶著：如果是他，那到底動機是什麼？

我沉默地開著車，渃文也沒有繼續追問，兩人就這樣無語的讓車子從交流道上了高速公路。

「你遇上什麼麻煩了嗎？」在車子穩定的切入內車道之後，渃文先開口打破兩個人之間有些尷尬的沉默。

「應該不是針對我，可能是我妹妹的事情。」

「你妹妹？我沒印象你有妹妹，好像是兩個弟弟吧？」

「不是親妹妹，是我學長的妹妹。我一個非常非常好的學長，把我當兄弟一樣的學長。」還真難解釋。我頓了一下，停了幾秒鐘，「所以我跟她妹妹非常非常的熟，熟到可以說，她就是我妹妹。」

前方出現一部龜速車，我又停止說話，先將車子往右偏移到外車道，然後加速超車，拉出一段距離後，再切入內車道。

「我學長去世了，我變成她在世上唯一的親人了……就是，熟到可以這麼說。」

說到這裡，忽然覺得有點對不起阿毓，她應該也算是妹丫在這世上的另一個親人才對。我用「唯一」這樣的一個形容詞將她略去，在潛意識上，我是不是想對渃文隱瞞些什麼？

「方便問是什麼事情嗎？」

「家暴、傷害、妨害自由，總之，她被她那個人渣老公折磨到讓人忍無可忍；我是娘家的人，得要幫我妹妹出頭。」

「喔。」

接下來又是一段時間的沉默。我還是在思索著，如果冒我之名的人是易志名，這樣做對他來說，或者更具體的，對他的官司來說，到底有什麼好處？

我在想，或許這兩天，易志名就會跟我聯絡。

「目前正在打官司。因為不想讓我妹妹跟小孩受到太多干擾，所以基本上，打官司的事情，都是我在幫她張羅的。」我想，我還是有責任說些話，不要讓車子內變得安靜到不自在。

「嗯……但我不太明白，你妹夫……抱歉，我目前暫時只想得到這個稱呼……他假冒你去勒索我們副院長，對他的官司有什麼好處？如果說，真的是他的話。」

「這也是我剛剛一直在想的問題。不合理，而且我還是透過妳才知道的，這更怪。但是，除了他，我實在想不出有其他人會這樣做。因為，那種勒索法也太奇怪了吧！用那麼專業、而且顯然掌握某些內幕的方式，這不是普通圈外人辦得到的事情。」

「喔，所以說，你妹夫也是學術圈裡面的人囉？」

「算半個。是一個醫師，但有博士學位，在教學醫院，也算有在做研究。」

「啊，對了」我忽然想到，「妳部定助理教授資格拿到了嗎？」

「嗯，過了。上上個月剛拿到證書。」

「恭喜啊！所以，可以升科主任了？」

「或許吧，我並沒有多去在意這件事。反正急的人不是我，都是大老在安排，我們小輩的說什麼也沒有用。他們連我應該在哪幾篇論文上面有名字都一併決定了，所以……唉，就這樣。」

不知道要如何回應渃文的嘆息，只好也「唉」了一聲，表示了解。但，實際上，我也不是那麼的了解。

「先不談這個，你願意跟我們副院長見一次面嗎？」

「見面是OK，不過是他要來找我，而不是我去見他。是他有問題，不是我有問題，這個主客關係要弄清楚。」

我稍微偏過頭去看了一下渃文，她有些苦笑著。

「我不是他醫院內的部下，他要搞清楚。」我回過頭繼續看著前方，用著有點開玩笑的語氣說著。

「所以，你要我跟我們副院長說，『那位郭老師請您自己直接跟他聯絡，他不會主動到醫院來跟您見面』，是這樣嗎？」

「基本上是這樣子沒錯。」我笑了笑，用著沒什麼大不了的聲調說著。

渃文長吸了一口氣之後又大大的呼出，聽得出來，她的不安多於無奈。不過她並沒有接著說些什麼，讓車內在接下來的幾秒鐘，安靜到像是聽得出剛剛那個長吸長呼聲不斷的在迴響著。

「或許會對妳造成一些小小的麻煩，讓妳沒能完成長官的交代，還讓長官碰了個軟釘子。但是，說真的，我覺得這樣對妳比較好。」

我換了個正經的態度說話，感覺到自己邊說還邊略為點著頭的像是在加強語氣。

「喔，你說說看。」

渃文的回答聲中沒有什麼好奇的成分，語音細碎地像是被窗外呼嘯的風切削去了一大半頻率之後的餘韻。我快速轉過頭去看了她一下，她正仰望著窗外高聳的五楊高架橋。

「妳要不要走走看？」

「啊，什麼？」

「妳正在看的那個啊。」

我的眼角餘光看到渃文已經轉頭向著我。

「妳走過五楊高架嗎？」

「沒有。」

「那我等等從中壢那邊切上去，走一次，讓妳體驗一下騰空的味道。」

「隨你，都可以。」

我再瞟看了一下渃文，她已經回到看著正前方的姿態。因為從側面看不出她的表情細節，也感覺不到她有興趣再繼續談論那個要不要去見她們副院長的事情，所以，我也不知道該接口再說些什麼。

停了幾秒鐘，車子內靜肅的讓人感覺煩悶，我只好說點話：「那我就從中壢那邊上五楊高囉。」

「嗯。」

渃文就這麼簡單的嗯一聲，然後，車內又繼續靜肅的煩悶下去。那種靜肅下的煩悶，就像是在典禮的最後，大家都很仔細專心地盯著計時器上的時間，看著那個叫做秒的數字終於倒數歸零的那一刻，卻沒有任何預期中的事情發生——煙火沒有隨即燦爛，連簡單的砰一聲都沒有。

在我的煩悶又到達一個臨界點，準備再說些話來化解的時候，渃文倒是先開口了：「你剛剛要說的還沒有說。」

「喔，妳是說妳們副院長那件事？」

「嗯。」

我沒有立即回答，因為五楊高的中壢引道快到了，我的右側車道剛好有些空檔，就先打了右方向燈切換車道出去。在看右後視鏡的時候，我看到渃文正看著我，那神情，莫名的就讓我想起有一次她在東海校園內的面容。忘了為什麼我們會在夜晚的東海校園內走著，只記得，那時的兩個人順著月光灑洩林蔭縫隙的步道，踩著碎裂的葉形黑暗拾階而上；邊走邊談著的，應該還是感情的問題吧。

羅大佑有一首《戀曲 1980》，歌詞的開頭是這麼寫的：「你曾經對我說，你永遠愛著我，愛情這東西我明白，但永遠是甚麼」。歌詞的前兩句我在那樣夜行的路途中對她說過，接著，我記得，她直接就問了我歌詞的最後一句。

然後，這畫面，就「永遠」了。

在那之後二十年的此刻回想起來，我想，當時還是很年輕的我們，對話中應該少了歌詞的第三句吧！或許吧，愛情這東西年輕的時候像是明白卻又很難明白。直到現在的中年，我才漸漸了解「愛情」可能只是一種驅動力，讓兩個沒有血緣關係的人成為親人，之後就會功成身退，轉化成為親情了。

只是，如果愛情經過了二十年，還是沒能夠讓兩個人轉換成為親人，那它會變成什麼呢？

這個忽然間湧上來的電光火石般的回憶，讓時間又多走了好幾秒。靜肅的車內讓煩悶的人變成了渃文，所以她就開口說話了：「為什麼那樣對我比較好？」

「我是這樣想，不管是不是我那個人渣妹夫，今天會有人冒我之名用那麼專業的東西去勒索妳們副院長，顯然，那些所謂論文造假的指控絕對不會是空穴來風，一定有某些可能是真有其事的東西在裡面。不瞞妳說，我之前在幫我學長處理T大論文造假案的事情，如果妳們副院長的東西真的有見不得人的問題，那將來很可能又會演變成一場動員戡亂的戰爭。如果不希望妳到時候左右為難被迫選邊站的話，那麼，現在就得盡量讓妳不要牽涉進來、不要當作傳話的人。這樣，對妳比較好，對我來說，也可以少一些處理上的顧忌。」

我想我是很正經八百的把話說清楚，我很注意自己說話的語氣，不希望平常那種感覺一切都無所謂的語調又讓渃文產生錯誤的解讀。

「我了解了，謝謝！」一聲音很輕柔地從右座傳過來，像是年輕初見時的渃文。

我將車子開上五楊高的中壢引道，在盯著右後視鏡的同時，也看著那個年輕時的渃文。同時我也看到，在一個寂靜的角落裡，那個年輕的我正切切殷殷的望著伊人身影，揣測著伊人的心思、臆猜她是否現在也有著與我一樣的，戀戀心情。

「最近好吧？」

「就這樣，每天，過生活。」

「小的唸小學了嗎？」

「都小二了。」

「喔，那大的呢？」

「高一了。」

「這麼快。我們那一年又見到面時，妳才剛又懷孕說。」

「是啊，每天看不覺得，你一說，好像真的一下子。」

「都老了。」

「對啊，老了。那一年，很遠了。」

第八章

怎麼樣都不真實。

窗簾外應該有彎耀眼的陽光，是中午了吧？我醒了過來，像是睡了一個世紀那麼久之後的醒過來。這是我的床沒錯，而且是在我自己的房間內熟悉的方位沒錯，所以我可以確定我是躺在我自己在小城的家裡的床上沒錯。但，我的左邊正睡著一個人，那是阿毓，我一再仔細端詳過了，那是她，沒有錯。雖然我從未在這麼近的距離、近到完全感覺得到她最細微呼吸的距離、近到我只要稍微嘟著嘴唇就可以吻到她嘴唇的距離看著她，以至於在這麼近的距離之下，對於在阿毓右邊正躺著的我來說，所有呈現在我眼前屬於她的輪廓與氣息，都顯得有那麼點不真實。

但是我知道，那真的是她，是她的面容、她的線條、她的味道；我認識她二十七年了，我知道是她，只不過我從來沒有見過她真實的裸體。雖然在我過去二十七年間的每一次自慰時，總是會在腦海中創造出各種她的裸體的樣子，但是在她的裸身真實出現在我眼前的這個當下，那些在她肩膀以下毫無遮蔽物的裸露肉體所展現出的完美到極致之線條，仍然讓我不知所措；那些在美學上毫無瑕疵的溫潤膚色與皮下暈紅，不斷的眩幻我的視線、衝擊我的知覺，讓我的意識裡浮現不出任何真與假、實與虛的檢核條件，甚至淹沒了我所有可以稱得上是理智的東西。

怎麼樣都不真實！

她側躺著的左腿正疊壓在我的左腿上，左手的腕掌貼抓著我的左上臂，所有接觸到的肌膚，完全沒有阻隔的緊密著。雖然不知道這樣的疊壓過了多久，以至於我的左腿與左手臂已經有些麻痛了，但是那個彈柔烘暖的觸貼仍然確實可感，讓人捨不得有任何輕微的移動，造成她的任何一寸肌膚受到驚擾。

她正睡的沉，不要吵醒她，或許她一醒，就什麼都沒有了。

我企圖努力的讓自己做些思考，以確定目前我所看到的、感受到的一切不是一個夢。但如果不是夢，這件事情究竟是怎麼開始的呢？我嘗試著專心想些什麼，像是我們到底是何時進了這個房間之類的那些叫做「經過」的事情。但阿毓的體香像是從什麼遙遠的地方忽然的被召喚過來，一陣一陣的，越來越濃烈；那香，不是因為任何塗佈在她身上的香水或是任何外加抹品的味道，而是從她所呼出的氣息、從她體軀的每一個細胞所迸發出來的誘人。每吸進一口，我的所有心思就被踏平了一次，沒有任何多餘的念頭可以在這樣的體香下成形，除了被勾起的情慾可以高漲之外，其它的，都註定被淹沒。

一下子，我的肉身已經完全的激昂，感覺到從未有過的挺直剛硬，然而我的阿毓仍然沉睡著，放心而滿足的沉睡著。雖然此刻的我多麼地想吻遍她的全身、進入她的體內將我的生命全數灌注給她，即便隨即死去都無所謂的想，但是我身旁的阿毓裸身沉睡的畫面所呈現出來的寧靜，卻絲毫不容許我的情慾放肆的去打擾到她。

我想，應該開始有些汗珠從我的額頭上冒出來了吧。這時候，我正在打著我身體中最大的一場內戰，以那幾乎已經要潰不成軍的理性所僅剩的殘弱意念，勉力的防堵無可抑遏的想要一翻身就進入阿毓身體之內的強大慾望。在意念與慾望的激戰中，我的呼吸頻率與強度不由自主的增加了，使得腹腔的起伏更加頻繁劇烈；心跳速率與強度也增加了，不只胸膛內的心搏，甚至連我自己頸動脈的衝跳撞擊，都變得明顯可感。

這些不在我意志控制之下的體軀內躁動，還是透過了被疊壓在阿毓左腿與左臂之下的我的左腿與左臂驚擾了她。阿毓微微睜開迷濛的雙眸，惺忪依稀的睡眼卻讓我看到的裸身更加顯得嬌柔。她看著我，微微淺笑了一下，左手掌順勢的橫抹周滑到我的胸膛；移了頭所枕靠的位置，更加貼近了我的臉，使得我的整個面頰都被她的秀髮佈滿；同時間她將軀體從我的左側更右傾了下來，讓她的右邊乳房緊緊地貼壓在我的左手臂上，也將她仍然密靠在我腿上的左腿稍微地弖滑磨移的上行著。

不過，阿毓整個像是要翻身抱緊我的動作，還沒有完成就被我腹股溝間的一柱堅挺擋了下來。

那瞬間，阿毓很嗲氣的媚笑了一聲，雙手撐在我身旁的床面上倏忽的起身就跨坐在我身上，在我還來不及思考任何可能也無法有著任何反應的剎那，已經主動的將我包陷入她的體內，以她的恣意釋放我的狂野，驅使著我完全配合她的節奏聚力衝撞。

在阿毓越來越劇烈的跨騎下，我開始想起來了，這是今天第三次如此的激情了。

我往更之前的經過想著。在清晨五點鐘的時候，我接到阿毓打來的電話，本來還晃蕩在半夢半醒之間的我，拿起手機一聽到的卻是阿毓以略為哽咽的聲音說「阿靖，來我家接我」之後就掛斷的電話。她沒有多說什麼，就這麼一句話，讓我從驚懼的瞬間清醒過來，邊跑到外面開車邊試著再撥她的手機號碼，但阿毓卻都沒有再接起電話。

我記得，在幾個小時之前的清晨，平常需要九十分鐘的車程，在我完全無視測速照相、無視紅綠燈的狀況下，六十分鐘之內就到了。我不理睬紅線的在阿毓家的路邊停下車子，狂奔到阿毓大樓前的警衛室，在我還沒有說出來意之時，保全員就告訴我他已經通知了黃小姐，黃小姐說她馬上就下來。

不到兩分鐘，我就看到阿毓走了過來，穿著的跟前一晚一樣。大概在清晨的十或十一小時之前，她就是以這樣的裝扮跟我在妹丫家一起吃飯聊天。她那天下班有點晚，所以我跟妹丫準備好晚餐之後，還是由我開車去接她一起過來吃飯的。吃飽後，由我收拾善後洗碗整理，她跟妹丫兩個人則在客廳聊天，小寶就陪在一旁看電視。她們姊妹倆應該聊得很愉快，因為妹丫一度還進來廚房，開冰箱拿了兩瓶水果淡啤酒，說：「阿毓姊姊要跟我喝的」。

阿毓的酒量其實很好，有一次我在她家跟她與她父母親一起吃飯時，她爸爸拿出一瓶五十六度的陳年高粱，一人倒了一杯給我們，只見到阿毓不到十分鐘，沒有幾口就喝完一杯；她爸爸又倒了一杯給她，然後笑著跟我說：「郭老師啊，我這個女兒酒量好得很喔！」

我看著朝我走過來的阿毓，步伐依然優雅，臉上也沒有跟她剛剛哽咽的聲音可以聯想在一起的表情。她仍然很親切的跟保全員問好，以她一貫淺淺的微笑略微的跟他點點頭，然後，也朝著我微微的一笑，輕聲說：「OK，走吧」。

在那個當下，我不知道該放心還是不放心；一切都太異常了，實在是不知道要如何切換那個放不放心的模式。顯然，阿毓剛剛的確打了電話給我，也的確要求我來接她沒有錯，不然不會在這樣的清晨、這樣的理所當然的穿戴整齊就立即出現；但是，為什麼看不出來她在此時應該帶有的悲傷之面容呢？如果要用很簡單的方式來形容，阿毓應該是一個又柔又剛的女生，她會為了任何值得感動或哀傷的事情而哭泣，但是很少為了自己的委屈或不順遂掉淚；然而以清晨五點鐘所接到的那通電話裡的語氣來判斷，即便只有短短七個字的時間，但我可以斬釘截鐵地知道，那是為了她自己的悲傷沒有錯。

應該是這樣的，不會錯，因為在這個世界上，我是最了解她的人。

這就是最異常的地方了：我這個世界上最了解她的人，完全看不出現在正坐在我旁邊的她，剛剛是否真的悲傷過。

我幫阿毓開了門讓她先坐上車子的右前座，然後我坐上左前座發動車子，並以手勢提醒她也要繫上安全帶。在車子將要駛出之前，沒等我開口，阿毓別過頭去看著右邊的窗外，用了聽不出有任何情緒，但比平常略冷些的語氣說：「去你家。不要問我任何事情，我沒事，放心地開你的車。」

我聽了，先收起要踩下油門的腳，轉過頭去再看了阿毓，非常仔細地從她的頭髮端詳起，一直檢視到她露在涼鞋外面的腳趾頭。雖然看不到她正面的樣子，但我想昨晚我送她回到家之後，阿毓並沒有換下這身衣服，這從她的白色上衣內隱約所透視到的內衣仍然是同樣的一件可以看出。阿毓有七種顏色或款式的貼身內衣，每天穿的都不會重複，她說她喜歡讓自己每天都有些變化；這是我長期觀察出來後，跟她求證過的事情，那時，她還很高興我居然能夠察覺的出來。

當然除了內衣以外，在袖口有個很淡很淡的醬漬痕跡也是昨日的痕跡。那是小寶將沾醬的肉塊掉在桌上後，醬汁噴濺到的地方。雖然我緊急拿了濕毛巾擦拭了，但還是留下那麼一點點不一樣的顏色。而且，我想阿毓連絲襪都沒有換下來，因為在左腳掌的小趾邊有個已經快要磨破的地方，我昨天跟她在客廳沙發上並肩坐著的時候有注意到。

阿毓或許有重新梳了頭髮，但還是昨天那樣自然垂肩的髮型；看得出有洗過臉，而且重新畫了妝，不過比平常淡了些，或許只是補了粉底而已。

這樣的端詳大概花掉了快一分鐘的時間。由於沒有在預期的時間內看到我把車開出去，阿毓轉過頭面對我，用了個比剛剛柔暖些的語氣說：「不用擔心，我沒事，只是……想去你那邊看看而已。開車吧。」

我沒說什麼，回了個代表「好吧」的表淺笑容，就放下手煞車，打了排檔，往小城的方向開去。

清晨不到六點半的高速公路上，車子不多，車行算是非常流暢，所以我有些不用那麼專心的注視著前方的時間，可以偶而小別過頭去看看阿毓。她大部分的時候仍然是看著右邊的窗外，基本上，就是個沉思的氣息環繞在她周圍。只有一次，我剛好與她轉過頭來看著我的目光相遇，就在那個瞬間，可感的，就像是，鄭愁予寫的：

而我的心魔日歸夜遁妳如何知道
當我拈花是那心魔在微笑
每朝手寫一百零八個癡字
恐怕情孽如九牛而修持如一毛

就在那個瞬間，我聽到了阿毓心裡一些吶喊的聲音，雖然很遠，但是我聽到了，也意識到了，有些事情終於要發生了。

不過這一路上，我們都沒有真的說話。

一方面是因為阿毓剛剛一上車就說了「不要問我任何事情」。通常，像這類只是兩個人之間的互動，就阿毓說什麼是什麼，我會照著她的意思去做，很少例外。為什麼會是這麼的聽話？我也不太知道，好像從大學的第一天我見到她之後就是如此。但是阿毓曾經說過，我是個無可救藥的大男人，其中主要的證據就是這一項；她認為，我就是太過於大男人，因此，對於她才會如此的遷就，而且遷就到完全的理所當然、毫無自覺的樣子，以至於任何人，包括我自己，一點都看不出我有遷就她的痕跡。

另一方面則是，一路上阿毓也沒有主動再講任何話了。這實在是非常非常令我難以想像的事情，也是我二十七年來頭一遭跟阿毓碰面後，接近八十分鐘沒有聽她說過任何話的一次。以前，最長的一次，是她要借錢給我出國唸書的那一次。當時，她對我苦口婆心說了兩個小時之後我還是拒絕了，她氣得哭了起來——那是我第一次拒絕她的要求，也是她第一次因為我而哭泣。那天是週日，實驗室只有我們兩個人，我手足無措地站在她身邊看著她越哭越傷心，卻又完全不知道要說些什麼來安慰她，就這樣惶恐的站著、看著，任由她哭泣了十幾分鐘。等到她哭聲暫歇，我還是只能繼續站在她旁邊，看著她坐在我的位置上氣呼呼的瞪著我。兩個人又這樣僵了快十幾分鐘，然後，她才嚷說：「你真是個大笨蛋！送我回家。」

彼時，那麼大的事情，也才僵了不到半小時；然而，今天，已經快是當時的三倍時間了。

雖然沒有去程那麼急，不過因為早上車少，還是在八十分鐘左右就在小城家的地下停車場停好車。從停車場走到電梯、坐電梯上了樓、出電梯到達家門口，阿毓都是略為低著頭，一步之隔的走在我的左後方，直到我開了門，進了家裡。等我鎖好門，兩個人才在玄關脫了鞋，進了客廳。阿毓在桌上放下她的包包，看著我，說了沉默八十分鐘後的第一句話：「我要去上洗手間」，然後就逕自走到主臥室，也就是我睡覺的房間內的浴室去。

聽她這麼說，我也才發覺我從清晨五點到現在都還沒有上過廁所。所以，我也走去書房旁邊的主浴室。

我快速的將大小號一起解決之後回到客廳，沒看到阿毓。我走進房間，看到房間內浴室的門仍然是關著的。我靠著門邊細聽了一會兒，並沒有聽到什麼聲響，心裡有點緊張，怕發生了什麼事，於是伸手敲了敲浴室的門，問說：「阿毓，妳還好吧？」

「沒事，等等就出來。」

阿毓的聲音聽起來雖然還算正常，但我感覺得出音色中存有著像是啜泣後的鼻音。雖然細微到幾乎分辨不出來，不過在小城這麼安靜的角落裡，加上房間的窗戶與窗簾都還是關著與拉下的與世隔絕，透過門板傳出來的聲音仍然清晰到足以讓人分辨這些細節。

我坐在我自己的床沿，一方面仍然仔細地傾聽著阿毓的動靜，一方面也想著，究竟在昨天於妹丫家吃飯的時候、吃飽飯了之後，以及送她回家的路上，阿毓有沒有任何可以跟今天至目前為止的異常行為連得上關係的事情？

不過還沒想到什麼，我就聽到馬桶沖水的聲音，心裡也因此稍微地感覺到鬆懈。不過，等了快一分鐘，卻沒有預期中她的開門而出，浴室內又是令人不安的寧靜。勉強多等了三十秒之後，我的焦慮又迫使我要再去敲第二次的門，不過才走到門邊，手才剛伸出還沒碰到，就聽到淋浴的水聲嘩啦啦的響起。

我收回伸出的手，回到床沿坐下，我想，我大概猜得出接下來可能會發生什麼樣的事情；我希望不是我想的那樣子，但又希望真的是我想的那樣子。害怕跟慾望同時在我的心中升起，致使我變得無法思考，只能任由滴落的水聲在放空的心靈中迴響。

終究，一切又安靜了。這次，則是在我預期開門的時間還沒有到來的時候，阿毓就走了出來；一絲不掛，直見性命。

阿毓雙手很自然的坦開，將她身體的正面毫無保留的展現給我；她正視著我的眼睛裡閃爍的是淚光，與因為緊抿著而略微失去血色的嘴唇，共同透露出她所下定的決心。

我站起來，動手解開自己身上襯衫的鈕扣。第一顆的時候我有些遲疑，我的眼前閃過了渃文、閃過了妹丫，也閃過了阿毓的老公 Joe 和她的兩個兒子；到了第二顆，我仍然遲疑而緩慢，因為那些所謂的倫理與道德的教條正一字一字地飄過。在我往下開始第三顆時，我強迫自己試著越過渃文、越過妹丫，越過阿毓的老公與兒子，也越過了所有倫理與道德的教條，直接看著那個完全裸身站在我面前的阿毓。

不過我卻看到那個氣呼呼瞪著我的、氣到最後罵我「你真是個大笨蛋」的二十六歲的阿毓。

是啊，這一幕，早在二十年前，甚至更早之前就應該要發生了。今天所有羅列在我眼前、隔開我們兩個人的艱難險阻都是我造成的；今天，該受煎熬的，將來該承擔責罰的，應該是我，不是阿毓。

一湧而上的決心，不只將那些人、那些字的影像擠出我的腦袋，甚至連決心本身也衝了出去四散到無影無蹤。我將自己完全交給本能的慾望掌管，這世界只剩下我眼前站著的這個人，她是世間裡最絕美的極致之身；她在火裡淬煉著，我要擁著她一起共焚。

我以能夠達到的最快速度將自己的衣褲脫下，褲子的鈕扣還因此被我扯掉了。當我也完全裸裎時，我的阿毓立即躍上來緊緊抱住我；至此，世間，除此纏綿，再也沒有什麼可以讓我們留戀的了。

我想起所有的細節了。阿毓此刻仍然跨騎在我身上，繼續引導著、也配合著我激烈的仰衝直撞。窗簾外的陽光感覺上更加的耀眼，蘊透進來的熱度又更溫烘了些，即便房間內開著空調，但我的汗珠還是從額頭滴下、從胸膛滑落床單，而阿毓的汗水，也潮濕了我握住她雙乳的雙掌。在今天這個第三次忘我中，我開始了解到，在我們身體嵌合最密切、摩擦最劇烈的地方，交融的不只是兩個人不斷泌出的體液，而是我們的生命；我與她的生命在此具體的匯流交換著，一次又一次的抽插，將我的生命不斷地擠出給她，也將她的生命不斷的擠入給我。

直到我們都發出禮成後由衷的長長嘆喘為止。

我沒有在涓美身上體驗過這樣的新生過程。雖然我們的性愛非常愉悅、非常滿足也非常療癒，但不管如何的高潮，我還是我，她還是她；但是今天，我已經不是我，阿毓，也不是原來的阿毓了。

那不只是一個心理上的感覺而已，而是在我的軀殼之內，那些原本無所不在、流動在所有五臟六腑之間叫做「我的生命」的東西，很具體的、一點一滴的，被灌入了「阿毓的生命」的成分。那是種很難解釋但又真實存在的東西，或許就像是「能量」這個沒有具體形象的名詞所指稱的真實與蘊含之物質意義。在我體內驅動著我五臟六腑運作的那些叫做「生命」的力量，因著這樣的性愛，已經由「我的」徹底被改質為「我跟阿毓的」。

再經過又一次劇烈的融合儀式後，新的我跟新的阿毓都非常疲累了，而且是真正的疲累了。她先是力竭的由騎坐變成俯抱，最後翻滑回躺到我身邊；都累極了，儘管汗水和汁液黏搭了我們的周身，但當下我們只想緊緊地依偎著睡著，即便死去都無所謂。

只希望，如果還能夠醒過來，這不是一場夢。

下午，我們醒過來了。這應該不是一場夢。阿毓仍舊躺在我的身邊，我在意識恢復的那個瞬間，左半身就傳來她肌膚的柔潤溫韻，也立即聞到了她身上的嬌蜜膩香；而我們兩個人都全裸著的身體，可以很真實的連貫起今天發生的所有事情。

而說是「我們」醒過來了，是因為阿毓非常可能跟我是在同一個時間張開眼睛回到這個世界的；我們幾乎同時從仰睡著的狀態，稍微的偏過頭來——我向左偏、她向右偏——很朦朧的同時看著彼此，然後，阿毓泛起了滿足而慵懶的笑容，我因為她的笑容也舒坦的笑了。

而我們也幾乎同時向窗外望去，那是雨滴的聲音，我想，這也是我們同步醒過來的原因。

「該起來了。」阿毓拍拍我的肚子，像是說給自己聽的那樣細語，然後往左側床沿滾過去，下了床，站起來。本來就要往浴室走去，才一步，又回過頭來，看到我只是躺著的看著她，就朝我走過來，在床尾邊緣蹲了下來，伸手搔搔我的腳底，直到我癢得身體扭動變形的也跳下床，她才又往浴室走去。

我坐在床沿，看著她輕鬆的緩步走進去；在關上門的那一刻，阿毓還嬌媚的對我笑了笑。我也笑了笑，希望回給她的這個笑容，有達到一個男人最極致的傾慕之意。

我繼續坐在床沿，聽著她上廁所的尿柱沖唏聲、聽著她清清喉嚨的咳嗽聲、之後馬桶的沖水聲，以及一段時間的靜默——或許，她正在看著鏡子內的自己——然後，是淋浴的嘩啦水聲。

這時，我才站起身來，拿著內衣褲，走出臥房，到書房邊的主浴室整理自己。

當我們兩個人都梳理完畢，牆上的時鐘已經指著下午四點了。阿毓並沒有穿上她自己的外搭衣裙，而是在我的衣櫥裡面挑了一件運動T恤和運動短褲穿上。穿好後，她在我面前轉了個圈圈，不合身的寬鬆讓她的體態更顯得嫵媚。我也穿了一套跟她完全一樣的T恤和短褲，沒有刻意，因為我的服裝基本上都是同一個樣式。理由很簡單，我懶得逛街買衣服，所以當非得去買衣服不可的時候，通常就一式三份；反正，我這個年紀也不會再長高了，而且我對自己的體重控制還算十分有把握。

我們從臥室裡牽著手走出來之後，阿毓本來與我並肩坐下，頭就依偎在我的肩膀，但是不到一分鐘，她就順著我的胸膛肚腹下滑到以我的大腿為枕躺下，把雙腳也蜷曲的整個縮放到沙發上。

她瞇著眼仰望我，我張大著眼仔細地俯瞰她。這就是一個「家」的感覺嗎？

然而，我那些從四面八方陸續歸隊的理智開始七嘴八舌的告訴我，如果這個畫面出現在我跟她都還是二十六歲、男未婚女未嫁的時候，那真的就是一個家了；然而，在四十六歲的這個時候，出現的這個「家」的畫面，卻標誌著各種可能的風暴即將強烈來襲。

這些七嘴八舌的理智在我心裡的喧嚷，或許影響了我外在面容的氣象以及身體的柔軟度。躺在我懷裡的阿毓應該有察覺到我心思裡的憂慮，她伸出左手，很溫柔的、像是對待初生嬰兒般的溫柔撫摸著我的臉頰，睜大了瞇著的眼睛，神情很堅定的對我說：「不要擔心我，世間的事自然有世間的方法可以解決。謝謝你，我的人生已經沒有什麼好遺憾的了。」

我撫摸著阿毓的秀髮，偶爾整個手掌埋到她髮叢中撥盪一下，那如同騰在雲端裡的悠柔綿觸，從學生時代之後，就再也沒有感受過了。碩一或碩二的時候吧？一開始，應該是個週日的下午，忘了是因為什麼事情起頭，反正，阿毓就要求我幫她紮辮子。那時候她還是長髮過肩不少的長度，她先自己紮了一次示範給我看，然後要我照著她的吩咐將她的頭髮分成兩條辮子。結果，那天，我在實驗室內玩了她一下午的頭髮，除了她原先教我的編法之外，我又自行變換了一些作法，居然也得出很不錯的效果。阿毓興奮得像是個小女孩般的又是鼓掌又是驚呼，還一直逼問我以前是不是有偷學過。

就這樣，一個樣式綁完，她站起來走一走、轉轉圈圈、照照鏡子，然後坐下來要我換另一種編法；編完後，再站起來走一走、轉轉圈圈、照照鏡子的之後，再換一種。一直到了傍晚非得回家吃飯時，她才選了一個她最喜歡的樣式，要我幫她編好，然後以這個髮型回家。

從此之後，每個月總會有個週六或週日，在實驗室沒什麼人的時候，她就過來要我幫她紮辮子。

那真是個溫馨的記憶啊！也是這個時候想起來錐心懊悔的回憶啊！是那個時候太年輕了嗎？或者是，那時候關於愛情的心思都在湉文身上的關係呢？我竟然沒有認真的想過那個年輕的阿毓藉著那樣的刻意，隱喻般的傳達了她對我的愛情心思。

是啊，真是個大笨蛋！

我將埋在阿毓頭髮中的掌指翻出一個記憶中的手勢，分出了兩把柔順的髮束，另一隻手也在相鄰的位置分握出分量約略相同的兩束順髮，然後，憑著二十多年前的記憶，開始為躺在我腿上的阿毓紮起辮子。

阿毓先是驚訝的略為張開了口，不過隨即露出嬌羞的微笑，調整身子往我懷內側躺，讓頭髮露出大部分，好方便我能更順手的編紮辮子。

阿毓的臉頰緊貼著我大腿的肌膚，才紮了兩個交繞，她的眼淚就潤濕了我們之間。

「不管發生什麼事，我陪妳。」在她的淚滴已經在我腿上漫開之時，我對她這樣說。

「你說的喔。」

我「嗯」了一聲，持續編完第三個交繞。

「那，編完之後，你陪我去死。」

「喔，好。」我邊繞著第四個交繞，邊繼續說：「不過，等一下要死之前，先給我些時間，我打幾個電話。」

「打給誰？」

「嗯，要先打給我大弟弟。基本上，我家只有我記得我爸爸、媽媽、爺爺、奶奶的忌日，我得要他拿筆記下來，免得到時候他們忘了拜，結果變成我去陰間被我爸揍。」

「然後呢？」

「還有，要交代一下我弟，我呢，不用任何儀式、什麼家祭公祭都不用，盡快燒一燒，然後看是要灑海裡或是灑樹下，總之，不用什麼墓碑牌位，反正，他們也不會記得是哪一天要拜我，就乾脆省掉麻煩。」

「那還有沒有？」阿毓的語氣開始有些笑意，眼淚也止住了。

「有啊，那五百萬我也要先去轉匯一下給妹丫，不然的話被我弟他們拿走了，我到陰間一定會被武雄學長揍。」

「嗯，說的也是。還有沒有？」

我編完了第六個交繞，將髮尾整收好之後塞沒入髮叢中，再繼續說：「還有啊，下星期我有一個碩士班學生要口試，我得先拜託我學長來支援，免得耽誤學生的前程，又要多唸一個學期。」

阿毓見我綁完了辮子，就翻轉回正躺的姿勢，帶著促狹的笑容，繼續問說：「然後呢？」

「嗯，然後啊，比較麻煩的是小寶。現在是暑假，妹ㄚ在接送上比較好安排，比較不需要我們去幫忙。但是如果我們現在都去死了，開學之後小寶的接送就會是個問題。所以還是得要妹ㄚ先將小寶轉去私立小學，這樣將來在接送上比較不會有問題。」

「但是小寶升上去就四年級了啊，好不容易習慣了學校之後又要他離開熟悉的同學和環境再去適應新的，對他很不好吧！」

「這也是沒辦法的啊！如果讓易志名知道我們都死了，沒人可以幫妹ㄚ了，易志名的爸媽一定會去搶小孩的。」

「說得也是。好吧，那我們就等到妹ㄚ離婚官司打贏了，監護權到手了再去死吧。」

阿毓露出一副雖然很可惜，但也是沒辦法的嘆息表情。

「喔，好吧。那，到時候我們要怎麼一起死啊？要很同時嗎？還是妳先死之後我再死，或是我先死之後妳再死？」

「我也不知道耶。你這樣一說，好像真的還有點複雜喔！」

「也還好啦，我們可以先決定死的方式，然後再決定死的順序，這樣，到時候只要照表操課就可以了啊。」

「很同時好了，然後，要漂漂亮亮的死，不要屍體很難看的那種。」

「妳是說，一秒都不差的同時嗎？」

「嗯！」

「那很難喔，這樣很難兼顧漂漂亮亮耶！」

「為什麼？」

「連跳樓都無法一秒不差了，更何況吃藥、打藥、燒炭、上吊、跳海等等的那種，連中槍都沒辦法。想來想去，大概只有以前那種劊子手砍頭的方式勉勉強強；不過，那也得要很有默契又熟練的兩個劊子手才行。」

「喔，那不行，連頭都不見了，就漂亮不起來了。」

「那就，得等到核子彈爆炸的時候才有辦法了。站在核爆的旁邊，那樣就一定可以同時了。」

「但那不只是頭，身體什麼的都會不見了，怎麼漂亮？」

「那也不錯啊，免得火葬時還要再燒一次。」

「說的也是。」

阿毓又將頭往內側躺到我懷裡。我知道她的意思，所以把剛剛綁的辮子拆開，以十指為梳，順了順她的頭髮。這次，改成一手握兩束、另一手握一束的編法，又開始紮繞了起來。

「那要等到什麼時候啊？核彈爆炸。」

「看看吧，或許很快，反正這世界上核子彈那麼多。」

「但是台灣沒有啊！」

「喔，沒關係，周邊國家有就好。」

「說得也是。」

這次紫繞的交錯比較大一些，而且手法也簡單，所以一下子四個交繞就完成了。收完髮尾，阿毓並沒有再回到仰躺的狀態，還是朝著我的肚懷裡側躺著。

「阿靖啊，你為什麼願意跟我一起去死啊？」

「因為妳是公主，我是服侍妳的太監啊！」

阿毓在我懷裡呵呵的笑了兩聲，說：「你怎麼會這樣想呢？」

「喔，這是我以前一個號稱有陰陽眼又精通紫微斗數的室友說的。妳應該見過他，不過一定不記得了。就有一次我送妳回家的時候剛好在路上遇到他，後來他就跟我說：『沒救了』。我問他說沒救什麼？他說我上輩子當人家的太監，不過護主有功，這輩子才能有那兩顆。但是他又說，這輩子我在人家面前還是抬不起頭來，沒救了，只能繼續當奴才。」

阿毓大聲的笑了起來，一隻手還環繞到我的背部去抱緊著；頭不但沒有擺回仰姿，反而往我的兩股間湊了過去，用鼻子與嘴唇摩擦了幾下誘導它堅挺起來，然後說：「有救啦，抬起頭了！」

第九章

我們在晚上七點多一些回到阿毓在台北的家。她爸媽下午去逛街時，在百貨公司的超市買了一堆進口的高級肉品與海鮮，要她晚上回家吃飯。阿毓一聽到他們所採買的分量，就要我也跟著她回家吃飯，也順便把妹丫和小寶都帶過去。她說，人多才有辦法消化那些如果今天不吃就會冰到壞掉的過量食物，而且人多，吃飯也熱鬧些。

去年，阿毓的爸爸跟大哥，父子倆個人為了一件投資的案子大吵了一架，黃伯伯氣得不跟兒子住了，就帶著黃媽媽回來跟阿毓一起住。雖然阿毓從美國回來的主要目的就是要多陪陪爸媽，但對於是因為這樣的原由才能和爸媽住在一起，她也感到頗為無奈。平常阿毓去上班時，家裡就一位傭人白天幫忙買菜煮飯打掃兼陪著兩老，晚上的話，即便阿毓回家吃飯，也只是三個人的飯桌，有些冷清。

所以，在阿毓回國後，我就變成她們家的常客。本來只是每週五下午我到T大去參加研究團隊的例行會議之後，晚上順便過去她家一起吃飯，但在妹丫出事之後，我們一起去她家吃飯就變得很頻繁了。阿毓說，反正傭人煮三人份跟煮六人份沒有多大差別，搞不好煮六人份在材料上還比較好準備；而且人多好吃飯，特別是小寶去的話，有個小朋友一起吃飯，感覺上就熱熱鬧鬧的充滿活力。

她爸媽很喜歡妹丫，每次都誇說妹丫漂亮、溫柔、善解人意，對長輩輕聲細語非常體貼。在他們知道妹丫的遭遇之後，有好幾次兩老當面跟妹丫說，要她乾脆帶小寶過來跟他們一起住。阿毓也非常贊成，只是妹丫總覺得這樣實在是太麻煩阿毓全家了，因此一直沒有答應。

從小城回來時，我跟阿毓乾脆先去安親班接小寶，然後再去醫院接妹丫。下班時間人多，我的車沒辦法暫停在醫院門口，就在稍遠的路邊打著雙黃燈，阿毓則下車去醫院門口把還在東張西望的妹丫叫過來。當她們姊妹倆上了車之後，妹丫立即抓著前座的椅背，探過頭來用很神秘的語氣跟我說：「阿靖哥哥，阿毓姊姊今天好漂亮喔！」，阿毓聽完後，有點羞赧地看了一下我，然後稍微轉過頭去對妹丫揮了一下手，很輕聲的說：「好啦，別鬧了！」。

很顯然的，我想，今天一早到現在所發生的事情，妹丫一定扮演著某種很關鍵的角色，促使著阿毓下了那麼大的決心。究竟在昨天晚上，妹丫跟阿毓姊妹倆在喝著啤酒的時候，到底談了什麼？或許不只是昨天晚上而已，可能在更之前不知道幾次她們姊妹倆的私語中，就已經為今天所發生的事情做好了心理的鋪陳；而昨天，不過是那臨門一腳的時機。但無論如何，妹丫一定預見了事情會照著她所想像的那樣發生，而且真的發生了，所以才會用著那樣洞燭先機的語氣。

但是有小寶在，我也不好再追問什麼；而且我想，如果這兩個我生命中此時最重要的女人聯手做了什麼事情，就算是要我上刀山、下油鍋，我也沒什麼好猶豫的，就任她們擺佈了。

不過，的確，坐在我旁邊的阿毓比起平常更加亮麗動人，看著我的眼神中，也多了不少小女人般的嬌柔；但說真的，我還真有點不習慣她這麼依依地看著我。

這就是阿毓口中的大男人的極致嗎？變成一個完全配合女人意志的男人。

在傍晚從小城開車回台北的路上，雖然我跟阿毓都想讓甜蜜的感覺再多留些時候，不想多談那些非常麻煩的現實問題，但是，上了高速公路之後沒多久，阿毓還是說了：「我跟Joe的事情處理起來很麻煩，給我一些時間，好嗎？」

「我了解，我跟妳站在一起。」

「謝謝！」

「不客氣。」

阿毓「嗯」了一聲，然後笑了，聽得出，五臟六腑都很甜蜜。

晚上這頓飯吃到九點多，實在是太豐盛了。其間黃伯伯想找我一起喝高粱，不過被阿毓擋下；理由雖然是說我等一下還要開車回小城，但其實是她不想再讓黃伯伯喝烈酒。但黃伯伯一直說：「就喝，沒關係，郭老師，你晚上就住這裡，明天早上再回去，沒關係，家裡房間很多。」本來我有點拗不過他老人家的意思，但阿毓堅持的厲害，黃伯伯看他女兒板起了臉，也就只好投降的說：「郭老師，很抱歉，我們家蓉毓不准；那改天，你不要開車來，我們再好好喝一杯。」

我一面誠懇地回應著黃伯伯說：「好、好，我下次就不開車來，陪您喝一杯」，一面瞄了一下阿毓，她正苦笑著臉的看著我們爺倆。阿毓曾經跟我說，他爸爸很喜歡我去她家吃飯，因為我是少數可以跟她爸爸聊得開來的晚輩。她說她爸很古板，對男生很嚴厲，她的哥哥們，包括那些堂哥、表哥沒有一個敢跟她爸爸無拘無束的聊天；Joe 是女婿，雖然比較沒有那種直接的壓力，但 Joe 也是說，跟她爸爸談話是一件很累人的事情，總是很怕說錯話。所以她才覺得我還真是個奇葩，她說她看得出來，並不是因為我是客人所以她爸爸對我比較客氣，而是因為我真的可以跟他說得上話，讓他不會覺得那麼無聊。

我也回了阿毓一個苦笑，倒不是因為要不要喝酒的關係，而是，我想到，如果黃伯伯知道此時他想要一起喝酒的人，是他女兒外遇的對象，不知道他會做何感想？雖然，在我上午決定脫下衣服擁抱阿毓的時候，就已經決定把這些世間的毀譽拋棄，然而，黃伯伯是阿毓的父親，感覺上，對他隱瞞了這件事情，我還是有些許不安。

我跟妹ㄚ母子在九點四十分的時候告辭，阿毓送我們到大樓地下室的停車場。出了電梯後，妹ㄚ特意帶著小寶快走了兩步在前頭，讓我跟阿毓兩人並肩稍慢的在後面走著。短暫幾公尺的路程，我們並沒有再多說什麼，阿毓只是簡單的交代了我開車要小心，到了之後再打個電話給她，這些平常就會說的話。

不過到了車子旁，在妹ㄚ跟小寶先坐進去後座關上門、而我將要打開前座的門之前，阿毓還是主動的伸出右手拉了拉我的左手掌。我捏了捏她的手指頭，看著她，點了點頭，她才鬆手讓我進去開車。

妹ㄚ家距離阿毓家很近，加上小寶在，沒什麼機會可以問妹ㄚ些什麼。不過在進入妹ㄚ

家大樓的地下停車場之後，小寶睡著了。妹丫趁這個短暫時間跟我說：「阿靖哥哥，姊姊一直都很愛你呦；她這次終於下定決心了，你不要再辜負她了喔。」

「昨天是妳勸她的嗎？」

「阿毓姊姊做事情不需要人家勸的，她自己早就決定的。」

「那為什麼是今天？」

「因為姊姊昨天跟我說，她覺得你昨天晚上看起來特別帥，然後就一直在跟我討論說為什麼昨天你看起來會那麼的帥啊？」

妹丫搖醒小寶，母子倆下了車，在我打開車窗揮手跟她們道別的時候，妹丫補了一句：「哥哥，你今天又比昨天帥喔！」，然後，帶著很甜美滿意的笑容牽著小寶離開。

今天第四次上了高速公路，我的車子裡面又回到只有我一個人的狀態。

在過去的一個星期之內，我生命中最鍾愛過的三個女人都坐上了這部車，然後各自帶著與以往完全不一樣的心情下車。這三個與我截然不同家庭背景、人生發展也迥異的女人，交錯的參與了我的年少以及現在的中年人生；然而，我好像擁有她們，最後卻都只是一個人孤獨的回家。

那天，渃文臨下車的時候，在半開的車門邊猶豫了一下子，卻又像是思考了半世紀那麼久的之後問說：「你沒有其他的話想要跟我說了嗎？」當時車子停在她們醫院後面緩坡略陡的路旁，有樹蔭著；有些風，微弱到剛好讓幾片枯葉離枝，極其慵懶的搖擺盪落，就那麼恰巧的停在渃文半露在車子外面的肩膀上。我看到了，她沒有察覺，只是殷殷注視著我，等待我的回答。我指了指她的肩，她有些不解的偏轉過頭睨看了一下，皺出一個與很輕很輕地嘆息等價的苦笑面容；但沒去撥它，任它留著，就又回轉過頭看著我。

我沒再跟她的眼神交會，只是注視著那片肩膀上的枯葉在她轉頭的瞬間被擾動到落下的飄零。

渃文看著我的沉默，等了像是另一個世紀那麼久的幾秒鐘之後，沒多說什麼，也沒有笑容的，說聲「謝謝」，之後，就，關上門。

我，就，把車，開走。

我忘了說聲再見。她也忘了，或是，不想說了。

半路上我在想，或許當下我該跟渃文說的是，仿著《萬曆十五年》末語的那種感傷：「二〇一七年，歲次丁酉，表面上似乎生活平淡，無事可記，實際上我的理智與感情卻已經走到了它古典的盡頭。在這個時候，生活的勵精圖治或者晏安耽樂，想法的富於創造或者習於苟安，愛情的極端積極或者絕對保守，最後的結果，都是無分善惡，統統不能在事實上取得有意義的發展，因此我的夢想只好在這裡作感傷的結束。民國丁酉年的夏天，是為我個人生命中一個純真年代的告別。」

我眼前又浮現出今天的那些溫存。在告別了純真年代之後又出現的這些感情的純真，使得我有了今天跟阿毓之間的種種，未來，是否也仍然只是「最後的結果，都是無分善惡，統統不能在事實上取得有意義的發展」呢？

如果，當初，渃文沒有出現在那班北上的火車內，或是我遲到了，沒趕上火車，結果我們是在我跟阿毓見過面之後的某一次坐火車時才遇到的話，我是不是就不會像之前那麼愛她的那樣愛她，而只是很禮貌的跟坐在鄰座的她點點頭，然後心裡想說，這個人好像在哪裡見過面啊的小小驚訝了一下之後，就又變回路人甲乙？

這是很有可能的，我想我跟勞倫茲的那隻小雁鴨差不多，牠是第一次見了誰，誰就印痕成牠的母親；我是第一次接觸了誰，誰就印痕成我的最愛。以阿毓那樣仙女降臨般的吸引力，如果我先見到的女人是她，那一定會成為我牢不可破的印痕。

人世間都是這樣吧，就那麼的一次火車上的偶然，結果那些該在身邊的人都大風吹了一圈。

我們都無法不落到因果裡面，然而，我這樣的跟阿毓直見性命了，就算是我們不昧因果的勇氣嗎？

「你曾經對我說，你永遠愛著我，愛情這東西我明白，但永遠是甚麼」我開始唱起了這首歌，戀曲一九八〇。一九八〇，民國六十九年，那一年，我只是比現在的小寶多一歲而已。

當時年幼，唱著的只是旋律；今日將知天命，唱著，才了解滄桑。

雖然交通順暢，仍是快半夜十二點了才回到小城的家。開了門，湧出來的，全都是阿毓的味道。這個形式上還是孤獨的地方，或許，從此以後就有了它的女主人、有了像家的味道；但，這個「或許」，成真的可能性到底會有多高呢？怔愣了一下子之後，還是回過神來，繼續依照標準回家程序作業：鎖好門、脫了鞋、走進去，立即就撥了個電話給妹ㄚ。程序上是這樣子的沒錯，先打電話告訴妹丫說我平安到家了，然後第二通再打給阿毓。

妹丫是個很在意這種報平安訊息的人，如果跟她道別的親人沒有在合理的時間內打電話跟她說是否已經平安到達了的話，她在那個合理的時間一過以後就會陷入一種焦慮的狀態，我想，這跟她小時候與武雄學長相依為命的那段經歷有關吧。在我去當她的家教之前，妹丫說，放學後通常她都是一個人在家；也因為通常只有她一個人在家，所以武雄學長會盡量在各種工作中抽出空檔，奔趕回家看看她之後，再奔趕著回去上工。雖然她很期待哥哥能夠這樣回家陪她，但又不希望哥哥這樣來去匆匆的趕著回家看她。她說，每當她看到臉上寫滿疲憊但又得騎著機車東奔西跑的武雄時，心裡就會一直掛念擔心著、一直焦慮到半夜，直到武雄學長真的回家睡覺時，才能夠放下心來。

在那個沒有手機的時代，她每夜都得承受這難以忍耐的煎熬；因此，在手機發達的現在，我想，那些煎熬就轉變成她對於平安訊息的依賴了。所以，只要是從她那邊離開的，我一定會在她預期的時間內打電話給她，即便因為種種突發的狀況其實我還沒有到達目的地，我也會記得在那個中途就停下來，撥一通妹丫所期待的電話。

這通電話通常就是很簡短地講說「妹丫，我到了喔」，然後，她就會用很妹妹的說話方式，甜美的回道：「嗯，哥哥晚安！」。

打給阿毓的電話就不是這麼簡短的一句話能夠解決的。在她又回到台灣的這段時間以來，電話很可能是我們之間比見面更重要的互動方式。常常，這樣一個本來只是報平安的電話，會變成一通長達一個多小時的閒聊。真的就只是閒聊，天南地北，無拘無束；在電話中，只有兩個人之間的對話，沒有妹ㄚ跟小寶坐在旁邊，也不會讓人懷疑一個未婚的孤男和一個已婚的寡女面對面時可能會有著見不得人的曖昧舉動。

那是我們兩個人之間自由的、沒有負擔的、不用小心四周眼光的深夜絮語。阿毓說過，她習慣與我講電話時就躺在床上，關掉所有的燈，讓靜寂在黑暗中，就只剩下我的聲音。

「我到家了。」

「好晚了，很累了吧？今天開了這麼多趟車。」

「嗯啊，沒辦法，有人今天不讓我住她家。」

「如果你不跟我爸喝酒我就讓你住。」

「好吧，下次我再跟黃伯伯溝通溝通。」

「阿靖……」

「怎麼啦？」

「我愛你。」

「啊，被妳搶了個先，我剛剛才準備要告白的說！」

「騙人，你才不會說呢。」

「是真的。」

「那，好，你說，從什麼時候開始？」

「很久之前。」

「多久？」

「可能小時候第一次見面時就開始。」

「那為什麼以前你都沒有對我說！」

「因為我自己也不知道我愛妳這麼久了。」

「那現在為什麼就知道了？」

「因為妳愛我了。」

阿毓顯然很不滿意我說的答案。整晚，她就繞在這個「愛」的過去式、現在式與未來式不肯罷休的盤問了一個多小時。我在關掉電燈的漆黑客廳中，坐在下午阿毓依著的沙發上，像是她仍躺在我懷裡的那樣地聽著她說話；也思索著，那個接在「愛」後面的「情」，我們倆人，要怎麼樣才能轉換過去呢？

如果我說最初的「愛」沒有變，那又要怎麼樣去證明它的確還是原本那樣的存在呢？

在那一個多小時阿毓不肯罷休的盤問中，我的回答中令她最不滿意的地方在於，我雖然是個體貼、了解、在意她任何事情的男生，二十七年來一貫如此，沒變，但二十七年過去了，我卻沒有任何有關於「愛」這個等級的表示——每一年都記得要送不重複的生日禮物，不算、她有任何吩咐的時候都使命必達的列為第一要務，不算、可以在任何工作報告截止期限到達前的十二小時之奪命時刻仍然專心與她閒聊一個小時的電話，不算、對她細心到連她所穿的貼身衣物尺寸與不怎麼規則的生理週期都能知道，也不算。

因為，這些都是「好朋友」做得到的範圍；而「愛」，有它獨特的印記，無可取代。至少需要索取一個吻。

「所以妳以前沒有主動的吻過我，因此也不能算是愛我很久囉？」

「那不一樣，我只是不想我們連好朋友都做不成。在你心裡都只有那個渃文的時候，如果我吻了你，你一定不敢再理我了；如果在我結婚之後吻了你，依你這種古板的腦袋，接下來可能我連你的面都見不到了。」

我透過電話，長嘆了一聲給她；我能說什麼呢？

「所以是，你應該要主動吻我，如果你愛我的話。結果你這隻爛魚，讓我等了二十多年，最後還是要我來吻醒你。」

雖然阿毓說的應該是事實，但我不想在電話中再多提的是：果證了愛情的兩個人，從此就能以愛為名，去克服我們的愛未達之前的二十多年間，那些其他因愛而生的情所形成的各種艱難險阻嗎？例如，最大的那一關，她的Joe，和兩個兒子。

即便我不計毀譽、也不在乎天長地久，但是對阿毓來說，那可能不是愛不愛的問題，而是其中的情，已經是千絲萬縷了。就像——雖然不是很適切的比喻——妹ㄚ在遭受易志名那樣的對待之後，純粹愛情的部分或許可以忍心拋棄，但已經轉換成為家人親情的那部分，仍然是每天啃噬著妹ㄚ離婚決心的割捨不下。

就算是，我願意不在乎擁有的甘心成為阿毓婚姻中沉默的第三者，完全不想對她的婚姻有任何發言、任何舉措的要求，只是本份的在公眾面前繼續扮演著我那「好朋友」的角色；只有在某些清晨或是深夜裡，秘密的與阿毓享受那只有屬於兩個人的甜蜜之後，走出門，仍然回到那個眾人都認可的好朋友關係；在那樣光明正大的表象上，擺放檯面下對彼此細膩的愛情。只是，那樣的阿毓，那個在深夜的停車場臨別時刻仍然會牽起我的手的阿毓，於愛情已經揭去面紗之後的未來，於兩個人的關係已經回不到彼時的此時，能夠忍受得住只有兩個人一起走在台北深夜街頭的時候，不挽起我的手，讓她的乳房密貼著我的臂，緊緊依偎的走著嗎？

我們兩人是不是能夠忍受得住所有可能外露的情不自禁，以確保任何親密的蛛絲馬跡都不被熟與不熟的路人甲乙丙撞見？

我也有我的關卡。就我來說，妹Ｙ是我最大的關卡。

對於除了阿毓以外的任何人而言，從以前到現在，我跟妹Ｙ的關係，就是兄妹；即便是沒有血緣關係的義兄妹，但無論怎麼看，真的就是比一般的親兄妹還像親兄妹。雖然我們之間相差四歲，但四歲這個年齡差距真的說起來，是一個跟兩人是否能夠交往完全無關的差距。甚至在男大女小的狀況下，這個差距對於心靈上的相對成熟度而言，剛好是兩個人可以契合得上的數字。因為一般來說，同年齡層的女生在心靈上總是比男生多成熟那麼一些些。

而妹Ｙ是位聰慧、纖秀又善解人意的女生，特別在她與武雄學長那些悲情命運的烘托下，雖然她個性上其實是很堅強的，但還是很容易引起男生們對她有著特別柔弱與楚楚可憐的錯誤想像。這點，在妹Ｙ於醫院工作時，即便妹Ｙ是已婚又有小孩的人妻加媽媽的身份、即便妹Ｙ非常注意與同事之間的男女分際、即便妹Ｙ在公眾場合都非常注意衣著的樸素與保守的打扮，但是在她工作過的醫院裡，仍然會為她帶來不少跟桃花有關的流言蜚語。這些好色之徒所帶來的不僅是人際關係上無謂的麻煩，恐怕也是後來導致易志名對於妹Ｙ的誤解，進而造成兩人感情生變的重要原因。

其中最誇張的一次是妹丫剛進醫院工作時，科內一位資深的主治醫師對妹丫不正常的追求與騷擾。那傢伙不顧妹丫的老公也跟她在同一家醫院工作的情況下，硬是到處喧嚷他要追求妹丫，最後還利用工作上的關係趁機性騷擾妹丫。結果被妹丫當場甩了一巴掌之後，面子掛不住，於是就到處放話說妹丫夫妻聯合誘騙他，散佈許多這類不堪入耳的話。即便後來妹丫夫妻受不了他的騷擾而離開那家醫院，但是那傢伙還是繼續到處放話，說他一定要讓妹丫和易志名走投無路。雖然當時武雄學長透過關係，請了那傢伙的頂頭上司來協調此事，但那些看起來人模人樣的什麼主任、院長的，腦袋裡除了息事寧人要妹丫夫妻退讓之外，什麼正事也不做；而讓人更幹的是，其中一個頭銜掛院長的，居然還說不過是摸一下奶而已，又沒有什麼損失，反應那麼大幹什麼。

最後，我只好找了我以前國中時代的換帖兄弟，請他帶了堂口的小弟越界來台北，在醫院的停車場堵住這個傢伙，給他看了他們身上的一些龍虎刺青，並且叫他認清楚我的臉，還有我腰間的這柄短刀。幹，就這樣，他之後才乖乖的閉嘴。

是的，那把刀是我的，就是我這位換帖兄弟送我的。本來他要帶把手槍給我，但我說當兵時我只拿過 65K2 步槍，不會用短槍，所以他才只送我這把刀柄鑲金的短刀。國中時期，我混過幫派，在一次打群架中，我為了救我這位兄弟，被打斷了一條腿，石膏打了大半年。我祖母為了這個把我老大罵了一頓，老大不敢還嘴，因為他要叫我祖母姨婆；然後我媽從此每天載我上下學，讓我沒機會再跟兄弟們接觸。就這樣，我脫離了幫派，但因為當年我算夠義氣，所以即便現在他們都很大尾了，對我這個已經變成文身的博士兄弟，還是很夠朋友的。

但若是要認真的追究起來，我會對妹丫這麼的照顧有加，甚至不惜我身為教授的身份直接帶刀堵人，我自己也會困惑著，真的只有兄對妹的關心與保護嗎？

嚴格說起來，以我和妹丫所有接觸過的時間來看，我真正和妹丫兩人單獨相處的時間並不算長。在她的學生時代，從國中、高中到大學她和易志名陷入熱戀之前，除了每週家教時間的那幾個小時之外，其他有我跟妹丫一起出現的時間裡，通常還會有個阿毓跟我們在一起。這樣的說法或許不夠真確，事實上應該是說，阿毓常常帶著妹丫東遊西逛的，但有些時候，像是要去墾丁或是澎湖這類較遠一點的地方或是上山下海這類交通較麻煩的地方，我就是那個任她們差遣的搬運工人；還有那些百貨公司週年慶的時候，阿毓也會把我找來跟她們一起，當挑夫。

而在阿毓出國以後、武雄學長去世之前，我跟妹丫的見面，大概都是武雄學長找我聊東聊西的時候才會有的，頻率還蠻高的，大概兩三週就會有那麼一次。通常就是一起吃飯，雖然武雄學長會叫妹丫帶易志名跟小寶一起過來吃飯，但是大部分的時候，易志名都沒有出席。理由千奇百怪，但我跟武雄學長都知道，妹丫的婆家，包括易志名在內，其實都對妹丫的娘家，簡單說就是武雄學長跟我兩個人，是看不起的。即便我是博士也是大學教授、即便易志名初入社會時所遇到的最大麻煩還是我帶兄弟、帶刀去幫他排除的，他們還是看不起我。

真的，我實在搞不懂他們家那種號稱是高級黨政公教家庭的莫名優越感，雖然很幹，但是為了不讓我們家妹丫左右為難，我跟武雄學長在妹丫面前都絕口不提我們的賭爛。

武雄學長不只一次單獨私下對我說過：「如果早知道你跟阿毓不會結婚，那當初我就應該勸妹丫嫁給你才對；由你來照顧妹丫，她會比較幸福，我也比較能夠放心。」那時我的回答大概都是：「幹！那樣就亂倫了，我是二哥耶。」雖然，武雄學長說的應該是事實。

武雄學長也許比我了解他妹妹，但我想，最了解妹丫的，應該還是阿毓。在妹丫還是高二學生的時候，阿毓就不只一次的耳提面命我說：「你這隻爛魚，如果你對妹丫沒有任何企圖的話，那些什麼什麼你自認為無傷大雅的浪漫（項目多到族繁不及備載），你就要收斂點，不要讓妹丫會錯意、空等待，知道嗎！你這隻爛魚！」

這種耳提面命一直持續到阿毓出國了才停止，接下來就沒有人幫我看管著我自己了。

而在武雄學長去世以後、阿毓回國之前，我跟妹丫就比較少見面了。主要是大家工作忙，而且畢竟不是親兄妹，太常見面的話，不只別人，包括我自己也會覺得怪怪的，所以大概就一兩個月才見次面吃頓飯。通常都是我主動約的，因為即便不是武雄學長的託孤，我心裡還是時時掛念著妹丫，還是會想知道她過得好不好。那些時候，基本上仍然是只有我跟她與小寶三人一起吃飯，易志名還是不太搭理我。

不過這樣也好，沒有易志名在場，我感覺得出來，妹丫比較能夠完全的放鬆，小寶也會比較高興。我們三人的互動自然、默契十足，走在街上，我想任誰看了，都會覺得是一對夫妻加小孩那樣的一家人沒有錯。

說來感傷，真正跟妹ㄚ有比較頻繁而單獨深入的接觸，是在我知道妹ㄚ被易志名家暴之後才開始的。

對於我這個寶貝的異姓妹妹，我是多麼多麼的希望看到她的家庭美滿、每天充滿笑容、幸福的生活著。結果沒想到，這個易志名居然是這樣的在糟蹋我們家妹ㄚ！在第一次發現她被家暴時，要不是妹ㄚ一直哭求我不要管，我很可能會在那時越想越氣的就拿出那把鑲金的短刀去把那個姓易的給砍了——他燙我們家妹ㄚ幾個煙頭燒痕，我就在相對位置剁他幾刀。

而在最嚴重的這次傷害爆發之後，有好幾次我看到妹ㄚ悽苦的神情，都會激起那種幾乎按捺不住的念頭，想去把那個姓易的大卸八塊。還好那時候的阿毓已經回國了，一直陪在我們身邊，她很小心的看管住我的脾氣與衝動；有時候，彷彿就像當年每天載我上下學的母親那樣的小心翼翼。

有一次，易志名的父母跑到妹ㄚ工作的醫院，當著眾多病人的面前辱罵妹ㄚ，還甩了她一個耳光。剛好診間的護理師與妹ㄚ的交情很好，知道她的遭遇，也都認識我跟阿毓，所以她馬上就打電話通知我們兩個人過來。我在小城飆車到台北的醫院比較花時間，阿毓早我半小時就到了。等到我衝到妹ㄚ的診間時，阿毓已經將事情處理好了——找駐衛警帶走易家兩老，她公司的律師顧問也到了現場看看提出公然侮辱與傷害罪的可能，此外，她也透過家族兄長的關係，把醫院的院長找下來協助處理混亂的現場。

那天，妹ㄚ最後仍然堅持要繼續看診，她說，病人專程來就診，她是醫師，她有責任。拗不過她，我跟阿毓只好坐在外面的候診區繼續守著她。結果，一坐下來，阿毓看到我腰間鼓鼓的，把我的外套掀開一看，發現我居然帶著那一柄短刀。當下，她要我站起來跟她走到一個比較沒有人的角落，要我把刀交給她；阿毓將刀收入她的包包之後，瞬即猛然地給了我一巴掌，很扎實火熱的一巴掌，然後狠狠的瞪了我一眼，再氣呼呼的回到候診區的椅子坐下。

我愣了一大下，幹，從我國中之後就再也沒有被人甩過巴掌了，而且這一輩子也只有我媽甩過我巴掌；結果，我今天一個四十六歲的大男人，在這個公共場所被一個不是我媽的女人甩這麼大的一個巴掌！我真的愣了，一下子不知道該如何反應。

然而，在我還沒有想出來該如何回應阿毓這一巴掌的時候，我看到坐在椅子上的她在掉淚。我只好洩掉所有的氣走過去，在她身邊坐了下來，輕聲的跟她說了聲對不起，然後就不敢再吭一聲的陪著她坐著，等候妹丫下診。

阿毓不理我，紅著眼睛微微抽搐著的繼續流著淚。偶爾有幾聲伴隨拭淚的急促鼻涕聲，但都不說話，就一直坐著，維持一樣的姿勢、臉上一樣的悲憾。我坐在她旁邊，一開始完全的慌了，對阿毓這樣的悲傷感到手足無措；後來慢慢地逼自己的心情先停滯靜默下來，這才開始漸漸感到懊悔與害怕。是啊！如果今天不是阿毓早我一步到達現場，依我當時盛怒的狀態，腰間帶著的那一把刀不知道將會惹出多少更大的麻煩，不僅完全於事無補，更會讓一切的一切都變成無法收拾的麻煩。

其實，我不是一個這麼仰賴暴力的人。從我國中脫離幫派之後，雖然那幫兄弟仍然跟我有很好的交情，但是除了妹丫之前的事情以外，這麼多年來，無論我自己遇到多難的事情需要喬解，我從沒有找過他們幫忙解決；我雖然在工作上看起來是個作風強悍的人，但是除了妹丫的事情之外，我也沒有真正動過使用武力解決的念頭。但為了妹丫，我發覺，我可以完全不管使用武力是否正當、是否有任何後遺症，只求有效。

這是很可怕的另一個我。也就在我於阿毓身旁坐著沉思的那個幾十分鐘的期間內，我才真正面對了自己心中對於妹丫沒有獲得幸福的那種絕望式的自責，我恨不得以我的生命來幫助妹丫一次到位解決她所有苦痛的來源，讓她能夠完全脫離帶給她痛苦的婚姻。

那是種贖罪式的驅動力，已經不是單純的只用「衝動」就能解釋的；而是想跳脫，自己的痛苦，跳脫對自己心愛的人無能為力的痛苦。

只是，那種「心愛的人」中的「愛」，是哪一種愛呢？

我不知道阿毓那時候的掉淚是不是因為她完全洞悉了我壓在心裡最底層、連我自己也不知道的情感痛苦之緣由？她坐著，就讓淚水滿溢出眼眶後，沿著前一滴淚水的痕跡流下，在眼淚於下頷處又漸漸凝聚成珠的時候，再用手帕吸乾。

在最後一位病人進入妹丫的診間之後，阿毓站起來，說了聲「我去洗手間」，那時她才正眼看了我一下。眼神中已經沒有剛剛那種氣惱到極致的怒火，換成的，卻是有些無助的悲傷。

我看著她走開，直到見她進了洗手間之後。我站起來，就在兩個人的座位附近來回的踱步著。已經沒有病人了，候診室空空蕩蕩的，才兩個小時前的那些喧囂雜沓此刻變成了無限遠的之前。等一下兩個比我自己的生命還重要的女人都會再聚回到我的身邊，但我不知道自己現在究竟存在哪裡？或許，已經被她們分割帶走了。

第十章

居然在早上七點半就接到阿力學長的電話，這可能是首次這麼早的。學長問我今天中午有沒有空，他要過來小城這邊跟我討論一下昨天下午易志名去找他所談的事情。昨天晚上阿力學長就打了電話跟我說了這件事，只是那時候我還在阿毓家吃飯，妹丫也在，不方便在氣氛歡樂的飯桌上讓她聽到易志名又惹出了什麼禍，所以在那個當下就沒有深談下去，沒想到一早卻變成學長要特地跑過來一趟。

通常像阿力學長這種舊石器時代觀念的人，如果他說要當面談，若不是為了表示慎重與禮貌，那就代表了這是一件棘手又麻煩的事情。

剛好今天我要到T大合作的實驗室去看看學生的工作狀況，所以就跟學長約在台北見面。若是以前（精準的講應該是，「昨天以前」）跟學長約在台北見面時，基本上都是在T大的實驗室內找個兩張椅子就解決了；而今天，因為談的是跟妹丫有關的易志名的事，我想，也應該要讓阿毓知道才對。再加上阿力學長跟阿毓也熟，大家一起見面聊聊算是自然不突兀的聚會，所以我先跟阿毓確認她今天中午有空可以一起吃個飯之後，就跟學長約說到阿毓的公司討論。

雖然表面上理由冠冕堂皇，但其實我心裡（我猜阿毓也是）真正的意圖只不過是想趁機跟阿毓多些見面的時間。

兩個中年熟男熟女，重新談起戀愛來，心思跟二十歲的青澀其實也沒什麼兩樣，只是比較會掩飾而已。

阿毓本來要去訂間餐廳，畢竟對她來說是好久不見的學長親自過來，而且是開了一個多小時的車才能從東部小鎮到達這裡，學妹請學長吃頓好的應該是理所當然。不過學長堅持買個便當邊吃邊談就好，他說大家都熟也都忙，繁文縟節就省了，談正事要緊。儘管如此，當我們進了阿毓公司的會議室時，桌上雖然是便當，不過卻是一大盒超豪華的日式料理拼盤「便當」，氣勢非凡的讓學長不斷的苦笑，不知道怎麼說他這個學妹。

不過還是有省去了那些寒暄的繁文縟節，學長在我跟阿毓兩人對面的位置一坐下來就直接切入重點說：「昨天易志名到我上課的教室外堵我，直接就在走廊塞給我一本厚厚的東西，要我先略為瀏覽一下。我在翻的時候，他跟我說，阿靖應該已經知道那個……那個誰在的……就那個君雅在的那家醫院的副院長的東西也在這本裡面。我一開始不知道他講的東西是什麼，後來翻看了一下他遞給我的那一大本，瀏覽了幾頁之後，大概就了解那是個犯罪記錄簿。」

我有跟阿毓和妹ㄚ提過那個副院長要找我談勒索造假論文的事情，不過沒跟她們提說是渃文告訴我的，只說是醫院的朋友傳話過來；當然，更沒提說那天我載了渃文回台北的事情。倒不是想隱瞞什麼，只是，總覺得提了，除了惹我身邊最在意我的兩個女人不高興之外，對於她們了解這件事情的來龍去脈來說，其實沒有任何幫助。

「犯罪紀錄？」坐在我旁邊的阿毓好奇的重複了這四個字。

「是啊，看起來就是個『造假實驗』的記錄簿。我翻的那幾頁，剛好是T大附屬醫院裡面某位大咖級的教授最近才上新聞的論文。那本簿子裡面記載了論文中的某些圖形是用什麼樣的材料組合跑出來的——不是文章中所寫的材料，而是一些常用作對照或標示的標準品。」學長說到這裡，停了下來，吃了個龍蝦壽司。

「嗯，我聽到的也是說，傳到那個副院長手中的東西寫的也是類似的事情。」說完後，我夾起一塊生魚片沒沾醬的就準備塞進口。阿毓在第一時間將她已經調好山葵的醬油稍微推到我旁邊，我立即就意會過來，把還沒入口的生魚片再放下沾了沾醬，才又重新送入口中。

「誰傳給那個副院長的？」阿力學長邊嚼邊問著。

我這才想到，渃文跟我說的這件事情還沒有跟學長報告過。當下趕快把嘴巴裡面還在切割的鮪魚片快速的硬擠到食道去，讓出工作空間給聲帶，好跟學長說明我被冒名去勒索那個副院長的事情。

在我那段差不多兩三分鐘的說話期間內，阿力學長仍然跟以前一樣，像輸送帶般的把餐盒內的食物一塊一塊的塞入口中，彷彿那些精緻的餐點只是他送進叫做嘴巴的機器裡快速切割攪拌後就得立即轉運入胃的原料，不留承載美味的分子遁入味蕾之內的時間，入口的全都平權為碳氫氧氮加磷等元素的化合物而已；以致於看著他用餐，會讓食物脫離了為什麼需要料理的意義。不過這樣的進食方式，倒是和他邊吃邊聆聽的表情很相襯，那是兩套系統脫鉤的概念：眼睛並沒有看著任何物體的凝注空茫，完全不需要對食物做任何檢視，順便連坐在他對面講話的人都忽略了的不斷從口中進料。

阿毓則是在我暫停進食動作的時候，幫我將餐盒所附的醬包撕開，把醬油倒入小碟中，然後取出擺在我餐盒內一角的山葵醬，放入小碟中與醬油充分混合。之後，再將原本擺在我面前的醬碟拿回她面前，把新調好的那一碟放到我前面。她的動作輕巧而細膩，很小心的躲著我說話時看著阿力學長的視線，盡量讓她的服務不要造成對我發言時的干擾。

也因為我講話時一直注視著學長，所以從他那個慣有的凝神虛空之傾聽表情判斷，我想學長應該沒有察覺阿毓在我身旁這些體貼的小動作吧？即便學長有瞄到了一些，從他毫無變化的表情和等速的進食動作，應該也是過目即忘，不會多想什麼吧？我在心裡這樣的暗忖著，莫名的一直緊張著。雖然我努力的說服自己即便讓學長看出些什麼又如何呢，我不是已經不管我個人毀譽了嗎；更何況，這些吃飯時看似親暱的小動作，即便在我跟阿毓還沒有進入新關係之前，其實她也有可能會如此貼心地做。

阿力學長不是第一天認識我們，他應該不會多想的，吧？

阿毓把醬碟都歸位後並沒有接著吃她自己餐盒內的東西，雖然手上拿著剛剛拌山葵醬油的筷子，她仍是偏側著頭看著身旁的我。這讓我更加不自在起來，感覺上身體已經有些僵硬，拿著筷子的手心也開始冒汗。我不知道阿毓此時心裡想的是什麼，難道她不會覺得以我們現在還是眾人眼中的外遇不倫關係之處境，得在外人面前小心兩人互動的樣子，以避免引起無謂的流言揣測；還是，她已經完全豁出去了，決定不管世俗的任何看法？不過，也或許有可能，僅僅因為對面坐的是阿力學長，她仗著對學長的熟識與信賴，認為即便讓他知道了也無妨的放心，所以放鬆自己在此刻對我的嬌態，休息一下已經很累了的假裝。

「這樣啊，易志名真的開戰了。」阿力學長聽我講完的同時，吞下了口中的生魚片，並隨即下了這樣的結論。

我在學長話語停頓了一下之時，沒看餐盒內的就搶時間夾了個壽司送入口中，除了作為不用迅即答腔的藉口外，也希望阿毓能將視線拉回她自己的餐盒，以緩解一下剛剛親暱動作帶來的心虛緊張。結果在壽司將要咬下的瞬間，阿毓「啊」了一聲同時地伸出手想要阻止我；不過來不及了，透過舌頭、牙齒與嘴唇共同的詮釋，我咬到了一個包著保鮮膜的花壽司。

阿毓用著好氣又好笑的眼神白了我一眼，拿起我餐盒的蓋子遞到我下巴附近，嘴裡叨唸著「慢一點啦，這麼急」。我急忙地接過她手中的盒蓋，先將壽司吐出來，再用筷子將保鮮膜挑開後，聚一聚散掉的花壽司，然後再以扒飯的方式重新送入口。阿力學長看了一下我的窘態，稍微笑了笑，沒什麼特別表情，等我將散掉的壽司都送入口中後，繼續說著：「易志名昨天是要我轉告你，希望你想辦法勸武雄的妹妹撤掉所有告訴乃論以及離婚的官司，不然的話，他會用這些東西毀掉你和武雄的妹妹兩個人。」

「怎麼毀啊？這很容易就可以說清楚的啊！那些爆料內容又不干阿靖和妹丫的事！」阿毓才剛剛夾起一塊握壽司，旋即又放下的看著學長回應說。

「哈，沒錯，妳問了跟我昨天問他一樣的問題。」

學長剛剛在阿毓說話的極短時間內又解決掉一塊壽司，沒幾分鐘，豪華日本料理組合在他的餐盒中只剩下一尾炸蝦了。

他在喝了一口水之後，繼續說：「我跟他說，我相信我們郭家兄弟示靖不會有任何一篇文章在你那本記錄簿之中，同樣的，我對武雄的妹妹也信得過。我說，他們都沒有請你幫他們造假，你要威脅他什麼？結果，他就這樣回我說，『我自然有辦法讓一堆大老主動去對付郭示靖，他之後不用想在台灣的學術界再立足下去了；然後那個賤女人也別想在醫院再待下去，我還有照片，即便她想仗著黃蓉毓罩她也沒有用。』」

聽到這裡我整個火氣都上來了，先是「幹」了一聲的放下筷子，但又覺得不好在這裡發火，只好拿起熱茶喝了一口。阿毓被我那聲「幹」驚擾到，她嘴裡還咬著剛半送進口中的壽司，還沒全入口，就轉過頭來皺著眉頭瞪了我一下。我被阿毓那具有殺氣的眼光震懾到，只好再喝一口熱茶。

阿力學長倒是很習慣我這樣，表情仍然維持著一貫像是自言自語的沉思狀說：「的確很幹沒錯，我跟他說，你嘴巴放乾淨點，武雄學長的妹妹就是我的妹妹，你再賤一聲，那就什麼都不用談了。結果，姓易的說，隨便你們，反正你就告訴那個郭示靖，上禮拜那次只是個警告，如果他繼續要煽動我老婆，那就不要怪我手下不留情。」

學長停頓了一下，稍微仰著頭望向更深的遠方，同時右手指在桌上輕輕的敲了敲；左手猶豫了一下，頓了一頓的還是拿起熱茶喝了一口。我跟阿毓雖然對學長突如其來的沉默感到有些奇怪，不過都沒有說話，就繼續吃著我們的壽司。

「我雖然不是精神科醫師，不過教了快二十年書看了不少學生、也做了好一陣子精神疾病相關的基礎研究，我的直覺，那個易志名已經有問題了，精神。或許幻聽、妄想，也許就是思覺失調；總之，那個眼神不對，絕對不是一個正常的人，即便是有些偏激的正常人也不是。很不對。」說完，學長深嘆了一口氣，拿起筷子，迅雷不及掩耳的就把整尾炸蝦塞入口中，然後轉瞬間已經送入了他的食道。

學長收回在虛空中的目光，轉回來看著我，說：「我跟他說，我會找你談這件事，但請他自己要搞清楚，損人通常都是不利己的，趁著錯誤還不是無可收拾的時候，停下來好好想想更和諧的方式才是解決之道。」學長忽然搖搖頭、笑了笑，補了一句：「結果那個易志名怒氣沖沖的回我說，我他媽的管他利不利己，今天他們擺明了就是要逼我到絕路，沒醫生可當、沒兒子可養，反正如果我一無所有，他們也要陪我一無所有。」

學長說完，又喝了一口茶，眼睛又望向虛空。我跟阿毓都沒有接著答話，我無意識的繼續嚼著那塊嚼很久的壽司，都變成食糜了，但一直忘了吞下去。

幾秒後，學長又望回了我，臉色更嚴肅的說：「如果那個姓易的要用來對付你的招數就像那個副院長收到的那樣，其實就沒什麼好怕的，只不過將來處理起來很無聊，煩一點而已；我比較擔心的是，他說的照片到底是什麼照片？如果……如果……如果是像裸照或是什麼……什麼……就那些跟道德有牴觸的照片時，那就相當麻煩了。」

學長在「如果……如果、什麼……什麼」這幾個字結巴的時候，眼睛很短暫的巡望了一下阿毓後又轉回來望著我。那瞬間，我看到阿毓的左手指不安的捏了一下右手指，而我自己的心頭也猛烈的撞擊了幾下。

「阿毓啊，我想阿靖跟我都不方便問武雄的阿妹ㄚ這樣的事。妳能不能跟阿妹ㄚ確認一下有沒有這方面的疑慮？」

「喔……好……嗯……我今天晚上再找機會跟妹ㄚ聊一聊。」阿毓剛剛處於一種若有所思的恍神狀態，忽然被學長點名了，一下子有點結巴的回答著。

「其實我最怕的是，阿妹ㄚ是在不知情的狀況下被偷拍。就怕說易志名在家裡偷裝針孔，偷拍了一些他平常跟阿妹ㄚ夫妻間的那些事的畫面，然後再做些惡意的剪接後，就會成為具有殺傷力的武器。」

學長的表情已經嚴肅到整個眉頭都糾結起來了。他伸手再拿起眼前的茶杯，發現空了，於是又放下。我跟阿毓都在同一時間看到了，也幾乎同時起身要去拿茶壺為學長添茶，不過阿毓坐得近先拿到了。在她為學長倒茶的同時，我在坐下後接著學長剛剛所談的，語調略微激昂的回說：「如果那傢伙真的敢這樣做的話，我一定劈了他。」

才說完，我立即警覺到又說溜嘴了。阿毓的眼光果然馬上又投射過來，只是這次不帶殺氣，變成的是透露著無奈的緊蹙。那感覺，就像是我媽那時候對於怎麼罵都沒有用的那個青春期的我，所望著的那種不知道該怎麼辦才好的眼神，如出一轍的。

「如果他真的這樣子幹了，你事後把他劈成十塊也於事無補。」學長一邊接過阿毓遞給他的熱茶，一邊對我說了這兩句之後，就停了下來喝口茶，再緩慢地放下茶杯，轉而望向阿毓說：「阿毓啊，妳在跟阿妹ㄚ談這件事情的時候，只需要先確認有沒有她知情的問題照片或影片。先不用談到我剛剛說的那些可能，那些已經是過度延伸的猜測了，或許不會發生，不需要造成她過度的焦慮。」

阿毓點點頭說：「嗯，好，我知道，謝謝學長提醒。」學長又嘆了一口氣，說：「希望沒有什麼照片，都只是那個易志名妄想出來的。」

學長本來像是要接著說下去，不過在語句的短暫停頓時，阿毓立即接口回道：「但如果照片是他妄想出來的，那他就有可能妄想出其它更糟糕的東西，到時候，我很怕他會有更激烈的暴力行為！」

阿毓這樣一說，馬上又激起我想要再慷慨陳詞些以武制武的憤慨，不過話到嘴邊就忍住了；再怎麼說，我已經不是那個青春期怎麼罵都沒有用的少年了。

「的確，我昨天見過易志名之後，心中也有這樣的疑慮。這個沒辦法，現階段只能妳跟阿靖兩個人再緊繃一陣子，幫阿妹ㄚ多警覺些。怎麼說呢，目前只希望那些官司能夠進展的快一些，看看能不能趕快把易志名關一陣子再說。」對著阿毓說完這幾句之後，學長接著轉過來對著我說：「倒是，我在想，至少現階段，他是先選擇對付你，所以大概還不會有立即的暴力危險。所以我們得先想想要怎麼適當的回應他初步的這些攻擊。」

雖然我面前還有半盒的食物還沒有動到，但此時的沉重讓我沒有任何去夾取它們的慾望。坐在我旁邊的阿毓應該也是，筷子擱在食物剩得比我多的餐盒上，只端著那杯熱茶小口小口的啜飲著，宛如祝禱般的凝神在液面的起伏。

我們都沒有答話。約莫幾秒，學長又開口了：「那個副院長的事，你打算怎麼回應？如果他真的親自來找你的話。」問這句話時，學長還特別前傾了一下身子靠近我，並搭配著指著我的手勢。

「就跟他說，那不是我。冤有頭、債有主，我會叫他直接去找易志名。」

「可能要更細緻些。這些學術界中所謂的大老，要的不僅僅是知道誰幹的；對他們來說，可能更重要的是，他要確認這件事情不會被端上檯面。」學長停頓了一下，把茶杯移近到他面前，並沒有立即就拿起來喝，只是用著左手的幾根指頭緩速的旋轉杯子。「基本上他們會被易志名連名帶姓的抓出來，一定有鬼大概是錯不了的事情；即便造假不是他們自己幹的，也一定是他的黨羽幹的。所以在危機控管上，不讓這些指控變成真正的醜聞，才是他們的當務之急。」

「學長，那您覺得阿靖要怎麼做才好？」阿毓說這話的時候我偏過頭去看了看她，卻發現，好像看到了那位憂心忡忡、正跟我國中導師說著話的媽媽。

「這得要知道易志名的那封勒索信是怎麼寫的才能夠比較精準的判斷。不過我們可以先這樣想，如果我是那個副院長，我會怎麼樣來判斷這封信對我的殺傷力到底有多強，然後我要用多少力道去處理？好，首先，不管那篇造假論文是他自己或是他的黨羽幹的，第一個步驟他一定會去找當初幫他造假或者接洽造假的那個人問清楚，看看是誰洩露了這麼詳細的『業務機密』給第三人知道，對吧？所以，我想，易志名既然能夠拿得到那麼詳細的資料，如果他不是造假集團的主要人物，也一定參與過那個集團的某些核心事務，是吧？因此，客戶端既然被坑了然後來強力質問的話，那個集團內部一定會自己清查一下，屆時，即便你不跟那個副院長說出易志名這個名字，他過不了多久也一定會知道的。這部分兩位也同意吧？」

阿力學長雖然一口氣說了這一串，不過跟他平常講話不太一樣，剛剛說話的速度明顯地放慢，一字一字咬的很清楚的說著，不像平常有如他吃飯那般的劈里啪啦。我跟阿毓兩個人很有默契的同時點了點頭，對學長剛剛的「對吧？是吧？同意吧？」均表示贊同。學長在我們點頭的同時，看到我們兩個人的餐盒裡都還剩下大半盤，就先插了一句：「你們邊聽邊吃。生的，放久了不新鮮。」然後自己端起茶來喝了一口。

「好，如果剛剛的推論大家都同意，那麼，如果我是那個副院長，我還會想去理一個沒有聽過名號的郭示靖嗎？因為照常理推想，不會有勒索別人的人一下子就明白的亮出名號嘛；顯然的，那個郭示靖是被借名來用的，連車手都說不上。好，如果是這樣，假設那個副院長居然還親自跑來找阿靖談談，那會意味著什麼呢？」

說到這裡，學長的眼神從我們兩個人的臉上漸漸的往右上方飄過去，回到以前慣有的那種直視虛空的角度。說實話，這個時候我跟阿毓才比較能夠放鬆的夾一夾壽司，畢竟學長一臉鬍渣專注看著人的神情，實在是嚴肅到讓人沒胃口。

沒等我們答話，學長停頓了一下之後，繼續說：「如果他來，那顯然的，他認為阿靖對他來說仍然會是個威脅。但是，阿靖既然不是那個掌握他造假證據的人，那阿靖對他會有什麼威脅？」學長再度停了下來，右手指又開始在桌上輕輕的敲了敲，連同左手的幾根指頭緩速旋轉杯子的動作又出現了。看來，是陷入很費心的思考中。

「可能他還是認為阿靖手上真的有那筆爆料的證據。」阿毓用著嘴巴裡面還有未吞下的東西之含糊聲音接口說道。

「如果在T大的造假事件發生之前這樣想，或許有可能；但在T大的造假事件發生之後，台灣的學術界已經為造假者示範了一個標準的擺爛程序。我如果是那個副院長，絕對不會只因為一個路人甲拿了分所謂的證據說要指控我，我就得乖乖的去就教他。」學長輕咳了一下，調整了一下坐姿，又回到面對著我們的姿勢；我只得趕快把夾到一半的壽司加速塞到口中，調整成晚輩該有的標準聽姿。阿毓倒是沒有我這麼的狗腿，只是眼神望向學長，手上的筷子仍然優雅地再夾起一塊壽司。

「這套擺爛程序的精髓是，看透了台灣的官方，包括學校、教育部、科技部都絕對不會想要徹查這類的事情；只要輿論沒有持續強力放送——是持續加強力喔——如果沒有，官方不會查，或是，頂多查了大事化小、小事化無。而且只要你是中老以上，還不用到達大老，台灣的學術界也沒有人能耐你何，計畫照拿、獎照得。所以，如果今天只是阿靖這樣一個在一所小學校內的小小副教授，就算他擁有造假者親手簽名的契約書，他仍然不會怕你，搞不好還會變成是你捏造證據誣告他。」

講到這裡，學長深深的嘆了一口長氣，然後笑笑說：「不用說阿靖，我自己也是，只不過是在一個小地方的小學校任教的小教授而已。要不是當時我身上還有一個歷史悠久、素有名聲的科普雜誌的總編輯頭銜加持著，那些什麼校長、院士、大老，以及各式天才獎項的得主，也照樣只會把你當個屁，然後在圈子內揉一揉就可以把你給下放了。」

「所以，您是說，您可能也被易志名寫到那封勒索信裡面去了？」阿毓忽然放下筷子說。

「呀，阿毓果然冰雪聰明！我是這樣猜沒錯。」學長邊笑邊又拿起茶杯喝了一口。

「倒不是我自抬身價，而是，就論文造假這種事情來說，如果要再有第二次大規模的輿論事件，除了我們的刊物有那個不計銷售、不怕打壓以及專業評論的本錢去處理之外，其他台灣的媒體大概都不會有此興趣、也沒有能力對這類事情做持續深入的追蹤報導；了不起，上個兩三天版面、談些表象的問題就很不錯了。我雖然已經離開了總編輯的位置，但短時間內許多人，特別是那些沒有每期看我們刊物的人，大概都還不知道、還是會把我的名字跟刊物的總編輯連在一起；也就是說，如果在他的勒索信件中提到說那個總編輯會特別注意這件事情的話，那麼勒索信所帶給那個副院長的壓力來源，就不是阿靖，而是我操盤這分刊物所能夠發揮的攻擊力道了。」

學長還是一字一字慢慢而清楚地講，以他少見的嚴肅神情。在這個段落說完之後，他先停頓了一下，將剛剛一直拿在手中的茶杯放回桌上；深呼吸了一口氣，稍微的擴了擴胸，伸展一下，然後又坐回面對著我們的姿勢。

「而易志名知道我跟阿靖的交情，也一定知道阿靖之前在幫我處理T大的論文造假案，不然，幾個月前他不會特別要求阿妹丫求阿靖來跟我關說。以易志名的角度來看，如果把我寫到那封勒索信裡面去的話，是可以合理化很多事情的。首先是資料取得的來源。反正在當時T大校園內那麼肅殺的環境中，那個總編輯還是有很多管道可以挖到許多的內幕消息，所以他能夠取到你這個副院長造假的資料，也不過就是剛剛好而已。」

學長越講聲調越顯激昂，說話速度也變得越來越快，連帶著右手指敲擊桌面的力道也就越來越強。不過他的視線也越來越往上虛空而去，對我來說，感覺上壓力反而比較小了一些。

「然後，他叫一個兄弟來當他的白手套，這也很合理啊！反正之前在T大的事件中，那個總編輯就已經被許多人認為有檯面下的利益交換，不然，你看，那麼多人被揪上PubPeer公審，但他老兄就只針對T大攻擊而放過其他學校，這不是很明顯嗎，一定有被某些人收買了嘛！因此，他今天找替身來跟你要錢，也不過是件正常的交易而已，剛好落實了那段時期大家對那個總編輯的指控。所以，如果易志名在信中略為曖昧的陳述出這一點，讓對方想像要錢的不是郭示靖，而是那個叫做阿力的總編輯的話，他自己就有機會甩掉被懷疑是洩密者的可能。」

學長再度長嘆了一口氣，下了個總結：「如果我是易志名，我就會這樣處理。雖然有風險，但是完全合乎世俗人的世俗想像，沒有違和感的合乎邏輯。」

我聽得有點瞠目結舌，阿毓則是頻頻點頭；我的餐盒中還有三個壽司，阿毓只剩下一個；顯然，她比我沉著多了。今天看著她，不知怎麼的，就一直想到我母親。

「啊，那，學長，我要怎麼辦？如果那個副院長真的親自來找我的話。」我將自己從詫訝中拉回神來，問了個重要的問題。

學長沒有立即回答，右手指還是一直敲擊著桌面，不過力道明顯變小了，整個人的樣態也回到了較平和的舒緩狀態。看得出來，在談到別人對於他在那段揭弊期間的閒言閒語，他還是相當在意的。

「我在想的是，關鍵還是在於易志名手上有沒有任何足以傷害阿妹丫的照片。阿妹丫的處境是我們首要考慮的東西，在還沒有弄清楚那傢伙說的照片是真是假之前，也許我們需要營造一種假象，讓易志名覺得他冒你之名去爆料是一件有效的事情，以此來爭取一些時間，看看是否有其他可能的管道，去釐清楚照片的威脅程度。也就是說，或許是在官司上我們需要做某種條件上的退讓，或者是……你要有某種程度的犧牲，讓他感覺到你因為他的爆料而被真的修理了。以這樣來確保他不會轉而去對付阿妹丫。」

「妹丫的權益不能做任何讓步，一退的話，她可能又會被逼回那個痛苦的原點。但，我要怎麼『犧牲』呢？我總不能去跟那個副院長說，求你修理我吧？」說完的時候，我才發現，原來我已經沒有看著學長說話，而是不自覺的轉而面向阿毓。

在認知到我轉頭的瞬間，才發覺到我已經在心裡不知何時的設下檢查哨，警告自己不能再那麼自由的為妹丫不計後果的挺身而出了；而是，妹丫的身份已經是『阿毓之外的另一個女人』，以前所有看似理所當然的作為，現在都要自動的重新檢視，考慮到阿毓的感受，接受我們新關係的節制。

儘管這兩天我跟阿毓的關係忽然有了關鍵性的轉變，但阿毓並沒有在任何談話、任何作為給我任何關於該如何節制我與『阿毓之外的另一個女人』相處的明示或暗示；特別是對於妹丫，阿毓仍然是毫無保留的愛護著，沒有表達過任何對於我跟妹丫獨處時的疑慮，而且，還更進一步的，真的把妹丫當作是親妹妹。那天在阿毓家吃飯，黃媽媽很疼惜的牽著妹丫的手說：「我們家蓉毓沒有親姐妹，難得妳跟蓉毓這麼的投緣，我跟黃爸爸也都很喜歡妳，不然就這樣，讓我們佔點便宜，妳就認我們當乾爸乾媽。」阿毓在旁邊一直猛點頭，黃伯伯則是開懷笑著的摟住小寶呼應說：「再加一個乾外孫。」

在那個非常溫馨的當下，妹丫感動掉淚的點點頭，樂得兩老也開懷到一起掉淚；阿毓過去抱著妹丫，也是大顆小顆的，眼淚。

只剩下我一個局外人。我的身份從那一刻起真的從妹丫的哥哥，變成了妹丫的姊夫。而在我的自己所遵守的倫理中，那就是個要注意分寸的身份了，就跟我弟弟的太太是一樣等級的分寸。

「學長，您有實際的建議嗎？」阿毓心疼地看了我一眼，轉而面向學長問說。

「我想，不管那個副院長有沒有來找你，你可以先寫個 e-mail 給易志名，就說不要以為一個什麼副院長的就能夠讓我屈服，了不起就沒有科技部計畫而已，沒什麼了不起的，你有種，就叫所有的大老一起來對付我。看看這樣會不會激一激他，讓他去爆更多造假者的料，而不是爆阿妹丫照片的料。基本上，這些造假者的料如果被越爆越多，那麼，自然就會有人去收拾他，不用我們動手了。」

學長低著頭，看著桌面說話，彷彿，那上面浮著講稿似的；雖然語氣平緩，但聲音非常的蒼涼無奈。我能理解，兩害相權取其輕，在妹丫和易志名之間，他只能選擇犧牲易志名。

「如果那個副院長真的來找你，你只需要裝無辜的什麼都不知道就好。如果他真的有提到我，那你就跟他說，你真的不知道，請他直接來找我。你可以把我的手機號碼給他……武雄昨天來拜託我……我得撩下去了。」

學長說完，抬起頭看著阿毓，很疲累的定格住脖子的傾斜角度後，問說：「有咖啡嗎？」

第十一章

易志名的三姊忽然急著要跟我見面，倒是讓我感覺到很意外。本來不想跟她們家的人有所瓜葛，不過由於她說是跟妹丫權益有關的事情，而且在易家的所有人之中，這位三姊算是對妹丫比較友善的一位──妹丫說，自從她離開了那個家之後，也只有這位三姊主動跟她表達過關切之意，並且為她弟弟的暴行感到羞恥與抱歉──也因為這樣，我答應在今天下午的第六節下課後，在學校裡面的咖啡屋跟她碰面。

易志名是老么，上面有三個姊姊，大姊是T大醫學院的教授，前些時候名字也被搬上PubPeer灰頭土臉了一陣子，不過目前暫時用勘誤止住了血；二姊是個國中校長，聽說她的先生是教育部裡面的高官，所以之前易家二老就是用這個女婿來威脅我的。這位三姊跟我同樣年紀，在台北市的明星高中任教，教的也是生物；先生好像也是政府部門裡面簡任級的官員，不過我沒有特別記得是在哪裡任職就是了。

昨天其實是有點煞風景的接到她的電話。昨晚我跟阿毓在妹丫家吃飽飯離開之後，由於阿毓的爸媽被她二哥接到台中去小住兩天，她不用趕著回家當乖女兒，所以我們就直接把車開到礁溪的溫泉旅館，趁機享受一夜難得的兩人世界。然而在我們剛進到房間內，熱情地擁吻才正要開始時，手機就響了。本來不想理會，不過怕會不會是妹丫出什麼事情要找我們，所以還是勉強的接了。就這樣，敲定了今天的見面。

上午從礁溪直接把阿毓載回台北的公司上班，臨下車前，她還特別叮嚀了我跟對方談話時先不要有火氣，尤其是這陣子易志名又出了新狀況，所以我們更要沉住氣，謹慎小心的判斷對方找我們談的意圖才行。

是啊，這陣子聽到易志名所發生的新狀況內幕的確不單純。一個是上週他被一位女病患指控在看診時對她性騷擾，這件事還上了當天晚間的各有線新聞頻道；另一件事情雖然還沒有上新聞，但可能更嚴重些。根據幾個不同管道傳過來的消息說，調查局四天前去搜索了易志名家裡與辦公室，扣押了一大堆東西搬回調查局當證物；還聽說是他任職醫院的政風單位接獲檢舉，發現易志名跟廠商間有不正常的金錢往來，所以主動通報檢調單位進行調查。

雖然這些事情看似發生的突然，但我跟阿力學長電話談過之後，兩個人一致認為這些事情應該都是經過安排的，包括那個被性騷擾的女病患，也很可能是「主動」被性騷擾的。不然怎麼會就那麼巧，診間的護理師忽然被叫到院長室，然後那個女病患放在桌上的手機就那麼巧的剛好開了錄影模式，而且居然沒有收到聲音的只錄下影像。更不可思議的是醫院還超正義到於兩天內火速召開性騷擾調查委員會，並立即通過記一次大過懲處。

我跟阿力學長也都認為，這兩件事情，應該跟易志名這陣子到處以我之名去恐嚇勒索那些在造假清冊中列名的人物有關。這段期間，光是用電話或是電子郵件聯絡我，要跟我「談談」的，包括渃文任職醫院的副院長在內，就有三個醫院的院長或副院長、兩位中央研究院院士、兩位大學校長跟三位曾任或現任大學醫學院的院長。說實話，我還真的被嚇到了！倒不是被這些大人物施壓嚇到了，而是，這個國家的學術菁英高層，怎麼會充斥著這麼多不堪聞問的人物啊！

而且，的確如阿力學長所猜測的，這些想找我談談的人，在我表明無辜說我什麼都不知道的時候，還是很不死心地繼續問我說，是不是認識那個名號是總編輯的那個人？他們都說這其中實在是有些誤會，因此必須要跟總編輯親自解釋一下。所以我也就依照學長之前的指示，直接把他的手機號碼給那些人模人樣的大老們。但是阿力學長到底是怎麼樣應對他們的，我並不清楚，我只知道接下來，那些大老們就沒有再來煩過我了。

我曾經在電話中問過一次阿力學長到底是如何應對那些人的，很擔心學長會不會承受過多不必要的壓力。學長並沒有給我什麼明確的答案，只是輕描淡寫但又沉重異常的說：「人做了壞事就會疑神疑鬼的，說人說的話他們聽了反而會更疑神疑鬼，所以我就說些人話讓他們自己嚇自己；很有趣的，什麼院士、校長、院長的，反應都靠北的很有趣，幹！只不過，我想，對易志名還是殘忍了些。唉！算了，你保持無辜就好，我欠武雄人情，他要我怎麼幫他的阿妹ㄚ，那是我該還的，你不用牽扯進來。啊，還有，不要告訴阿妹ㄚ我也參一腳在這件事情當中，這個小女生善良又敏感，不要讓她的心理壓力太重。」

雖然我聽不太懂阿力學長後面講的那一段有關於武雄學長的敘述，不過我也不太敢追問下去，因為學長講這段話的時候，語氣嚴肅到很滄桑，就是擺明了不准你再問的那種音頻。倒是他用『小女生』一詞來指稱已經四十二歲的妹ㄚ讓我愣了一下，不過想想也是啦，阿力學長小武雄學長一屆，算算大了妹ㄚ七歲；七歲，也就是說他大學畢業時，妹ㄚ才剛要上高一而已。

我在下午三點十分左右到了在學校內的咖啡屋，易家三姊已經在裡面了。雖然曾經在妹丫的婚禮中見過一次，不過那已經是十多年前的事情了，早就記不得長相。不過在一個沒幾位客人的咖啡屋之中，還是可以一眼就認出那是易志名的姊姊，因為長相頗為神似，很好認。她是個跟妹丫一樣纖秀身形的女生，裝扮得很素淨，從門口跟她有些距離的遠遠看起來，稱得上氣質高雅，直觀上就會讓人覺得應該是位老師或是作家什麼的那種身份。在我進了門走沒幾步路之後，易家三姊就從低頭滑著手機的姿態抬起頭望向我這邊，然後起身往前略走了兩步，算是禮貌性地迎接。在她站起來的瞬間，我有注意到她的長裙未遮住的小腿上，有大片紗布包紮著。

簡單的寒暄後，我就省去了所有客套，直接問說她的來意。

「郭老師，是跟韻慈有關的事情，而且是很嚴重的事情，所以我才會急著過來找您，商量看看怎麼處理比較好。」『韻慈』是妹丫的名字，妹丫妹丫的叫久了，忽然間聽到有人叫她韻慈，一下子差點意會不過來。

「請直說。」

「是這樣的，昨天下午接近傍晚的時候，調查局又將我弟弟找過去問話，我請我先生的一位律師朋友先陪他去，後來我先生也親自過去一趟了解狀況。喔，我先生曾經在與檢調相關的部門工作過，有些熟人。後來才知道是檢調從我弟弟被扣押的筆電中，發現了不少的影片，唉，這實在是……怎麼說呢……大部分都是男女在做那件事情的時候拍的……男的是我弟弟……檢調說，因為從拍攝的角度以及被拍的女生的表情看起來，女生應該不知情；而且在電腦中還發現有些剪輯過的影片，專挑那些只有女生清楚的畫面合輯起來。檢調認為可能有受害者在不知情的狀況下被偷拍，所以昨天找我弟弟去問話，問了半天，才知道，那些被剪輯的影片中的女生……是韻慈。」

聽到這裡，我整個怒火旋即湧上，但瞬間又想到現在不是發怒的時候，得趕快想想怎麼處理比較妥當。在我拿起手機準備打電話的時候，易家三姊立即開口說：「你先不用急，昨天檢調問了很久，應該確認了我弟弟並沒有把影片散佈出去。我聽我先生說，檢調會再詳細的清查其他影片，並確認是否有流出。這兩天，也許就會找韻慈過去協助調查確認。我不知道怎麼跟韻慈說這件事情，所以才想說先找你商量。」

「易小姐，就這件事情嗎？還有沒有其它事情？」我依照阿毓所叮嚀的，先盡可能地讓自己維持至少不發火的狀態。

「我們真的對韻慈很抱歉……」

「抱歉就先不用說了，還有其它事情嗎？」

「我……我們會盡可能的來確保那些影片被銷毀，真的很抱歉。」

「好，如果只有抱歉要說，那今天就先到這裡為止。我需要緊急聯絡一些人來幫忙處理這個狀況，確保我妹妹的名譽。易志名的帳，我以後會跟他算清楚。抱歉，我先告辭了。」

我不管怔在那邊掉著眼淚的易家三姊，逕自掉頭快步地走出咖啡屋。第一通電話先打給阿毓，阿毓聽完後立即說她會直接去找妹ㄚ陪在她身邊；第二通我打給阿力學長，學長聽完後，說他會跟一位女性的律師聯絡，她是學長以前社團的學妹，處理過不少此類的案件，他問看看能不能請她幫忙；另外，學長要我請我認識的檢察官幫忙再確認打聽一下，看看現在的狀況是否真如易家三姊所說的那樣。

的確，得趕快了解一下檢調那邊的狀況到底進展到什麼程度。易家三姊夫如果與檢調方面很熟，那我們這邊更不能掉以輕心，以免他們動了什麼不乾淨的手腳干擾調查。

易志名貪不貪汙或者有沒有性騷擾別人，那都不重要；最重要的是一定得確保那些拍到妹Y的影片必須要在這個宇宙中完全消失才行。我馬上撥了電話給擔任檢察官的大峰學長，當初妹Y是他救出來的，這次請他務必再幫忙一次。大峰學長聽完我的陳述後沒有多講什麼，只是沉穩的說了：「別急，沉住氣，那些影片我會親自去了解，該處理的我會處理。」我知道，這已經是超夠義氣的回答了，雖然我知道這樣的拜託有些強人所難，但事到如今，我也只能硬著頭皮的說：「學長，大恩不言謝了！」

才放下電話，阿力學長就又來電話了，他要我先叫阿毓親自去跟妹Y說這件事，不要讓調查局的人告訴她；然後要阿毓暫時陪在她身邊，免得出事情。另外，他說那位律師學妹答應幫忙，等等他會傳她的聯絡方式給我，要我今天就安排妹Y跟那位律師學妹見面，她會指導我們接下來該怎麼做。

電話末了，阿力學長說：「說實話，目前是最理想的狀況，我等的就是這種狀況了，沒有比這種狀況更能夠全盤的處理那些照片影片了。你跟阿毓要沉住氣，按照律師的指示去做，我們就能確保那些照片影片通通都被幹掉。我唯一擔心的只是阿妹Y的身心能不能撐得住，這點你跟阿毓一定要非常小心。看看能不能你們兩個誰這陣子跟妹丫一起住，守著她。她得好好的，不然所有事情就都沒有意義。」

「喔，好，謝謝學長提醒，我會跟阿毓商量。」

「還有，你要記住，這次不要動刀動槍的，以免節外生枝。這次的麻煩，只有公權力才能幫我們解決。佈局到現在要收網了，得沉住氣。」

「好，謝謝學長。」

「幹，要謝也是武雄來謝我們。媽的，丟給我們這麼大的事情。」

在我掛上電話後，並沒有立即走進停車場。因為剛剛我在跟阿力學長說話的同時，就看見易家三姊一拐一拐的急著走過來，然後停在十公尺外的地方站著，等著我講完電話。看她一臉焦急拐著走路的樣子，也實在是令人不忍心，因此我在掛上電話後，就主動的往她那邊走過去。

「易小姐，還有什麼事情嗎？」

「郭老師，等等如果您見到韻慈的時候，請跟她說，我們家一定會盡全力的確保那些影片被銷毀不外流，請她放心。還有，我弟弟犯了這麼大的錯誤，事到如今，我們除了羞愧抱歉之外，已經不敢再奢求什麼了。今天中午我出門前，我父母也託我向您們表達歉意，他們也說不管是離婚或是孩子的監護權，一切都依照韻慈的意思去做，他們不會、也沒有立場再有任何反對了。」

我一邊聽著，一邊警覺著易家三姊那越來越慘白的臉色，看起來搖搖欲墜的身子，好像隨時會倒下去的樣子；她小腿上的紗布，感覺上也有明顯的血漬擴大。

「易小姐，妳還好吧？要不要到我們學校醫務室休息一下，換個紗布？」

我沒有等她答話，一個箭步就跨過去把她扶住，接住差點倒下去的她。雖然她還沒有到昏倒的程度，但看起來已經是體力耗盡的樣子。我攙扶著她到路旁樹蔭下的石階先坐著，問她需不需要去一趟醫院？她搖搖頭說，她只是太累，昨天整晚沒睡，上午受傷去醫院縫了幾針後就又趕過來，體力上有點撐不住。她說她先坐一下，等等會請她先生過來接她。儘管我急著回台北，但也只好先把她扶回學校的咖啡屋內坐著。

在確認她真的不用送醫，而且已經跟她先生聯絡上了之後，我就準備再度離開。

「郭老師，對不起，再耽誤你五分鐘。有件事情還是要再拜託你。」

我嘆了一口氣，只得再拉開椅子，在她面前坐下。

「謝謝您，就再耽誤一點時間。不瞞您說，我腳上這傷是我弟弟弄的。」我一聽，應該有稍微瞪大眼睛的看著她；她感覺到我的驚訝，略為點點頭表示我的理解無誤。

「昨天晚上我弟弟從調查局回來之後，情緒就非常低落，一個人關在房間裡面不肯出來、不說話也不願吃東西。後來我們覺得不對勁，她姊夫就把門踹開，結果他就開始歇斯底里起來的衝到客廳摔東西，家裡的人都讓他給嚇壞了。他發洩了一陣子之後，在他姊夫的壓制下總算平靜了些，也主動吃了鎮定的藥……他這陣子有去看精神科門診。那時已經半夜快兩點了。我跟我大姊兩個人不敢睡，就一直在他旁邊守著。本來他睡著了，但是早上六點不到又發起狂來，跑到廚房要去砸東西。還好我們有想到先把家裡的各種刀子收起來，結果他還是把碗盤砸了一地。我在拉他的時候被他用力的推倒，結果跌到一個破掉的瓷盤上，割了個大傷口。他看到我滿身是血，也被嚇到了，才又安靜下來。」

我想我的敵意已經消失大半了，對妹Y和易志名這兩個曾經相愛的人來說，基本上都變成是悲劇中的人物了。某種程度，我好像可以明白阿力學長嚴肅到很滄桑的語氣中所說的「對易志名還是殘忍了些」，透露的是什麼意思。

「我跟您說這些，不是想要藉此規避什麼，只是想請您們幫個忙，先暫時緩一緩對我弟弟的一些責任追究，還有一些……一些，該怎麼說呢……我大姊說，我弟弟最近會接連有官司纏身，主要是因為他好像涉入了一個論文造假集團的事情當中，結果，那些被曝光的造假者，都把被曝光的帳算到我弟弟頭上了，所以才會有那些報復行動……我只是個高中老師，不太懂這其中的曲折，不過我大姊說，有很多傳到她那邊的訊息是，我弟弟之所以會受到這麼多攻擊，是那位 Sci-M 月刊的總編輯『操作』的……唉，我不知道『操作』這樣的用法對不對，我想，我弟弟在那個論文的事件上也一定有錯，不然人家想操作也操作不起來。」

易家三姊越講越急、臉上越來越悽楚、呼吸越來越喘、聲音也越來越微弱，有幾度我都必須要略微前傾著上半身很用力的收音，才能正確判斷出她所說的字詞。所以等到她說完這個段落後，我趕緊說了句「不用急，慢慢說」，並以手勢示意她先喝口水緩一緩情緒。但是她搖搖頭，繼續說。

「我沒關係，我只是想說，我們不是想逃避什麼。我弟弟做錯了，他自己就要承擔！但是想拜託你們先給我們一些喘息的時間，先讓我弟弟有機會去接受一些治療，等他恢復了，我們一定會要他去面對該有的責罰。所以，能不能拜託您……我大姊說您和那位總編輯很熟，能不能請您代為轉達……或是說，代為引見由我去當面拜託他，先暫時放過我弟弟，不要在這個時候就把他逼上絕路！拜託您！」

我看著幾乎要跪下來的易家三姊，腦袋轟隆隆的眾聲喧嘩成一片，完全不曉得要怎麼回答這個為了弟弟已經心力交瘁、疲憊到快要昏倒的姊姊真心的請求。我的確相信她是真心的，但是，她弟弟呢？我到底該怎麼回答她呢？在我還不知道該怎麼答話的時候，阿毓打電話過來了，說她剛剛到了妹ㄚ的醫院，正準備要上樓去找她，她怕到時候妹ㄚ撐不住，她沒辦法分身去接小寶，所以要我趕快回到台北來支援接小寶。掛上電話，我的腦海中浮現出小寶稚氣的模樣，瞬間像是獲得了啟示的對著眼眶泛紅、臉色蒼白的易家三姊說：「我會跟家人們再商量，易志名畢竟是小寶的父親，我們了解，也會重新斟酌。很抱歉，我得趕去台北了。」

我離開了咖啡屋，易家三姊沒有再起身追來。還好，我不想、或說不敢再看一次那張悽楚的臉，太沉重了，對所有人來說都是。

開車前，我坐在駕駛座上仔細的把等一下該做的事情一件一件的排清楚順序，然後先打個電話給律師學姊，約好晚上七點到她的事務所；本來還想打個電話給阿力學長，跟他講一下易家三姊的請求，不過臨按號碼之際，又改變了念頭決定先不說，就等等大峰學長的消息之後再來看看是否要暫時放過易志名吧。於是我收起電話，開車，先去安親班接小寶。

結果車子還沒有到達建國北路交流道，就又接到阿毓打來的電話。她說妹ㄚ今天下午沒有門診，所以她們兩個人就先回到妹丫家，在家裡談了這件事。妹丫的情緒還算穩定，現在她們要先去接小寶，因此我只需要直接開車到妹丫家就好了。

我的心裡還是七上八下的。阿毓可能無法了解妹丫到底有多會硬撐，她臉上雖然若無其事，但內心可能已經是十七級陣風了。我一路不安的到了大樓停車場停好車，進了妹丫家裡，阿毓和妹丫已經接小寶回到家了。小傢伙提早下課顯然高興得很，正在客廳打著他的電動；看到我進門，只轉過頭來對我笑了笑而已的又轉回去專心玩著。倒是阿毓和妹丫姐妹倆從並肩坐著的沙發上都站了起來，走向正在脫鞋子的我。妹丫的面容在落寞中更顯得憔悴，鼻頭還是紅紅的，看起來剛剛還是有掉過眼淚吧。她沒有正視我的臉，只是低著頭好像在看我正脫著鞋子的腳，很輕聲的說：「謝謝哥哥，又讓你這樣跑來跑去的。」阿毓站在妹丫身旁，搭著肩摟了摟她；為了不讓氣氛一下子太低迷，我走近前也拍了拍妹丫的肩膀，說：「我只是回家而已」。

進到客廳重新坐好，由於小寶在，我就不方便講太多易家三姊下午所說的事情，只是扼要地說了易家對於婚姻和小孩都做了讓步。這時候阿毓才說就在我進門之前，調查局剛剛已經跟妹丫電話聯絡過了，約了明天上午九點過去調查局協助確認調查。真是及時，我說我已經約好阿力學長所介紹的律師學姊了，她是這方面的專家，等等大家一起過去她的事務所商量此事，也許明天就請律師學姊陪同妹丫一起前往調查局。

「他們連監護權都願意放棄嗎？」在小寶進了廁所，做外出吃飯前的解放準備之時，妹丫忽然這樣問我。

「嗯，她是這麼說的。不管是離婚或是孩子的監護權，她說她父母也同意一切都依照妳的意思去做。」

「志名呢？他自己有同意嗎？」

啊！我像是作弊的小抄在老師經過時剛好掉在地上的學生，一下子連個尷尬的微笑也擺不出來的停愣在那邊。

「哥哥，志名是不是出事了？你是不是做了什麼？不然，他們怎麼會無緣無故的讓步？」

「是他們愧疚吧，連偷拍這種事情都幹得出來，他們應該也沒有臉再要求什麼了吧！」

阿毓站在妹ㄚ旁邊，握著她的手，用眼神示意我不要再說了；我點了點頭，像是對阿毓、也是對著妹ㄚ的說：「我脫離江湖很久了，國二時就金盆洗手了。」一說完，阿毓微笑著嬌瞪了我一下，妹ㄚ也浮出一個淺到幾乎看不出來是笑的嘴唇彎弧，不起眼到如同在嚴寒霜雪的結冰湖面上，迸裂出一道小小的隙縫那樣。

「其實，影片的事情你們不用太擔心我。雖然很震驚，但我知道我要怎麼排遣；我有不少患者經歷過類似的事情，我能夠治療她們，現在就能夠撐住自己。我傷心的是，志名如果不是病了，就是出事了。如果他是因為不愛我了、討厭我了，我可以離開他，沒有問題；或是他有了別的女人，不想要我了，我也會成全他，離開也沒有問題。但是，現在他病了、有困難了，那我怎麼能夠就這樣的離開他！他是我的先生、我的家人；而他病了、出事了。哥哥、姊姊，你們不會因為家人生病了就離開他，是不是？如果有一天我瘋了，做了壞事，你們也不會放棄我的，對不對？」

妹ㄚ的聲音雖然顫抖微弱，但卻溫柔堅定。不只是對家人的責任吧！在妹ㄚ的語氣中、在她像是遠眺著自己內心的難捨表情中，都說明了，她仍然深愛著那個易志名，或至少是，以前的易志名。

「妹ㄚ，事情一件一件來，分開來看。我們先處理好影片的事情，之後再來談志名的狀況。這樣好了，調查局這邊處理到了一個段落之後，我陪妳約志名的三姊出來談一談，好不好？一件一件來，不要急，志名有三個姊姊看著，不會有什麼無法處理的問題。」阿毓從握著妹ㄚ的手變成摟抱著妹ㄚ，湊近她的耳邊很輕柔地說著，柔到像是母親在哄著幼兒入睡的那樣細綿舒緩。妹ㄚ紅著眼眶，微微地點頭，微到淚水只震落了一滴下來。

不過真正能將妹ㄚ的情緒拉回到較為振作狀態的，還是小寶上完廁所的馬桶沖水聲。小傢伙蹦跳出來，立即直接問說要去哪裡吃飯！望著期待晚餐會不會又是一頓大餐而興奮著的小寶，妹ㄚ才破涕為笑的說：「看舅舅啊，看他要請我們去哪裡吃飯！」我把小寶一把拉過來，抱起來在半空中晃一晃，說：「啊，小寶，不行，太胖了，我們只能吃減肥餐了！」小傢伙在半空中手腳亂踢的說「不要、不要」這時，妹ㄚ真的從心裡笑了；阿毓看著妹ㄚ再看看我，鬆了口氣，也跟著笑了。

準時到了學姊的律師事務所，才發現原先幫妹ㄚ打離婚和傷害等官司的鄭律師也在。這實在是有點尷尬，不過學姊沒有等我們開口詢問，就先說了：「鄭律師是我學弟，我們很熟，也都跟阿力很熟。是阿力跟我說鄭律師現在正幫你們處理之前的官司，所以我就請鄭律師一起過來，大家集思廣益一下，我才能夠清楚之前官司的狀況，比較容易作綜合的判斷。」鄭律師看到我們仍然有些不好意思的表情，就接口說：「你們不要想太多，韻慈的事情能夠獲得圓滿的解決最重要，剩下的人情世故是其次；更何況這是阿力學長直接下的指令，跟你們無關。學姊的確在這方面比我有經驗多了，她比我更能夠給韻慈在這方面的幫忙。即便這件事情你們先來找我，不用阿力學長交代，我也會要你們過來請學姊幫忙。」

「好啦，大家不用再客套來客套去的，這種人際關係的眉眉角角，就叫那個喜歡當老大的阿力去負責就好，你們都不要有心理壓力；今天來，官司最重要。來，坐，開始談正事。」學姊很爽朗乾脆的停止我們繼續再尷尬下去。

因為不想讓小寶聽到這些大人之間的麻煩事——小學三年級，聽得懂但無法理解，知道了，只是徒增他的煩惱。所以阿毓要我帶著小寶出去外面逛一逛，不要留在事務所裡面，等一下的討論由她來陪著妹丫就可以了。的確，就處理各種敏感又複雜的人情世故來說，阿毓遠比我這個實驗室宅男來的適合；阿毓之前常說，我這個傢伙，只社會化了百分之五十而已，剩下的百分之五十都還是未經人事的純真。對於阿毓的建議，妹丫也用「謝謝你」的眼光看著我點了點頭，表示她也贊同的請我幫忙帶著小寶出去。所以，我帶著小寶出了事務所。

小傢伙高興得很，畢竟不用在裡面枯坐著，而且跟我這個舅舅出來，至少好吃的一定會有。但是這一走到底是三十分鐘、一個小時或是兩個小時？一下子我也不知道該怎麼拿捏妹丫她們談話的時間，而且這個小傢伙如果只是讓他在這裡走來走去的話，大概不到三十分鐘就會跟我翻臉。心裡盤算了一下，反正剛剛是坐計程車過來的，不是由我負責開車接送，就乾脆帶著這位小朋友在附近的影城看場電影好了；這樣即便妹丫她們比我們早結束，也可以自己先坐計程車回家。

我們挑了一部日本的卡通電影入場。反正也沒什麼好選擇的，扣掉限制級，其他真人演的不是人間有鬼就是世界面臨末日，只剩下動畫還有些感情的溫度和讓人發笑的情節；況且小朋友的重點不是劇情，而是爆米花加可樂，那就湊合著看吧。不過也許決定看這部片子的關鍵原因只是，它的開演時間剛好到了，不用多等；其他的，都是藉口。

戲院裡面的人不多，我們坐的那一排、前一排與後一排，整整三排的座位就只有我們甥舅兩個人佔著；小朋友為了讓自己伸展手腳能夠更舒服自在些，還特地跟我隔了一個空位。就這樣，一下子，不到幾分鐘的時間切換，我就從人來人往、偶爾要說借過的繁華街道轉而置身在一個像是杳無人蹤的靜默之處，然後等著看一部其實剛剛也沒有搞清楚片名是什麼的電影。

我忽然對自己非常好奇了起來！我為什麼會讓這一切就進行的那麼理所當然呢？阿毓說了、妹丫點頭了，這兩個女人一個授意、一個同意，結果我就這麼理所當然遵命的帶了一個跟我毫無血緣關係的小男生出來，然後毫無任何為自己打算的念頭，僅僅是為了小男生的需求考量，就這麼的走進到這個怎麼樣我都不會自己一個人想要走進來的戲院裡，看著一部我連片名是什麼都不太清楚的電影。

如果再更往前想，下午我在進妹丫家的時候，拍著妹丫的肩膀所說的那句「我只是回家而已」，又是什麼意思呢？那是我的家嗎？我怎麼會說的這麼理所當然呢？那時候站在我眼前的這兩個女人，哪一個才是我真正的家人呢？是妹丫嗎？那房子真正住的人是她，那是她的家，如果我說「我只是回家而已」，意思就應該是，我是妹丫的家人囉，但，我是什麼時候變成了她的家人呢？是在她國中、高中的時候嗎？亦或是，那僅僅是在這幾個月內才發生的事情而已？

像我跟妹丫這樣兩個毫無血緣關係的人，要怎麼樣才能說我們是彼此的家人呢？妹丫和易志名沒有血緣關係，但是他們結婚了，完成了很正式、社會普遍認可的儀式，也完成了男女間最親密的肉體程序，還生出了實質連結兩個人的小寶。所以他們是家人，很難再去切斷關係的家人，這也是妹丫現在正揪心猶豫的最大原因。但是，我跟妹丫呢？我們沒有經過任何正式、社會普遍認可的儀式說「喔，我們現在是家人了」，甚至連簡單的口頭確認——就像阿毓她媽媽那樣牽著妹丫的手說「妳就認我們當乾爸乾媽」——這類簡單的口頭確認都沒有說過；更遑論男女之間那種最親密的肉體程序了……我擁有妹丫的肉體記憶，不過是她高三的時候隔著衣服緊貼著我的背的乳房彈性，以及我幫她換藥時所看到的裸露的背部以及乳房上的傷痕。

而我們就這麼的成為家人了。之前她還有點隔閡的叫著我「阿靖哥哥」，不過最近連「阿靖」都省略了，直接變成了「哥哥」；小寶對我也從「阿靖舅舅」，跟著改口成為「舅舅」了。某種程度，很奇妙的，我取代了武雄的角色，變成了妹丫在世間上唯一活著的那個親哥哥。這是從什麼時候開始的呢？是我跟阿毓親密的纏綿了以後才發生的嗎？我跟阿毓在小城那個名義上是我的家的地方盡情的性愛了之後，會讓在台北的這個家裡面的妹丫確認了什麼嗎？

在燈光全暗，影片開始上演之前的沒入黑暗之際，我好像墮入了不斷向下延伸的、毫無邊際的黑洞裡。我在裡面暈眩著，每當感覺到快要觸底時，就又感受到那個底被吸拉到另一個更底的空間去，而我也就跟著再跌到更深的地方去了，一直到了一個燦然大亮之處才著地。不過還沒站穩，三支箭就射了過來，而我居然毫不猶豫的就衝上去挺身擋住；是擋住了，但也貫穿了我的身體。然後，有人拉著我，一直叫著我的名字……是阿毓嗎？還是妹丫？

都不是，是小寶。電影演完了，戲院裡又大亮了，該是醒過來的時候了。

第十二章

今天是個細雨霏霏的日子，黃伯伯的告別式在上午舉行。雖然黃家的家族在政、商、學界關係雄厚，但教堂內只有與黃家血緣較親的親人而已；他們很低調，沒有通知朋友、同事與關係較遠的親戚，也婉拒任何形式的奠儀、輓聯。在一室的黃家親戚中，我大概是唯一的外人；妹丫帶著小寶緊鄰著阿毓全家而坐，她已經算是黃家的女兒了。

在黃伯伯過世前一個月，於慶祝黃媽媽生日的家族宴會上，黃伯伯跟黃媽媽親自跟所有家族成員宣布他們已經正式收妹丫為乾女兒了。他們還在妹丫完全不知情的狀況下，買下了妹丫目前所住的那間租的房子，作為他們送給新女兒的見面禮。妹丫當場呆住了，完全不知所措的凍站在黃媽媽身旁。最後還是阿毓起身去拉著妹丫的手，接過了那象徵所有權轉移的鑰匙，然後兩個女兒一起跟黃媽媽來個三人大擁抱。宴會散後回到阿毓家裡，不管妹丫怎麼樣推辭都沒有用，老人家就是堅持那只是個小小的見面禮而已；黃媽媽在家裡還加碼送了一整套的金飾，連小寶都有一個大大的金元寶。

在那場生日宴會中，連同妹丫母子算在內，都是黃家的親人，我大概也是唯一的外人。主桌都是長輩，僅有的兩個晚輩，一個是阿毓坐在黃伯伯身邊擋酒，另一個也算是主角的妹丫則坐在黃媽媽身邊陪著，我則帶著小寶跟阿毓的哥哥們坐在鄰桌。基本上，阿毓的哥哥們我都認識，從大學開始，他們就很習慣我出現在他們家的家宴場合，因此雖然我是那個唯一的外人，但坐起來還不算太尷尬。後來，黃伯伯居然把我叫到他身邊坐下，要阿毓到鄰桌去坐。妹丫本來馬上起身要把位置讓給我，但被黃伯伯擋下，說她也是主角，就坐下來好好跟長輩吃吃飯。阿毓知道她老爸想喝酒的意圖，但又不好在諸位長輩面前唸她爸爸，所以還是起身要我過去，然後在中途用很兇悍的表情盯了我一眼說：「不准讓我爸爸喝酒」。

所以我坐下來之後，就先拿起威士忌向在座的各位長輩打了一輪通關。唯獨最後到了黃伯伯，我先一口乾了自己的一杯，隨即在黃伯伯伸手要拿酒杯之前先搶過他的杯子瞬間一飲而下，然後跟黃伯伯說：「公主有令，黃伯伯的酒就由晚輩來代喝了。」黃伯伯先是愣了一下，但馬上就大笑了一聲鼓掌說「喝得好」，在座的其他長輩見狀也都跟著鼓掌叫好。阿毓看著我，臉上露出憂慮又心疼的苦笑，但我只是眼光快速掃過，沒在她的臉上多停留片刻，畢竟，整桌的眼睛都看著我，我可不能在這個地方露出任何端倪。

黃伯伯接著大力讚揚我有多麼的年輕有為，講得我的汗真的在冷氣房中一直從顏面出來，但他越講越得意，最後，我只好又乾了一輪。席間，有長輩誤以為我是妹丫的老公，但那時候相當於半罐的威士忌，已經讓我的腦袋想不出要用什麼字句解釋我跟妹丫的關係了。在遲疑之際，還好妹丫立即接口清楚的說「他是我二哥」，這樣大家就都懂了！

最後，黃伯伯又拉著我到各桌敬酒，又喝了相當於一輪的威士忌；也就是說，在這餐之中，我已經幹掉快一整瓶酒精濃度四十六的威士忌了。自從上次我二弟結婚幫他擋酒喝過這麼多之外，我已經很久沒喝超過今天三分之一量的酒精了。

一整瓶威士忌是我的最大承受量，超過了，就得需要有人把我扛回去了。我知道阿毓一直在警戒著的注意我，在我陪著黃伯伯逐桌敬完酒之後，她很自然的走到她爸爸身邊把我給置換掉，重新坐回主桌掌握散場前的應酬節奏，讓我能夠回到旁邊的兄弟桌喘息一下。

散席時，雖然我沒有倒下，但也半醉到有些不穩。本來我打算就包一部計程車花個兩千元直接坐回小城去，但阿毓跟妹丫都不放心，加上黃伯伯不斷邀說要我留下來晚上再續個攤，所以，我只得跟著大家回到阿毓家了。阿毓的大哥、二哥全家也都陪著爸媽一起回去，一下子阿毓那邊熱鬧滾滾的。

不過持續沒兩個小時，首先是阿毓那些唸大學的姪子、姪女們先開溜，再來是她二哥、二嫂趕著回台中也離開，最後是她大哥、大嫂說是晚上還有其他應酬，沒多久也出門了。到了傍晚時分，家裡又回到所有平常日那樣的平常——兩位老人家、兩個女兒、一個外孫加我一個外人，彼此都不需要刻意的互動。對我來說，這樣舒舒懶懶的家居調調是我最習慣的，不用特別小心談話的用詞以及如履薄冰在客套的細節上。

也只有在這個時候，我才真正感覺到原來我累極了。倒不是因為酒醉，基本上在餐廳喝的那些酒還算是在我的忍受範圍以內；而且回到家之後，阿毓就不斷的餵我喝熱開水，一杯接一杯的，讓我頻頻的跑廁所，幾趟下來，勉勉強強的，算是止住了醉意。我想，之所以讓我一直緊繃耗神的真正原因，還是一波波送往迎來的折磨。

從中午宴會的一開始到傍晚阿毓的哥哥們離開前，不管是餐廳或者是家裡，在這些「只有你是客人」的場合中，我就必須要善盡到客人的責任——對於任何在場親戚的招呼與寒暄，不管語氣是熱情或者是敷衍，我都要以最大的熱忱來應對。這是非常消耗能量的事情，即便剛剛在家裡的時候，儘管阿毓的兩位親哥哥跟我都算熟了，但終究不常碰面，不是那種親近到可以自在談話的程度；更遑論她的兩位嫂嫂不時的帶有試探性意味的問話：不管是曖昧的聚焦於我跟阿毓的關係，或是好奇的旁敲側擊我這麼常在黃家走動的意圖，都讓我時時刻刻處於字字斟酌的備戰狀態。

就在我總算得以癱在沙發上小睡片刻的時候，阿毓開始問起誰晚餐還吃得下？結果除了小寶之外，其他大人都興趣缺缺的。阿毓本來要打電話叫披薩，但被妹丫制止了，她到廚房裡看了看冰箱內的存貨，就說她自己來煮個麵給小寶就可以了。阿毓想了想，說「也好」，之後停頓了不到三秒鐘又說「我來切切水果好了」，於是也跟著到廚房去。就這樣，姊妹兩個人都跑到廚房去了。而小寶一直坐在兩位老人家中間主導著電視頻道的選擇權，左右逢源高興得很，不像平常那樣一直拉纏著我陪他玩。

環顧了一下，看看當下實在是沒什麼需要我發揮的地方，所以就又繼續的癱坐在那一大張舒服的L形沙發上閉目養神。

結果，等到再度張開眼睛的時候，我變成躺在沙發上，身上蓋了條薄被，頭則墊在一個抱枕上。而阿毓就坐在抱枕旁邊，某種程度來說，我的頭算是倚靠在她的大腿旁側。

我一張開眼睛就看見她，而且只看見她，其他人都不見了。一下子我有點搞不清楚自己身在何方、現在是何時；正當在迷惑中思索的時候，阿毓的手掌忽然很溫暖也很溫柔的撫貼我的臉頰，說了聲：「醒了啊！」。

「嗯。所以，我還在妳家？」

「是啊，你睡了四個小時了！還打呼的挺大聲的呢，大家都笑了！」

「啊，是喔，這，真是，唉……幾點了？」

「十點了，妹丫已經帶小寶回去了，我爸媽也睡了。」

「喔，啊，那，我也得回去了。」

我掙扎著起身，才發現，頭還是有點痛。這下子我算清醒了，也想起來中午喝了一瓶威士忌的事情。

「我爸說，今晚你住我家。」

「這……」

「我說好。」

阿毓稍微睜大了眼睛地看著我的雙眼，嘴唇微揚成一個極細的上弦月，又是那個等待「你要說對話喔」的面容。

「不好。」

「為什麼？」

「這是妳家。」

「我爸說，『難為我這個女婿了，今晚讓他在家裡好好休息』……他說，他都知道。」

阿毓臉上霏起了紅暈，是嬌羞、也是難堪的說。我張開嘴巴，卻想不出該說什麼；吐出了一口氣，卻忘了合起嘴來。

「我爸說，他很感謝你。」

我用張開的嘴長吸了一口氣，微閉著眼睛，再把氣緩緩的吐出來。但，仍然，想不出該說什麼。

阿毓挪了挪身子靠緊我，頭就枕倚在我的肩上；我把手繞過她的肩後摟著她，緊抱了一下。她微微地笑了一笑，我覺得我該說些什麼；不過，張開的嘴，還是吐不出話來應對這種突如其來的狀況。

阿毓的髮香不斷撲鼻，還有她柔彈的乳房隨著呼吸不斷韻壓我的胸膛，這都使得我的胯下漸漸漲了起來。阿毓瞄到了那忽然突出的體積，笑了笑，隔著褲子碰了它一下；彷彿受到了鼓舞，我的胯下就又漲硬的更厲害了。

但是在褲子的束縛之下，這樣的漲硬卻也帶來了更大的痛楚；而這樣的痛楚，倒是讓我想起了該說什麼。

「那，我真的得回家了。」

阿毓忽然一翻身跨坐在我的大腿上，臉正對著臉的湊近瞪著我說：「為什麼？」

我的雙掌抵抓住她的兩邊肩膀，像是不讓她的嘴唇繼續近逼過來的說：「我們不能陷妳爸媽於不義……凡事，都有個底線……這是妳家。」

阿毓繼續瞪著我，不過，淚水迅速地充滿了眼眶，隨即滴了兩滴下來。剛好，濕染了那一團鼓起的褲子，卻也立即澆熄了漲硬的熱情，讓它迅速的縮消下來。

我把雙手下滑，環摟住阿毓的肩胛與脊椎，然後將她抱緊。

她的淚，像泉湧一樣的從我的脖子流下。

約莫有一個世紀那麼久吧！我鬆開她，稍微將她抱起的讓她離開我的腿上，示意她站起來，然後我也站起來。

我還是正對著她，伸出雙手撫摸著她的雙頰，輕輕的、慢慢的，又經過了約莫一個世紀的那麼久的拭去她的淚。

「我回去了。」

「嗯。」

「我直接坐計程車。」

「嗯。你身上有錢嗎？」

我掏了掏口袋，拿出一疊仟元鈔票；她看了，笑了，我又把那疊鈔票塞回口袋。

「小心，到了打電話給我。」

「嗯，我知道。」

大樓的警衛先生幫我叫了計程車。然後，在黑夜裡，經過了千百次輪迴的錐心，我才回到自己在小城，孤獨的家。

現在回想起來，那一夜我是應該住在阿毓家的。至少，隔天早上起來，我就還有機會見到黃伯伯清醒時的最後一面，跟他再閒話一下家常，甚至，感謝他對我的照顧與……該說是寬容或是體諒呢？還是，接納？如果他允許的話，我很想叫他一聲爸爸。

只是，凡事都這樣，在事後回想起來認為是『應該』的，就代表已經變成了永遠的『遺憾』。

世間事就是會這麼巧！本來隔天照慣例我還是會到台北去的，但是在下午準備要出發的時候，我隔壁的邱老師在實驗室又差點昏倒了。這次沒有像上次那麼的驚險，他在自己覺得快不行的時候就勉強走到我辦公室的門口敲門，之後才癱坐在地上，不過人還是有意識的，還能夠微弱的說著話。我緊急叫了救護車將他送醫，陪著他在醫院裡折騰了大半天。幸好問題不大，應該是因為熬夜做實驗太過勞累所引起的問題，不過還是得住院觀察兩天。因為要住院，所以我又當了幾趟司機，載他太太美雅去接小孩，然後回家整理些住院需要的東西再過來醫院，就這樣，我真正可以離開醫院時，已經是晚上八點了。

本來我還是想趕回台北，即便跟阿毓見個十分鐘的面也好，但阿毓堅持說這樣我太累了：「你又不肯住我家」，然後語氣憐疼的接著說：「回程要在三更半夜開一個半小時的車，我不放心」。

再隔天的時候，中午剛下課就接到阿毓忽然打來的電話，她說黃伯伯不知道為什麼的忽然心血來潮，臨時說要回彰化老家走走，而且兩老說走就要走，也沒有想到說要安排個什麼食宿交通的就要出發。她在電話中拗不過她爸爸，只好先包了一部計程車載他們南下，然後叫她二哥先過去陪著，她下午跟客戶簽完約之後再趕過去彰化陪他們。阿毓說，還不知道她爸爸要在彰化待幾天，她實在是有些生氣，老人家怎麼說他都不聽，這陣子明明身體狀況不太好，卻還是要跑那麼遠的路。

結果，最後兩位老人家在彰化一待就是五天，之後還加碼到了嘉義兩天，去祭拜了阿毓的外祖父母。黃媽媽是嘉義人，娘家在當地也算是望族。

就這樣，一整個星期我都沒有跟阿毓碰過面，這期間曾有一兩天阿毓很想要我南下去陪她，但隨即在電話中又被她自己否決。顯然她還是顧慮了老家的親戚人多口雜，一個關係僅是朋友的外姓男人忽然出現陪在黃家大小姐身旁，若是經過了幾次口耳相傳，接下來不知道會變成什麼樣腥羶色俱全的八卦？

而在阿毓她們從嘉義回來的前一天，我出國去了，美國，十天。名義上是去開個研討會，實際上主要目的則是應鎰哲的邀請，同時也是阿力學長的拜託，到美國去看看鎰哲口中所說的那些驗證實驗進行的真實狀況。出國十天，對於現在的我來說是一個不容易的決定，我已經不是一個可以自由自在的人了；表面上單身，實際上有兩個比我自己的生命還重要的女人在我身邊，她們依賴著我，我也依賴著她們。不過最近妹ㄚ已經不需要我那麼頻繁的幫她接送小寶了，因為在黃媽媽生日暨認親宴會的前三週，妹ㄚ就已經正式將工作換到阿毓堂哥的醫院了。她的新工作不只是阿毓的關說而已，還是她爸媽親自帶妹ㄚ到她堂哥家去拜訪之後敲定的。不過我想，阿毓的堂哥應該非常感謝阿毓的關說和兩老的幫忙，畢竟，妹ㄚ是一位難得能夠獨當一面、視病猶親的好醫師。

也因為這樣，妹ㄚ在工作時間上就比以前有彈性多了，加上工作地點離小寶學校近，基本上，如果醫院裡病人沒有突發狀況需要處理，她自己就可以每天接送小寶了。

當然，易家的態度與作法上的改變，也是讓我們在警戒上可以不用再那麼緊繃的重要原因。易志名後來被強制送醫，在精神科住院了一段時間，狀況有獲得控制。他的主治醫師就是妹ㄚ的學長，一直有跟妹ㄚ溝通易志名的病況，妹ㄚ說，從出院後到現在，她所了解到的醫療評估都是樂觀的方向。目前妹ㄚ週六或是週日，會找個下午帶小寶到易家三姊的家中讓易家二老看看孫子，但暫時還是沒有跟易志名碰過面。雖然我跟阿毓都認為不必如此頻繁，但是妹ㄚ還是很軟心腸的說，她能夠想像老人家想念孫子的心情，雖然她跟易志名已經離婚了，但是血緣還是血緣，她不能剝奪。

我想，還好，在最後關頭，妹ㄚ還是跟易志名離婚了。不然以她這樣的軟心腸，很可能現在又已經被拉回去那個不幸婚姻的牢籠內。說起來，不得不佩服阿力學長。

在那些偷拍的影片與照片都解決完畢之後，妹ㄚ就主動跟易家三姊聯絡了。她一開始沒有讓我跟阿毓知道這件事，直到她單獨跟易家三姊見過面、談過了以後，才告訴我跟阿毓說：「志名是因為生病了才這樣對我，所以我不能在他生病的時候離開他。我不想離婚了。」我跟阿毓一聽都差點昏倒！在那個當下，不管我跟阿毓怎麼的剖析易家和易志名的狀況，妹ㄚ最後都是用同樣的那句，「哥哥、姊姊，你們不會因為家人生病了就離開他，是不是？如果有一天我瘋了，做了壞事，你們也不會放棄我的，對不對？」跳針般的回應我們，回應到我都快要捉狂了。

最後還是阿毓說：「離不離婚是件很重大的事情，而且已經不單單是妳的事情，還有小寶。我們必須要非常冷靜的再仔細思考過，今天先不要下決定，好不好？等個三、四天，當我們大家都稍微跳脫了現在比較激動的情緒時，再來好好地商量比較恰當。」就這樣，阿毓暫時拉住了妹ㄚ。

那天晚上快十二點我才回到小城，躺在床上，阿毓又用電話跟我談這件事情談到快半夜兩點。最後阿毓的結論是：「妹丫太愛以前那個易志名了，但問題是，那個易志名已經走了。」

隔天一早我想了想，還是得跟阿力學長報告一下這件事情，看看他是否有什麼辦法可以勸勸妹丫。更何況，他為了妹丫的這些影片與照片，不惜親自跟那些號稱是院士、校長、院長的大老們開戰，逼得他們非得將易志名拉出來祭旗不可；也唯有這樣，才有可能將易志名的所有電腦都搬到調查局去清理一遍。但畢竟與那些暗黑界的大老們打的這場仗，是一場缺乏決定性證據的戰爭，也因此不會有檯面上的輿論支援；所憑藉的，全都是對他已身名譽的賭注。也因為過程中沒有強力的外援，雖然圓滿的解決了妹丫的難題，但是他自己的損傷也夠慘重了。

雖然學長說的輕描淡寫，「打仗，總得付出些代價」但是從他忽然完全的終止個人已經做了快三十年的老鼠研究看來，代價仍然不可謂不大。這也是學長希望我能夠去一趟美國的重要原因，他說，妹丫的問題是解決了，但台灣學術界的齷齪還沒有解決；那些骯髒的院士、校長、院長都還是一副為國為民的鳥樣霸佔著權位，所以我們還是得繼續做些狗吠火車的事情。更何況，易志名雖然有錯，但是所有的錯誤不應該都只由他來扛；他只是個C咖的執行者而已，那些A、B咖的指使者更應該被拖出來鞭數十，驅之化糞池。

「這樣啊。嗯，如果我記得沒錯，下週是武雄的忌日，是吧？」阿力學長聽完我轉述妹丫的想法之後，忽然這樣問道。

「啊！是的。最近事情一多，差點忘了。週四。」

「你跟武雄的阿妹丫說，下週四我也會去看看武雄，你們約好時間後跟我說，大家在那邊碰面。你跟阿妹丫說，她如果要做決定的話，就等祭拜完她哥哥之後再說。」

「喔，好，學長，我會跟妹丫講。」

「很久沒跟武雄喝竹葉青了，我會帶一瓶去。」

週四是個陰雨的天氣，還好的是，正要出門的時候綿綿細雨就差不多停了，不過烏雲並沒有散去，擋住了本來應該要像前兩天那樣耀眼的陽光，這使得天氣出現近幾日以來難得的涼爽。時間就約在今日的上午十點，本以為會塞一下車，沒想到交通順暢，我跟阿毓還有妹丫在九點半就到了厝放武雄學長的靈骨塔。

停好車，走進去，本來以為我們早到了，沒想到阿力學長更早到。他在武雄學長的塔位前擺了瓶竹葉青，旁邊放兩個酒杯，我們到達時，阿力學長剛剛將兩個酒杯都斟滿了竹葉青，然後自己拿起一杯，跟武雄學長敬了一下，隨即一飲而盡。

「學長，您這麼早！」阿毓在學長將手中的酒杯擺回去重新斟酒的時候，先開口打了招呼。

「以為會塞車，結果沒有。計程車一下子就到了。」阿力學長邊說邊倒酒。倒完後，把酒瓶擺回原位，才轉過頭來看著我們。他把眼光停在妹丫身上，問說：「妳是妹丫？韻慈是吧？」

「阿力哥哥好！我是韻慈。」妹丫很自然的變成了小妹妹的神態，像是個大一的學妹在跟博士班的學長打招呼。

「喔吼，天啊，我第一次見到妳的時候，是妳大一的時候吧？那時候武雄帶妳一起來吃飯，誰啊，是那個誰結婚啊？哇，慘了，居然忘了！」

「是一位叫做『藺桑』的學長，我哥哥的學長。」妹ㄚ隨即接口說。

「啊，對對對，是藺桑！還是年輕人的記性好！對，藺桑，他現在官可大了，搞不好明年那個誰下台了，他就可能接部長。唉，幾年了？」

「二十三年了，阿力哥哥，我都四十二歲了！」妹ㄚ很甜的對學長笑著說。

阿力學長看著妹ㄚ開懷地笑了幾聲，但沒有接著說下去，而是轉身再過去拿起擺在塔位前的酒杯，對武雄學長敬了敬，又是一口全乾了。

「武雄老大，學弟敬你了！」阿力學長對著武雄學長邊說著，邊將酒杯放回另一杯的旁邊。

「來，妹ㄚ、阿毓、阿靖，你們先跟武雄打聲招呼，我再來跟你們談談。」

阿力學長退了幾步到後面，讓我們能夠直接站在武雄學長的骨灰罈前默禱。妹ㄚ雙掌合十還沒三秒鐘，眼淚就撲撲簌簌了，阿毓伸手摟住她，眼眶也紅著的對學長唸唸有詞。我看著我身邊的兩個女人，一時間，也不知道要對武雄學長說些什麼，只能再繼續一直看著她們姊妹倆。

一直等到妹ㄚ合十的雙掌放下，阿力學長才又向前走了兩步，站在妹ㄚ旁邊，略微轉身的跟妹ㄚ說：「為了妳的事情，妳哥來找過我幾次。我接下來跟妳說的，是武雄要我告訴妳的。我跟武雄說，我又不是幹靈媒這一行的，你找我，說出來，沒什麼公信力啊！但是妳哥說，沒關係，如果是要你去騙錢，當然沒人會信，但是說給我妹妹聽，她會信。我跟武雄說，你家阿妹ㄚ是位精神科醫師，你不要害我到時候被強制送醫喔！結果妳哥跟我說，如果是這樣，他也沒辦法阻止，叫我自己看著辦。」

阿力學長用著他那沒什麼表情的表情，好像很認真的說了這段像是又不像玩笑的開場白。我跟阿毓聽了想笑又不敢笑，倒是妹ㄚ停止了哭泣，帶著淚痕，略微笑了的看著阿力學長。

「我跟妳哥說，靠，自己看著辦，那不行，那就虧大了。所以我說，武雄老大，你得給我個像是信物的東西，讓你家阿妹ㄚ一聽或一看馬上就知道真的是你，這樣，我才不會被當作是神經病。好，韻慈，妳哥真的有給我，妳聽好，他說，他最喜歡妳兒子在三歲時幫他畫的那張畫像，就是夾在封面有隻米老鼠的那本相簿裡面，妳上週三在翻相簿的時候應該有看到那一張。」

妹ㄚ一聽整個人立刻就癱軟的蹲下大哭了起來，我跟阿毓都嚇了一大跳的趕快趨前扶住她。妹ㄚ哭到說不出話來，只能跟阿力學長用力的點頭。阿力學長也對妹ㄚ點點頭，伸出手拍了拍她的肩膀，用手勢示意阿毓拿張面紙讓妹ㄚ擦擦眼淚。

「韻慈，眼淚擦一擦，我跟妳哥這一輩的男生都很怕女生哭，妳一哭我就會慌了手腳，等等如果說錯了的話，那妳哥又會再來找我；很煩耶，睡眠品質就會變得很差。」阿力學長帶著笑容，很和藹的慢慢對妹ㄚ說。靠，對學弟從來沒有這麼和顏悅色過。

妹丫點點頭，雖然還沒有止住眼淚，不過情緒已經穩定多了。

「妳哥說，他疼妳，所以只要是妳喜歡的人，他都疼。易志名是妳老公，是妳最愛的人，所以易志名對他來說，也是除了妳跟小寶以外，他最在意的人。所以他不會傷害志名，他一直想的，都是如何幫助他度過人生的難關。而志名的兩個人生難關，一個是他誤入了歧途，跟著那些造假集團越走越偏；另一個則是他心理上的疾病，使得他對妳的傷害越來越深。這兩個難關重症，現在剛好是個超脫的契機。所以妳哥要我想辦法讓志名變成眾矢之的，讓他所做過的壞事情一件一件都被抓出來，在他還沒有犯下滔天大錯之前先把中、小錯都拿出來曝光，一方面是讓他知所警惕與懺悔、一方面則是讓他得以有機會脫離那些壞同伴。」

妹丫專心的聽著，眼淚已經算止住了，雖然面容還是憔悴愁慘，但已經有力氣自己站住，所以我鬆開手，只讓阿毓略微攙扶著她。

「這件事不難辦到，反正找個像阿力這類拿不了諾貝爾獎的人來幫忙就可以了。比較難的是，要怎麼有效的治療他心理的疾病。」

阿力學長說到這裡停了下來，隨即走近塔位前，拿起那杯應該是要給武雄學長喝的酒杯，仍是一口的將酒喝乾。然後收起那瓶酒和兩個酒杯，跟武雄學長說：「裡面空氣不好，你妹妹需要呼吸些新鮮空氣，我們就到外面去說，你要聽，自己跟出來。」然後，學長領著我們走出了靈骨塔。

在裡面待久了不覺得，出了塔外空氣果然好多了，原來剛剛裡面的空氣這麼濁悶。十點了，不只雨完全停了，烏雲也沒有剛剛那麼的密實，有些疏鬆處現出了一些光柱，遠眺起來，心情也就沒有那麼的悽楚了。

「韻慈啊，在治療疾病這一點上，妳一定要跳脫一個迷思：不是妳一直守在志名身邊才是最好的。妳自己是精神科的醫師，要照顧一個像志名這種精神狀況的病人，絕對不是像妳這樣身兼妻子、媽媽、醫師的職業婦女單獨能夠忙得過來的，是吧？」

「嗯。」妹丫輕輕的點點頭，簡單的回答了一聲。

「但妳之前是這樣吧？一個人撐。易家沒有人認為他的兒子或是他的弟弟生病了，精神上有疾病，沒人認為，甚至連一點點往這方面想的可能，都沒有，是吧？體貼一點的，像他三姊也頂多認為是她弟弟的脾氣不好，要改；那些懶得管的親戚，像他大姊、二姊，就認為說，不過是夫妻間吵吵架，有什麼好張揚的，是吧？」

「嗯。」妹丫更用力地點了點頭，回答的聲音也大了些。但聽得出來，那裡面含著哭聲。

「這就是『婚姻』這個制度發展到現在所內涵的一個難解課題。他身邊至親的親人，因為妳跟他的婚姻關係，都好像獲得了無需進場的豁免權，他們只需要透過指責妳或是指導妳該怎麼做，就可以得到良心上的滿足，是吧？」

妹丫已經回答不出聲音了，只能在啜泣中點點頭。

「講到這裡，我想妳應該能夠明白我所說的，妳哥哥想要傳達給妳的觀念了。妳哥說，如果今天志名身邊只有妳一個人，無依無靠的，那是另一種狀況；但妳今天遇到的不是，志名有足夠的親人，而且這些親人都很有能力，都可以找到很多資源來幫助他。從這段時間妳的暫時離開後，志名反而因為多了這些親人的集體加入幫忙，而有了正向的改善就可以看出，不是嗎？

即便沒有婚姻關係，妳仍然可以參與那個幫忙照顧的過程，妳仍然可以關懷他的家人、體貼他的父母，不是嗎？妳現在不就正是這樣在做嗎？但這裡有個重要的基礎是，妳們已經沒有法律上的婚姻關係了，雖然現在還沒有完全脫離，但在易家的每個人心中，都已經是這樣子的認為了。照顧病人是很辛苦的，所以，如果妳現在又不離婚了，那麼疲憊的易家人，就會再度找到一個可以推卸責任的地方，這樣好不容易往正向發展的事情就都會轉向負方。」

「我有聽懂，哥哥。」妹丫又控制住了眼淚，勉強可以說出話了。

「妳愛他，妳要照顧他，不一定要有婚姻；有時候，有了婚姻關係會變成扣分，不是加分。」阿力學長從看著妹丫說話忽然地轉頭向著我跟阿毓，嘆了口氣後說：「武雄說，這句話也是送給你們兩位的。」

「好了！武雄交代的我說完了。」阿力學長誰也不看，抬頭像是望向遠方山巔又像是看著那些破雲處的金黃光柱，說：「喂，武雄啊，我如果轉達有錯誤，今天晚上你再自己去找他們說喔，不要再來煩我了，我好睏啊！」

說完，阿力學長又轉頭對著妹丫，馬上變換出一副慈眉善目的表情說：「妹丫，接下來是我自己要說的，不是妳哥說的喔。我說，妹丫，我覺得妳哥說得真有道理，要聽，把婚離一離，人生，整體來看，不要讓自己的愛折損在無益的固執中。」

「好，阿力哥哥，我知道，我有聽懂，我知道該怎麼做。」妹丫以很堅定的表情說著，雖然臉上滿是淚痕。

「阿力哥哥，我哥，我哥他還在嗎？」妹丫忽然小聲地接著問道。

阿力學長聽了之後隨即張開雙臂，妹丫一看，瞬間就又大哭了起來，馬上衝過去緊緊的抱住阿力學長……或許不是，是抱住武雄學長。

就這樣的三杯酒一席話，妹丫得以脫離那個無解的婚姻，重新定位了跟易家的關係，也重新開展了自己的新生活。也因為對易家的警戒解除，我才敢接下阿力學長所拜託的任務，去一趟十天的美國。

鎰哲把這十天的行程安排的很緊湊也很妥當，讓我完全看到他們在美國的實驗室實際工作的狀況。他們也很難得的將一些應該是專利機密上的細節拿出來跟我討論，也因此我可以斷定鎰哲所談的造假問題的確是真有其事。不過，這也就意味著，如果真的追究下去，易志名的博士學位也要被拿掉。

不過就如同阿力學長在我出國前跟我聊到的，即便我們都確認了鎰哲所說的東西的確真有其事，但是如果依照台灣目前的法律以及官方的心態，這件事情還是可能連進入調查的程序都進入不了。這就是這陣子，阿力學長常常自嘲為狗的原因了。

不過就在我即將結束美國行，準備回台灣好好看看我那已經連續兩週沒見到面的阿毓的那天，在前往機場的途中，我接到了阿毓的電話。她在哭泣中跟我說黃伯伯今天早上外出散步時，還沒有走出大樓，就在一樓的中庭昏倒了。現在人在加護病房，情況很不樂觀。阿毓在電話中越哭越傷心，我慌了，不知道該如何有效地安慰她，只能一直重複著「先不要急」、「我在機場了，馬上就回去」這種沒有多大實質意義的話。說真的，人在加護病房了怎麼可能不急；而以阿毓她們家族中有一卡車大牌醫師的陣仗看來，我回去了又能夠使上什麼力呢？

我甚至連陪在阿毓身邊的機會也沒有！如果這是黃伯伯的生死大關，可以想見，黃家所有親戚友人在這段期間內一定會陸續前來探視，而阿毓的老公 Joe 也一定會帶著她的兩個兒子回到台灣。那時候她們全家齊聚一堂，就更沒有我這個外人可以立足的空間了。我頂多像個路人甲，進去加護病房探視個一分鐘，然後走出來，跟家屬們微微點頭致意，在三十秒內說些無關緊要的安慰話語之後，就得離開那個屬於黃家人才有資格守候的區域。

這樣的偽裝與自制，也可以算是阿力學長所說的，那個叫做『婚姻』的制度發展到現在，所創造出來的一個與愛情牴觸之難解課題嗎？

還來不及在巴士上多沉思些更有建設性的道理時，妹丫也打了越洋電話過來。她說了跟阿毓一樣的事情，但再加碼說，她今天開始就會帶小寶到阿毓家住，因為需要有人一直陪著黃媽媽才行。她等等也會把小寶的房間收拾一下，讓我在這段期間可以住在她那邊，不用每天長途開車跑來跑去的。我謝過了妹丫的細心安排，但更加疑惑了……我在阿毓最需要我站在她身邊的時候，卻怎麼想也想不到我的立足之地到底是哪一塊？

而在這段屬於黃家人才有資格團聚出力的時刻，我有必要每天待在台北嗎？

我帶著這樣糾結到毫無辦法解開的揪心越過了整片海洋回到台灣，即便降落了仍然沒有任何踏實感覺的站回到這塊土地上。妹丫剛剛傳給了我黃伯伯所住的醫院位置，我決定坐計程車先直接回到妹丫家放行李，然後再到醫院去。現在傍晚快五點，趕一點的話，還來得及晚間進加護病房探視的時間。剛才在電話中，阿毓說她現在正在醫院裡守候著，而妹丫等等也會陪著黃媽媽過來醫院。

雖然我在心裡預想著等等在醫院裡會遇到的各種可能場面，不過一到了之後，還是非常不自在；即便阿毓說現在還只有她們較親的一些親戚知道而已，不過在現場已經有點人馬雜沓的感覺了。只見到阿毓強忍著憂慮傷心，勉強的擠出一些笑容跟前來的長輩或平輩們道謝；當她見到我了，雖然表情上有些鬆懈了下來，但隨即又恢復那個堅強的黃家大小姐身份，在現場穿梭著。

在開放進入的時間快到了之前，妹丫帶著小寶扶著黃媽媽也來到了等候區。眾人很自然的陸續前往黃媽媽面前致意，我也很自然的漸漸被排擠到離黃媽媽最遠的地方。此時阿毓才有機會走到我身旁，輕輕的說了聲「辛苦了，剛下飛機」。我對她微微笑了一笑，本來想伸出手拍拍她的肩，不過一抬起手來就又警覺到應該要放下。

忽然間，我聽到妹丫在叫我，示意要我過去。原來是黃媽媽看到我，要我過去她旁邊，等等第一波家屬可以進去時，黃媽媽要我陪她跟阿毓還有妹丫母子一起先進去。直到現在，我還是不清楚黃媽媽那天這樣的安排之深層用意是什麼：走進加護病房時，她左手牽著我的手，右手牽著阿毓的手，妹丫與小寶陪在身後；一直到了病床之前，她都沒有跟我們說話。

到了黃伯伯床邊時，她凝視著黃伯伯，雙手仍然握著我跟阿毓兩個人的手，輕聲的對黃伯伯說：「我帶他們兩個人一起來看你了。」

連著三天的晚上，黃媽媽都是這樣的牽著我跟阿毓進去看黃伯伯，也都是講著同樣的話，沒有再多說什麼。直到第四天，Joe 帶著兩位真正的外孫回到台灣，我才變成跟妹丫、小寶三人自己進去看黃伯伯；而阿毓，她有她的一家人。

到了住院的第十二天，黃家召開很慎重的家族會議，妹丫也以黃家二女兒的身份出席。會議中，家族裡的醫師們討論了各種可能的醫療方案後，決定，拔管，讓黃伯伯不要再受折磨，有尊嚴的離開。阿毓跟妹丫兩個人一起回家跟黃媽媽報告了家族成員的決定，黃媽媽很平靜的同意了。

後來一直到了告別式這天，我都沒有跟阿毓有獨處的機會談談話。我只是遠遠的、在任何適合我出現的時間與場合裡遠遠的站在她附近，讓她能夠看得到我；隨時都等著她的視線搜尋到我的時候，立即投予她一個外人察覺不出來的微笑，讓她安心的繼續她該扮演的角色。

在告別式的現場，儀式正進行到阿毓的大哥在台上介紹黃伯伯的生平，用一張接著一張的照片串起黃伯伯既平凡又不凡的一生。我看著阿毓的背影，她應該正傷心的流著淚，哭泣著，以致於身體不斷的抽搐起伏。坐在她身旁的 Joe 輕輕的摟著她，不時的拍拍她的背，安慰著。

這樣的畫面，說真的，讓我很安心；我愛阿毓，毋庸置疑；我是她的，但她不是我的。

妹ㄚ昨天交給我兩瓶酒，那是黃伯伯珍藏了三十年的金門陳高。她說，黃媽媽要她把這兩瓶酒交給我，因為，黃伯伯常常在唸說，要跟我這個無緣的女婿痛快的喝完這兩瓶。或許，我該學學阿力學長，找個一天，到黃伯伯的墳前，跟黃伯伯一起，痛快地把這兩瓶酒喝完。

【後記】

關於《倫・不倫，愛之外的其他》這本小說

從二〇一七年九月三日動筆到十一月十九日全文十三萬二千字完工，兩個半月的時間，靠著每天多壓縮幾個小時的睡眠時間，寫完了這本小說。

剛寫完的那天晚上，輸入最後一個字再按下存檔之後，心中頓時茫然了起來。倒不是因為少了件像是例行工作的寫作導致失落，而是覺得，兩個半月以來，我掏空了一堆庫存在心中名為「遺憾」的東西——那些我經驗過的、聽別人經驗過的，或者，僅是在想像中經驗過的——都空了；「遺憾」都空了，空到有點恍恍惚惚地不知所措。

但究竟那些「遺憾」是什麼？在剛寫完的當下，卻是怎麼樣都無法表達出來。一直等到稿子放了兩個月之後再重新拿起來讀，自己才比較清楚掏空的東西是什麼。

我是五年級後段班的人。常覺得我所屬的這個年齡層與附近的幾屆剛好處在一個很尷尬的時代：舊的沒有全去，新的沒有全來；我們有些古老的觀念未退，就被迫要和新潮的一代妥協；我們常得和自己衝突的內心對抗，不斷挑戰自己原有的價值觀、變通一些不變的原則。而這批人現在剛好到了四十歲之後、五十歲之前的這段不安的年紀，就那種什麼事都已經到達看似穩定的狀態，但什麼事卻也都面臨即將快速衰退的年紀；生活開始進入有些枯燥

的一成不變，但心靈上卻重新處於渴望有些不同的第二個青春期階段。

我還有我周遭的同輩中人，就成長於那樣的尷尬時代，我們必須在妥協、對抗、挑戰與變通的複雜切換裡過生活，努力在那些顯規則與潛規則所緊箍的生命氛圍中掙扎。我們目前也都處於四十之後五十之前這個不安的年紀，在每天與日常討生活的平庸僵持困守的同時，暗地裡企求於人生衰退的下半場開始之前，能夠找到更符合自己生命基調的種種。

所以四十多歲這個不安的年紀同時也是個危險的年紀。如果那些暗地裡的企求在化成行動的過程中，稍有不慎踰越了任何倫理或是現實框架的矩，很容易地上半場的努力就會付諸流水，然後下半場的生命也會變了調。也因為這樣，我輩中大部分的人，都會選擇自我限縮地去度過那個不安又危險的四十多歲，也因此，「遺憾」就成了許多人在這個年紀裡的感嘆主調，一如他們在第一個青春期所失去的各種自我之遺憾。

所以，書中的主角們我都給了他們的企求不錯的結果，把那些我經驗過的、聽別人經驗過的，或者，僅是於想像中經驗過的「遺憾」，在小說中都掏空掉。

這就是小說，的療癒。

當然，一本小說裡面總要安排些壞人壞事。學術圈內從來不乏壞人壞事，書中所提到的那些陋習，包括升等、經費、壓榨、包庇、造假的現實等，都不是虛構；如果不考慮時間軸跟事件與人物之間的相依關係，書中所有學術不端的內容描述，俱非浮誇。真實的學術界中人，其實沒有那麼的善惡分明；所謂的學術圈，也是凡人悲喜貪嗔的世界。最後，正義很難彰顯，凡人對抗不公的努力，通常最好的結局，也不過只能比自保多一些些而已。

國家圖書館出版品預行編目（CIP）資料

倫・不倫，愛之外的其他 / 蔡孟利著 . -- 初版 . --
新北市 : 斑馬線 , 2018.12
面 ;　公分

ISBN 978-986-96722-6-9（平裝）

857.7　　107018071

倫・不倫，愛之外的其他

作　　者：蔡孟利
主　　編：施榮華
書封設計：MAX

發 行 人：張仰賢
社　　長：許　赫
總　　監：林群盛
主　　編：施榮華
出 版 者：斑馬線文庫有限公司
法律顧問：林仟雯律師

斑馬線文庫
通訊地址：235 新北市中和景平路 268 號七樓之一
連絡電話：0922542983

製版印刷：龍虎電腦排版股份有限公司
出版日期：2018 年 12 月
ISBN：978-986-96722-6-9
定　　價：280 元

版權所有，翻印必究

本書如有破損，缺頁，裝訂錯誤，請寄回更換。